KERSTIN GARDE

Der kleine Trödelladen im Löwensteg

Weitere Titel der Autorin

Die kleine Strandboutique im Sanddornweg
Das verträumte Bistro im Sanddornweg
Der zauberhafte Souvenirladen im Sanddornweg

Über die Autorin

Kerstin Garde schreibt über liebenswerte Heldinnen mit kleinen Schwächen und gefühlvolle Helden, die ihr Herz nicht verstecken. Wichtig ist ihr ein Augenzwinkern zwischen den Zeilen und eine ordentliche Portion Romantik. Die Autorin lebt mit Freund und Katzen in Berlin. Sie hat studiert und eine kaufmännische Ausbildung absolviert.

KERSTIN GARDE

Der kleine Trödelladen im Löwensteg

Ostsee-Liebesroman

Lübbe

Vollständige Taschenbuchausgabe
der bei Bastei Lübbe erschienenen E-Book-Ausgabe

Copyright © 2023 by
Bastei Lübbe AG, Schanzenstraße 6 – 20, 51063 Köln

Vervielfältigungen dieses Werkes für das Text- und Data-Mining bleiben vorbehalten.

Umschlaggestaltung: Guter Punkt, München | www.guter-punkt.de
Einband-/Umschlagmotiv: © iStock/Getty Images Plus: phatthanit_r | STILLFX | Janoka82 | Rudolf Ernst | onepony | FooTToo | BrAt_PiKaChU | JackF | undefined | AlSimonov | marilyna | zoom-zoom
© Adobe Stock: Harald Biebel
Satz: 3w+p GmbH, Rimpar
Gesetzt aus der Minion
Druck und Verarbeitung: GGP Media GmbH, Pößneck

Printed in Germany
ISBN 978-3-404-19257-1

5   4   3   2

Sie finden uns im Internet unter luebbe.de
Bitte beachten Sie auch: lesejury.de

Prolog

Sommer 2009

Der Abendwind strich mir durchs Haar, während mein Blick zu den Häusern auf der anderen Straßenseite schweifte. Ich schob eine widerspenstige Strähne hinters Ohr, die immer wieder hervorkommen wollte – bis ich es aufgab. Sie einfach vor meinem Gesicht durch die Luft tanzen ließ.

Musik hallte aus einer der Bars, Menschen lachten, bunte Lampions erhellten die Umgebung. Ein untrügliches Zeichen, dass es Sommer war. Viele Urlauber waren an die See gekommen, vergnügten sich hier im Löwensteg, nahe des bekannten Touristenmagneten Vorderreihe, wo das Leben um diese Jahreszeit tobte. Normalerweise hätte ich mich unter sie gemischt, die Ferien genossen, bis in die Morgenstunden getanzt. Aber dieses Jahr war alles anders, denn es würde mein letzter Sommer in Lübeck-Travemünde sein.

Ich atmete tief ein und lehnte mich über die Brüstung der kleinen Dachloggia von Omas Trödelladen.

In der Ferne färbte sich der wolkenlose Himmel von einem dunklen Rot in ein tiefes Lila. Die ersten Sterne gingen auf, funkelten am Firmament. Es sah wunderschön aus.

Ich liebte diesen Ausblick, die Trave, die in die Ostsee mündete, vor der Tür, genauso wie ich das alte Backsteinhaus und den urigen Laden in der unteren Etage mit all seinem altmodischen Klimbim liebte.

Im Löwensteg waren meine Schwester Emilie und ich groß geworden. Emili-e, wie sie stets betonte, nicht ausgesprochen wie die englische Variante Emily. Unsere Oma hatte uns aufgezogen, war uns Mutter und Vater gewesen. Es gab keinen anderen Ort, den ich Zuhause nennen würde, als diesen. Aber nun war die Zeit gekommen, flügge zu werden, das Nest zu verlassen. Und obwohl ich mich darauf freute, war ich auch schwermütig.

»Komm her, Stella!«, rief jemand hinter mir.

Ich drehte mich von der Brüstung weg, schob noch einmal mit beiden Händen meine Haare hinter die Ohren und schaute zu dem Tisch in der Mitte der Loggia, an dem meine beiden besten Freundinnen und meine Schwester saßen und mich zu sich winkten. Ein Haufen verrückter Hühner. Sie bedeuteten mir alles.

Wir waren auf dieselbe Grund- und später Oberschule gegangen, hatten, bis auf Emilie, nun gemeinsam unser Abi gemacht. Ein eingeschweißtes Team, auf das man zählen konnte. Ich erinnerte mich noch, wie sie mir die Hand gehalten und mir unzählige Taschentücher gereicht hatten, als mein erster Freund nach zwei Wochen Ostsee-Urlaub nach Hause gefahren war und dies unwiederbringlich das Aus dieser ersten Liebe bedeutet hatte. Auf ihr Konto ging ebenso, dass sie mich zu meinem achtzehnten Geburtstag in ein Casino geschleppt hatten, wo jede von uns bis zum Ende des Abends zwanzig Euro verloren und sich danach geschworen hatte, so einen Murks nicht noch mal zu machen.

Und als ich die Führerscheinprüfung, immerhin schon nach dem zweiten Anlauf, bestanden hatte, hatten sie eine Party für mich geschmissen. Danach hatte ich den ersten richtig schlimmen Kater meines Lebens gehabt. Doch es war trotzdem ein toller Abend gewesen.

»Worauf wartest du? Setz dich zu uns«, wurde ich aus den Gedanken gerissen.

Ich löste mich von der Brüstung und setzte mich zu meinen Freundinnen an den reichlich gedeckten Tisch, auf dem eine Platte voller belegter Brötchen stand, dazu noch ein paar

Schalen mit Snacks. Oma hatte es ohne mein Wissen vorbereitet.

Unser letzter Abend, ging es mir erneut durch den Kopf. Und ich blies Trübsal? Ich schüttelte den Kopf über mich selbst, beobachtete meine Lieben um mich, die beherzt in Käse- und Schinkenbrötchen bissen, und entschied, dass das doch eigentlich eine dumme Idee war, das Trübsalblasen. Ich wollte diesen Abend genießen. Mit den Menschen, die mir wichtig waren.

»Ich habe auch noch was für euch!«, sagte Nova und kicherte. Ihre blonden Strähnen wippten dabei vor ihren großen Augen hin und her. Nova war die Fröhliche unter uns. Immer gut gelaunt, selbst heute lächelte sie ohne Pause. Ich bewunderte sie darum, dass nichts und niemand sie je aus der Ruhe bringen konnte. Ihre Familie kam aus dem nahe gelegenen Niendorf, doch ihre Tante Agnes lebte hier im Löwensteg, den sie daher als ihr zweites Zuhause ansah.

»Ich habe ein paar Muffins für euch zum Dessert. Selbst gebacken – selbstverständlich! Und mit viel Zitrone, wie du es magst, Leo.«

Stolz öffnete Nova eine Plastikbox, die sie unter dem Tisch hervorgezogen hatte und dann herumreichte. Mit einem für Nova typischen Lächeln, das alles überstrahlen konnte, bot sie jeder von uns ein Gebäckstück an.

Beherzt griffen Leo und ich zu, nur Emilie schüttelte den Kopf. Schweigsam sah sie seitlich an der Brüstung auf die Einkaufsstraße herunter, in der wir uns befanden. Dabei schien es, als wäre sie in ihrer eigenen Welt.

»Mmmmh, du hast dich selbst übertroffen«, sagte Leo, nachdem sie von der Köstlichkeit probiert hatte.

»Du fängst völlig zu Recht eine Ausbildung an dieser Konditorschule in Bremen an.« Leo betrachtete den Muffin von allen Seiten. »Ich könnte mich da reinknien, ehrlich. Und die Zitrone schmecke ich auch raus. So lecker!«

Nova lächelte, nun verlegen, wodurch sich ihre Bäckchen ein wenig aufplusterten, was absolut umwerfend aussah. »So gut sind sie nun auch nicht.«

»O doch, meine Liebe, o doch!«, betonte Leo, während ich mir nun auch einen Bissen auf der Zunge zergehen ließ. Und ja, Nova war wirklich zur Konditorin geboren! Sie wurde nie müde zu betonen, dass sie das Talent ihrer Tante Agnes geerbt hatte, die die kleine Konditorei gegenüber betrieb. Somit war es ihrer Ansicht nach ja kaum ihr Verdienst, wie sie dann bescheiden hinzuzufügen pflegte, sondern vielmehr ein Familienerbe.

»Aber wisst ihr, was uns noch fehlt?«, fragte Leo und zog hinter ihrem Rücken eine Flasche Sekt hervor. »Das hier. Denn wir müssen unbedingt noch anstoßen! Wir haben es fast geschafft, Leute. Das Abi ist geschrieben, der Abiball war großes Kino, aber dieser Abend ist nur für uns vier! Bevor es rausgeht in die große weite Welt!«

Ich bemerkte, dass Emilie leise seufzte, während Leo den Korken knallen ließ. Schon sprudelte der Sekt aus der Flasche, und Nova und ich legten schnell Brötchen und Muffins zur Seite, hielten stattdessen rasch unsere Gläser unter die Öffnung, um den sprudelnden Schaumwein aufzufangen.

Beherzt schnappte sich Leo Emilies Glas und füllte es genauso wie ihr eigenes. »Wir haben große Pläne, Ladys!«, betonte Leo, die von uns vieren den weitesten Weg zurücklegen würde. Sie wollte nämlich an der renommierten Musical School in London studieren, um sich den Kindheitstraum von den Brettern, die die Welt bedeuteten, zu erfüllen.

Wir konnten es ehrlich gesagt noch gar nicht glauben, dass sie dort angenommen worden war. Schließlich war die Musical School eine der härtesten der Welt. Dort wurden fünfundneunzig Prozent aller Bewerberinnen und Bewerber abgelehnt. Noch dazu war Leo keine Muttersprachlerin. Aber sie hatte dennoch überzeugt, sie war für die Bühne geboren, daran gab es keinen Zweifel. Außerdem war sie ein auffälliger Typ mit ihrem honigblonden Pixie-Cut und ihrer kämpferischen Art. Ihre Stimme – sie war stolz darauf, ein Mezzosopran zu sein – bereitete Gänsehaut. Ehrlich! Zwar hatten wir immer gedacht, sie würde die Pension mit angeschlossenem Gasthaus ihrer Eltern eines Tages übernehmen, aber das Schicksal ging manchmal ganz eigene Wege.

Wir hoben unsere Gläser, alle, bis auf Emilie. Jetzt fiel es auch den anderen auf, dass meine jüngere Schwester missmutig wirkte.

»He, Em, was ist denn los mit dir?«, fragte Leo. »Du kannst ruhig einen Schluck nehmen, auch wenn du noch minderjährig bist, aber das ist eine Ausnahme, wie an Silvester, weißt du?«

Emilie seufzte erneut, straffte dann die Schultern. Sie wirkte überaus ernst. Ihre langen dunklen Haare verbargen die kleine Narbe an ihrer Wange und flossen wie ein Wasserfall über ihre schmächtigen Schultern, ließen ihr schmales Gesicht im Licht des Mondes sogar noch blasser als sonst wirken, was die Ernsthaftigkeit ihres Blickes betonte.

»Ich ... weiß. Aber das ist es nicht ... ich ... wollte gerne etwas sagen«, meinte Emilie und wirkte doch, als würde es ihr schwerfallen. Wir senkten unsere Gläser wieder, ohne einen Schluck genommen zu haben.

»Ja, was denn?«, hakte ich nach.

»Ich wollte ... wo habe ich es denn ...« Sie kramte etwas aus ihrem Rucksack hervor. Drei mit Geschenkpapier umwickelte und Schleifen dekorierte Päckchen kamen zum Vorschein, landeten mit gebotener Vorsicht auf dem Tisch zwischen Muffins und Brötchen.

»Em, was ist denn das?«, fragte Leo berührt. »Sind die Geschenke etwa für uns?«

Sie nickte.

»Aber warum denn?«, hakte Nova nach.

»Na, wisst ihr, es ist so … ich bin schon etwas traurig, dass ihr alle nun gehen werdet. Eigentlich sogar ziemlich … doll.« Sie senkte den Blick, schaute auf die drei Geschenke. Es ging mir ganz schön zu Herzen.

Emilie war drei Jahre jünger als wir anderen. Sie musste noch zur Schule gehen. Ich wusste, sie hatte auch ein paar Freunde in ihrer Klasse, mit denen sie sich richtig gut verstand. Aber das war nicht dasselbe. Was wir vier hatten, was uns verband, das war etwas Besonderes. Es war viel stärker als Freundschaft, eher als wären wir Vierlinge. Eine wusste, was die andere dachte. Nie war jemand wirklich einsam, weil immer eine von uns da war, wenn sie gebraucht wurde.

Und natürlich war dieses Band zwischen Em und mir noch viel stärker, denn wir waren Schwestern und zusammen aufgewachsen. Ich würde sie sehr vermissen, aber ein neues Leben würde nichts daran ändern, dass ich immer für sie da sein würde.

»Dass ihr geht, hat mir zuerst richtig Bauchweh bereitet. Immerhin seid ihr meine besten Freundinnen. Aber dann ist mir klar geworden, dass ich eigentlich richtig stolz auf euch bin.« Nun hob sie den Blick und sah jeden bedeutsam an. »Weil ihr eurem Traum folgt. Und ich bin wirklich froh, dass ihr das tut. Ihr habt es so verdient, ehrlich. Nova und Leo machen das, was sie schon immer machen wollten. Stella arbeitet ab Herbst als Trainee für Öko-Marketing in Berlin. Es ist großartig, wenn Träume in Erfüllung gehen.«

Ich lächelte. Seit einer Klassenfahrt in die Hauptstadt vor ein paar Jahren hatte für mich festgestanden, dass ich irgendwann nach Berlin wollte. Dass ich nun eine einjährige Trainee-Stelle bei der ökologischen Suchmaschine Forestle ergattert hatte, war in der Tat wie ein wahr gewordener Traum. Wenn alles glattging, wollte ich danach mit einem BWL-Studium an einer Berliner Uni beginnen.

»Das ist so lieb, Em, ehrlich«, meinte Nova und drückte Emilies Hand.

»Das steht dir auch noch bevor, Em«, sagte Leo, aber Emilie schüttelte den Kopf.

»Ich habe mich entschieden, ich werde nicht studieren oder gar Lübeck verlassen. Wenn es so weit ist, bleibe ich hier und führe mit Oma den Laden fort.«

Leo hob eine Braue. Auch ich hörte das zum ersten Mal. Em war sehr klug, ich war immer davon ausgegangen, dass sie es weit bringen, vielleicht Ärztin oder Wissenschaftlerin werden würde.

»Wenn du erst dein Abi hast, stehen dir viele Türen offen«, betonte Leo.

»Das weiß ich. Ich möchte es aber nicht anders, ich habe es mir lange überlegt«, erklärte Emilie. Ernst sah sie uns an. Und manchmal, so wie gerade jetzt, erstaunte sie mich mit ihrer Entschlossenheit.

»Dieser Laden, dieses Haus, ist mein Heim. Ich liebe es, und ich denke, dass das Geschäft von der nächsten Generation fortgeführt werden sollte. Es ist eine Institution im Löwensteg, das ältestes Gebäude. So etwas darf nicht verschwinden.«

»Aber du verzichtest nicht auf ein Studium, weil du glaubst, dass du hierbleiben musst? Oma wäre damit nicht einverstanden«, hakte ich nach.

»Nein, es ist mein ehrlicher Wunsch.«

»Nun, wenn das so ist, stehe ich voll hinter deinem Plan«, sagte Leo, und wir anderen stimmten zu.

»Deswegen seid ihr ja auch meine besten Freundinnen, denn ich wusste, dass ihr es verstehen würdet«, erwiderte Emilie und griff nach den Geschenken von der Mitte des Tischs, um jeder von uns eines zu reichen. »Ich will, dass ihr wisst, wie wichtig ihr mir seid, und dass ich euch ebenso unterstützen werde, egal wo ihr seid. Auch wenn ich euch furchtbar vermissen werde, seid ihr hier drin.« Sie deutete auf ihre Brust.

»O Mann, Em! Jetzt heul ich gleich!« Leo legte den Arm um Emilie. »Wir lieben dich auch. Das weißt du hoffentlich! Außerdem bleiben wir ja in Kontakt, nicht wahr? Und wir kommen oft zu Besuch, wir sind ja nicht aus der Welt.«

Emilie nickte. »Ja, das weiß ich.«

Ich war unglaublich stolz auf Em. Sie war so erwachsen. Manchmal viel erwachsener als wir anderen, trotz ihrer jungen Jahre.

»Was ist denn da nur drin?«, wollte Nova wissen und fingerte an der Schleife ihres Päckchens herum.

Emilie zuckte lächelnd mit den Schultern. »Macht es auf, dann wisst ihr es.«

Nova befreite ihr Geschenk zuerst, und ich sah ihr an, wie gerührt sie war. »Das ist … umwerfend, Em, wirklich.«

Sie hielt es hoch, sodass wir es sehen konnten. Ein wunderschön dekorierter Bilderrahmen mit einem Foto von uns vieren. Es zeigte uns bei einer Grillparty am Strand vor drei Jahren. Wie glücklich wir aussahen. Es war unglaublich, wie viel seitdem passiert war. Wie wir uns verändert hatten. Und doch waren mir diese jüngeren Ausgaben von uns unglaublich vertraut.

»Das war doch der Abend, an dem Leo unbedingt mit dem Segelboot rauswollte und dann ins Wasser geplumpst ist, oder?«, hakte Nova nach und lachte.

»O Gott, das hatte ich eigentlich verdrängen wollen«, erwiderte Leo gackernd. »Ich hatte zu tief ins Glas geschaut.«

»Pssst, ihr weckt noch Oma«, meinte Emilie warnend. Sie erlaubte uns zwar seit jeher, die Dachloggia für unsere Mädelsabende zu nutzen, allerdings unter der Auflage, dass wir sie nicht mitten in der Nacht mit zu lauter Musik oder Gelächter aus dem Schlaf rissen.

»Sorry«, meinte Leo kleinlaut.

»Danke, Em, ehrlich, das bedeutet mir alles!«, sagte Nova und presste das Bild an ihre Brust. »Lass dich umarmen!« Sie beugten sich beide über den Tisch, wichen geschickt der Sektflasche aus und schlangen die Arme umeinander. Lange hielten sie einander fest.

»Es gefällt dir, ja?«

»Ich liebe es!«

»Aber jetzt macht bitte weiter auf«, bat Em und ließ von Nova ab, glitt auf ihren Stuhl zurück und schaute gespannt in die Runde.

Auch in Leos Geschenk steckte ein schöner Bildrahmen mit einem Foto von uns allen.

»Em …«, sagte Leo schluchzend und schloss Emilie ebenso innig in die Arme. »Du verrücktes Huhn. Du weißt doch, wie nah ich am Wasser gebaut bin.«

Emilie strich Leo über den Rücken, beruhigte sie.

»Ist ja schon gut. Jetzt du, Stella.«

Ich nickte, öffnete mein Geschenk, indem ich die Schleife vorsichtig aufzog und das Papier auseinanderfaltete, darin war ein Bild von uns Freundinnen im Trödelladen. Wir lächelten in die Kamera, als wollten wir darum wetten, wer das breiteste Grinsen hatte. Ich erinnerte mich, wie wir damals beim Ausmisten der Regale geholfen hatten, weil sich manche Dinge einfach nicht verkaufen ließen, aber Platz wegnahmen. Die Entrümpelung war vor allem unserer Oma schwergefallen, hatte sie sich seit jeher nur schwer von Dingen trennen können. Das war auch heute noch so. Weswegen der Trödelladen inzwischen wieder genauso vollgestopft war wie vor dem Ausmisten.

Vier Jahre war die Aktion her, aber mir kam es vor, als wäre es gestern gewesen. Der Trödelladen von Oma war damals wie heute voller Wunder: kleine Schmuckkästchen, Medaillons mit Gravur, Türknäufe mit Schnörkeln aus vergangenen Zeiten. Man konnte sich geradezu in diesen alten Dingen verlieren und auch etwas über ihre Herkunft oder Geschichte erfahren, wenn man Glück hatte. Manchmal gab es nämlich Spuren, die wiederum eigene Geschichten erzählten, wie Nachrichten auf alten Postkarten, die von spannenden Reisen erzählten.

Jede von uns hatte sich damals nach getaner Arbeit etwas zur Belohnung aussuchen dürfen, während das, was wir aussortiert hatten, gemeinnützig gespendet worden war. Stolz hielten wir unsere Funde in die Kamera. Ich hatte mich für ein altes Kästchen entschieden, das ich noch heute besaß, darin meinen Schmuck aufbewahrte.

Aber das eigentlich Schöne an dem Bild war, dass man unsere innige Freundschaft erkennen konnte, unseren Zusammenhalt.

O Mann, jetzt hatte ich wirklich einen Kloß im Hals. »Danke dir, Em, es ist wunderschön. Du hast dir so viel Mühe gegeben, das ist wundervoll.« Ich drückte sie an mich, küsste sie auf die Schläfe.

»Aber wir haben jetzt gar nichts für dich«, meinte Leo betrübt.

»Das macht nichts. Dieser Abend ist mir genug«, sagte Emilie.

Wir waren alle in diesem Moment so ergriffen, dass wir zusammenrückten und Emilie festhielten. Das tat gut, ich merkte, wie ich etwas runterkam.

In den letzten Tagen hatten wir viele Vorbereitungen für unser neues Leben getroffen, waren damit beschäftigt gewesen zu planen, zu recherchieren und auch zu packen, den Umzug in die Wege zu leiten. Da war der Gedanke an Verlust ziemlich in den Hintergrund getreten. Aber nun war er wieder da und sehr präsent.

»Ich habe eine Idee!«, sagte Leo nach einer Weile und richtete sich auf. »Es ist wohl offensichtlich, dass wir nicht einfach in alle Himmelsrichtungen losziehen können, wenn zuvor noch eine Sache zu erledigen ist!«

»Was denn für eine Sache?«, hakte Nova nach.

»Wir werden uns gegenseitig etwas versprechen«, erklärte Leo. Dabei reckte sie die Brust, wirkte überaus feierlich und schaltete die Musikfunktion ihres Handys ein, doch leise genug, dass es Oma nicht wecken würde.

»Ein Schwur?«, wunderte sich Nova.

»Ja, ein Schwur. Wir schwören, dass wir uns niemals aus den Augen verlieren werden. Möge kommen, was wolle! Egal wo wir auf der Welt sind, zwischen uns wird es immer ein Band geben.«

Ein Leuchten trat in Emilies Augen. Leos Idee schien ihr zu gefallen.

Ich fand sie auch großartig und stimmte beherzt zu, genauso wie Nova.

»Darüber hinaus versprechen wir uns, dass wir uns mindestens einmal im Jahr treffen werden. Bis an unser Lebensende!« Bedeutsam sah Leo jeder von uns in die Augen. »Und zwar hier, auf dieser Dachloggia von Oma Hildes Trödelladen.«

»Ja!«, rief Emilie begeistert und presste die Flächen beider Hände aneinander.

»Was für eine nette Idee, Leo«, sagte Nova sichtlich angetan. »Das gefällt mir, da bin ich dabei.«

»Dann ist es abgemacht?«, hakte Leo nach.

Wir nickten alle.

»Aber ein echter Schwur muss besiegelt werden«, erklärte Leo und hob ihr Glas. »Steht bitte auf, nehmt euren Sekt!« Wir folgten ihrer Bitte. »Hakt eure Arme ineinander!«

Wir taten, worum sie uns bat, denn es war witzig und doch bedeutsam. Wir bildeten automatisch einen Kreis. »Auf unseren heiligen Schwur!«, sagte Leo, und wir tranken aus den

Gläsern der jeweiligen Nachbarin zur Linken, ohne uns loszulassen. Was aber gar nicht so leicht war.

Das prickelnde Getränk rann mir übers Kinn, ich musste grinsen. »Du bist irre, Leo«, meinte ich, hangelte nach einem Taschentuch und wischte mir damit über den Mund.

»Nun ist es besiegelt, Ladys!«, erklärte Leo zwinkernd, und wir lachten gelöst, konnten nun den letzten Abend entspannt genießen und die schöne Sommernacht.

1. Kapitel

Acht Jahre später

»Mit dem Rundumsorglos-Tarif von DialNet können Sie nichts falsch machen«, erklärte Marius einem Kunden das Mobilfunk-Paket für schnelles und zuverlässiges Telefonieren.

Ich blickte hinter dem Test-Terminal hervor, an dem ich gerade neue Handys zum Ausprobieren anschloss, und beobachtete ihn. Marius' braune Haare hingen ihm unmotiviert in die Stirn, offenbar ließ er sie wachsen, reichten sie doch schon fast bis auf die Schultern, die er angestrengt hängen ließ. Er wirkte müde, als hätte er nächtelang nicht geschlafen. Wahrscheinlich war das auch der Fall, war es doch erst wenige Tage her, seit er gemeinsam mit seiner Schwester Lena diesen Handyshop in Prenzlauer Berg eröffnet hatte, und es musste sich erst noch alles einpendeln, was die Abläufe anging. Genauer gesagt war es bereits das zweite Geschäft der Geschwister, und trotz ihrer Erfahrung mit Handyshops stand augenblicklich alles kopf. Außerdem war ein Angestellter kurzfristig abgesprungen, was auch der Grund war, warum Lena mich gefragt hatte, ob ich aushelfen würde. Schließlich hatten die Semesterferien gerade begonnen, und ich konnte nun mal anderen keine Hilfe verwehren. Zumal es ja auch nur für ein paar Tage sein sollte, bis Lena jemand Neues gefunden hatte. Und während noch die Luftballons und das *Neu im Kiez*-Banner von der Decke hingen, gab es schon die nächsten Probleme im Laden. Der Internetzugang zur Übertragung der Kundendaten an die Zentrale des Franchisegebers DialNet war, um es freundlich zu formulieren, etwas unzuverlässig, was natürlich ironisch war, wurde hier doch angeblich absolut zuverlässiger Internetzugang garantiert.

Hinzu kamen Kunden, die wenig Zeit hatten und schnelle Lösungen suchten. Erst gestern hatte sich vor der Theke eine Schlange an Leuten gebildet, die allesamt über Internetstörungen geklagt hatten. Marius hatte sich einiges anhören dürfen, obwohl wir hier natürlich wenig Einfluss auf die Performance des Anbieters hatten.

Vielleicht war das typisch für diese Stadt, überlegte ich und schaute aus dem Schaufenster, wo Leute in ihren Übergangsjacken vorbeieilten, als wären sie von einer Tarantel gestochen worden. In Berlin war alles immer in Bewegung, alles war aufregend und hip. Vor allem hier, da wir uns in einem In-Viertel befanden. Von dem Puls der Stadt wurde man besonders zu Beginn schnell mitgerissen. Doch mit der Zeit erschien das Tempo auch anstrengend.

Inzwischen war ich siebenundzwanzig und lebte seit acht Jahren in der Metropole, die ähnlich wie New York nie schlief. Nach meinem Traineeprogramm hatte ich noch ein Jahr für die Suchmaschine Forestle gearbeitet, ehe diese mit Ecosia zusammengelegt worden war. Die Suchmaschine, die bei einer gewissen Anzahl von Suchanfragen einen Baum pflanzen ließ. Ein wirklich tolles Konzept. Man hatte mich übernehmen wollen, doch ich hatte mich für das BWL-Studium entschieden, zu dem ich endlich zugelassen worden war. Ich erhoffte mir mit dem besseren Abschluss höhere Chancen auf dem Markt, spielte mit dem Gedanken, anschließend ins Öko-Marketing zurückzukehren.

Acht Semester später hatte ich nun also den Bachelor in der Tasche, arbeitete seit zwei Semestern an meinem Master und fühlte jeden Tag mehr, wie mir die Energie trotz aller vielversprechender Pläne ein bisschen schwand. Selbst jetzt, in der vorlesungsfreien Zeit, fühlte ich mich müde und vermisste die Ruhe meiner geliebten Ostsee jeden Tag mehr. Aber das war nicht alles, was mich runterzog.

Wieder sah ich zu Marius. Etwas in meiner Brust zog sich zusammen. Ich vermisste ihn, seine Nähe. Aber das mit uns … das hatte nicht sollen sein. Was immer noch ein bisschen schmerzte.

Wir hatten uns gleich an meinem ersten Tag an der Uni kennengelernt, denn mein Handy war kaputtgegangen, und ich hatte ein neues gebraucht. Kurz vor Ladenschluss war ich in Marius' Geschäft gestürmt. Er hatte gerade Feierabend machen und nach Hause gehen wollen, und so waren wir uns zwischen Tür und Angel über den Weg gerannt, oder vielmehr ineinander.

Ich war so mit meinem MP3-Player beschäftigt gewesen, der einfach nicht den richtigen Song hatte abspielen wollen, dass ich links und rechts nichts gesehen hatte, dann hingeflogen war und prompt Sterne gesehen hatte, weil wir uns auch noch die Köpfe aneinandergestoßen hatten. Marius hatte versucht, mich aufzufangen, und war ebenfalls gestürzt. Gefunkt hatte es sofort. Und wie!

Ich hatte nur ihn gesehen. Seine blauen Augen, die mir sanft entgegengeblickt hatten wie zwei Stücke des Himmels.

Er hatte mir aufgeholfen, mich reingebeten und mir einen Tee gemacht, sich für den ungeschickten Aufprall entschuldigt, obwohl es ja nicht allein seine Schuld gewesen war. Das Handy hatte ich dann auch noch am selben Abend erwerben können. Wir waren sofort auf einer Wellenlänge gewesen, zwei Menschen, die Pläne für ihr Leben gehabt hatten, die sich noch dazu überschnitten. Zudem eine Anziehungskraft, auf die Magneten neidisch geworden wären. »Ich frage das sonst nie so direkt, deswegen bin ich vielleicht auch etwas ungeschickt … aber würdest du vielleicht mit mir ausgehen?«, hallten seine Worte in meinen Ohren nach. Ich lächelte unwillkürlich bei der Erinnerung. Natürlich hatte ich Ja gesagt, und aus einem Date waren bald mehrere geworden, irgendwann waren wir zusammengezogen, und ein Leben ohne Marius war für mich bald nicht mehr denkbar gewesen. Auch Kinder hatten wir gewollt. Eine ganze Schar. Ich hatte mir immer schon zwei Mädchen und zwei Jungs gewünscht, Marius hatte das getoppt, indem er noch einen Familienhund obendrauf gepackt hatte. Ich vermisste uns.

Vielleicht hatte ich mich noch nicht daran gewöhnt, dass seit drei Monaten alles anders war.

Es hatte nur noch Streit und wenig Nähe zwischen uns gegeben, der Alltag hatte mit aller Kraft zugeschlagen, und dann hatte er auch noch einen Motorradunfall gehabt, bei dem er sich sogar überschlagen hatte. Zum Glück war ihm dennoch nichts passiert, von einer Knieverletzung und einer leichten Gehirnerschütterung abgesehen. Ein echtes Wunder. Doch das Ereignis hatte ihn verändert, er war schlechter gelaunt und wir beide nicht mehr glücklich gewesen. Ständig hatte er abwesend gewirkt, als würde ihn etwas bedrücken, doch er hatte nicht mit mir darüber sprechen wollen.

Und dann war es wie fast aus dem Nichts gekommen. Klar, ich hatte gemerkt, es gab Probleme, aber ich hatte gedacht, dass es nur eine Phase wäre. Dass wir daran arbeiten würden. Er aber hatte gesagt, dass es so nicht weitergehen könne. Es war der Anfang vom Ende gewesen. Mit allem, was dazugehörte. Fassungslosigkeit, Enttäuschung, Wut. Auch der Wunsch, Freunde zu bleiben, was meiner Meinung nach immer ein bisschen unrealistisch war, spielten doch zumeist tiefe Verletzungen und Kränkungen bei einer Trennung mit rein. Aber zugegeben, wir hatten es inzwischen irgendwie hinbekommen, dass ein normaler Kontakt zwischen uns möglich war.

Noch immer schaute ich zu ihm, aber es wurde mir erst jetzt bewusst. Der Kunde nörgelte in einem schnodderigen Ton, doch das brachte Marius nicht aus der Ruhe.

Schließlich einigten sich die beiden Männer.

»Ja, dann nehm ick ditte mit der Flätt-Rate.«

»Da haben Sie die richtige Entscheidung getroffen«, hörte ich Marius sagen. Seine warme Stimme löste ein fernes Kribbeln in meiner Brust aus.

Der Vertrag war schnell unterzeichnet, der Kunde verabschiedete sich. Marius konnte zufrieden mit sich sein, doch so sah er nicht aus. Vielleicht war es auch für ihn komisch, dass ich nun seit zwei Tagen wieder in seinem Leben war, wenn auch auf andere Weise als zuvor.

»Ich bin zurück!«, rief plötzlich Lena, die sich mit dem Kunden quasi die Klinke in die Hand gegeben hatte, und schlug schwungvoll die Tür hinter sich zu.

Lena und Marius hätten Zwillinge sein können. Sie sahen sich unglaublich ähnlich, beide waren sehr schlank, hatten dieselben welligen braunen Haare und dieses samtene Blau in den Augen. Ihre Eltern hatten sich nicht allzu sehr um die beiden gekümmert, weswegen Marius seine jüngere Schwester quasi großgezogen hatte.

»Schön, Lena, ich hoffe, es hat geschmeckt«, meinte Marius, während er Kundendaten über seine Tastatur eingab. Oder vielmehr es versuchte. Ich merkte, wie er immer stärker auf die Tasten einhackte.

»Klar, der Italiener um die Ecke ist einfach perfekt für die Mittagspause. Und wie lief es bei euch?«

»Geht so«, knurrte er. »Jetzt ist der Zugang wieder blockiert. Was ist da nur los?«

Ich hob den Daumen in Lenas Richtung und verkabelte ein weiteres Handy. Immerhin funktionierte das Testterminal, das war ja schon was.

»Ruf in der Zentrale an, Marius«, schlug Lena vor und gesellte sich dann zu mir. »Alles okay?«

Ich nickte. Eigentlich lief es sogar recht gut. Als ich gestern hier aufgeschlagen war, hatte ich es mir jedenfalls schwieriger vorgestellt. Doch ich hatte mich von Anfang an auf den Job konzentrieren wollen und dies auch, zumindest meistens, hinbekommen.

»Tut mir ehrlich leid, dass ich dich hier mit reingezogen habe. Und ich fürchte, wir brauchen dich auch noch ein paar Tage.« Sie schaute mich entschuldigend an. »Ich wusste nicht, wen ich sonst hätte fragen können, der sich mit den Abläufen auskennt. Vasili brauchen wir in der Eins, den kann ich auf keinen Fall abziehen. Aber ich habe ein Inserat aufgegeben und schon mit jemandem telefoniert, der am Montag nächste Woche vorbeikommt. Ich bin guter Dinge, dass es klappt, und dann bist du auch erlöst.«

»Schon in Ordnung«, versicherte ich. Es war nur logisch gewesen, mich zu fragen, hatte ich doch tatsächlich einiges an Erfahrung in ihrem ersten Handyshop sammeln können, weil ich dort zuvor während des Bachelorstudiums ausgeholfen hatte. Nachdem Marius und ich ein Paar geworden waren, hatte er mich gleich in ihr aufstrebendes Handy-Imperium integriert, was ein kleines zusätzliches Einkommen, das vom Bafög-Amt gestattet wurde, bedeutet hatte.

Die Frohgemut-Geschwister wollten eines Tages in jedem Berliner Bezirk einen Handyshop haben. Dies war die Nummer zwei. Und bei jeder Neueröffnung gab es eben Probleme, das war ganz normal. Ein weiteres Handy war am Terminal angeschlossen, ich nickte zufrieden.

»Ich brauche auch kurz eine Pause«, meinte ich zu Lena und setzte mich in den Personalraum, weil ich zu Mittag essen wollte. Da ich nicht viel Hunger hatte, nahm ich mir nur ein Sandwich aus dem Kühlschrank, setzte mich an den Tisch und blätterte in einer Zeitschrift. Dabei stolperte ich über einen Artikel über die Ostsee. Über dem Text prangte ein schönes Bild von rauschenden Wellen.

Gott, ich vermisste die Ostsee, ging es mir durch den Kopf. In der vorlesungsfreien Zeit war ich stets für ein paar Wochen nach Hause gefahren, dieses Jahr war ich aber noch nicht dort gewesen, wegen des Neueröffnungsstresses von Laden Nummer zwei hatte es sich nicht ergeben. Doch wie schön das jetzt wäre: Erholung pur, keine Handyverträge, keine Internetprobleme. Kein Marius …

Aber erst wenn hier alles besser lief. Denn vorher konnte ich Lena und Marius nicht im Stich lassen.

In dem Moment kam er herein, nahm sich ebenso ein Sandwich aus dem Kühlschrank und setzte sich zu mir.

Es war das erste Mal seit der Trennung, dass wir so nah beieinandersaßen. Zwar hatten wir vereinbart, in Kontakt zu bleiben, aber mehr als ein paar Whatsapp-Nachrichten waren nicht daraus geworden. Jeder hatte Zeit für sich gebraucht, was ja auch nur verständlich gewesen war.

Er packte sein Sandwich aus, während ich seinen vertrauten Geruch bemerkte.

»Wie geht's dir denn?«, hakte er plötzlich nach und sah mich mit seinen sanften Augen an.

»Ich komme schon klar«, sagte ich und widmete mich meinem Mittagessen. In diese Augen durfte ich nicht länger als ein paar Sekunden sehen, alles andere wäre ungesund.

Er nickte. »Das freut mich, ehrlich.«

Er biss ebenfalls von dem Sandwich ab, und ich wusste eigentlich gar nicht, was ich sagen sollte. Zwischen uns war alles anders, ein bisschen, als hätte jemand eine unsichtbare Mauer zwischen uns hochgezogen. Wir hatten nicht einmal mehr richtige Gesprächsthemen.

»Ich wollte dir danken, Stella«, fing er jedoch an.

»Ich helfe euch wirklich gerne.«

»Ich weiß, aber das ist nicht der Grund, warum ich dir danken will. Zumindest nicht der einzige.«

Ich hob eine Braue, legte mein Sandwich wieder aufs Papier. Es schmeckte nicht so recht.

»Du weißt, dass du mir noch immer viel bedeutest. Ich will sagen, dass ich froh bin, dass wir noch Freunde sind. Ehrlich.«

»Klar, Freunde …« Er bedeutete mir auch noch was, vielleicht sogar zu viel. Aber darauf wollte ich mich nicht konzentrieren, sondern auf meinen Job. Deswegen war ich schließlich hier.

»Und wenn du mal Hilfe brauchst, bin ich für dich da. Darauf kannst du zählen. Das weißt du hoffentlich?«

Ich nickte, ja, ich wusste es. Auch wenn wir nicht mehr zusammen waren, zwischen uns würde immer etwas Besonderes sein.

Nur im Augenblick schmerzte es eben noch ein bisschen. Oder auch ein bisschen mehr.

Ihm fiel mein Magazin auf, und er lächelte unwillkürlich. »Ach, die Ostsee …« Wir waren einige Male zusammen dort gewesen, hatten meine Familie besucht. »Das war immer sehr schön«, fügte er hinzu und nahm noch einen Bissen.

»Ja, das war es«, meinte ich leise und hatte irgendwie keinen Appetit mehr. Ich packte das Brot ein und legte es in den Kühlschrank zurück.

»Ich hoffe, ich habe dich nicht vertrieben?«, fragte Marius besorgt.

Ich schüttelte den Kopf. »Alles gut«, sagte ich und begab mich in den Laden zurück, denn ich wollte die Zeit nutzen und zwei neue Smartphone-Modelle am Terminal anschließen. Diese musste ich vorher testen. Zugleich war ich froh, dass ich etwas zu tun hatte, das mich ablenkte, weil Marius' Nähe mich durcheinanderbrachte. Eines der Geräte hatte ein ausfaltbares Display. Total verrückt.

Im Laufe des Tages kamen noch einige Kunden, die meisten schlossen Verträge ab, einige hatten Probleme mit ihren Mobiltelefonen, brauchten einen Akkuersatz oder neue Ladekabel. Lena und Marius regelten alles souverän. Dass sie eines Tages ein Handy-Imperium leiten würden, stand außer Frage.

Irgendwann wollte Marius zur Nummer eins fahren, um dort nach dem Rechten zu sehen.

»Bis morgen, Lena. Ciao, Stella«, sagte er und hob die Hand.

Ich hob meine ebenso und murmelte ein »Ciao, Marius«.

Kaum war er gegangen, wandte sich Lena an mich.

»Du kannst auch gehen, wenn du magst. Den Rest manage ich allein.«

»Ehrlich? Brauchst du mich nicht mehr hier?«

Sie schüttelte den Kopf und füllte etwas aus, reichte mir dann einen Scheck. »Das habe ich gestern vergessen, sorry. Also der ist für deine Mühe gestern und heute.«

Ich nahm ihn an, sie hatte mir einen guten Stundenlohn gegeben.

»Morgen dann wieder zur gleichen Zeit?«

Sie nickte. »Danke. Wirklich, ich weiß, es ist nicht leicht für dich.«

Ich nickte auch und zog mir meine Jacke über, trat raus aus dem Laden, atmete die frische Luft ein, die schon ein bisschen nach Frühling roch, und betrachtete die Straße, in deren Mitte ein Streifen Bäume wuchs, die allmählich grün wurden. Von einem der offen stehenden Fenster drang ein leckerer Geruch nach einem späten Mittagessen.

Da kam mir die Idee, dass ich etwas für Jørgunn und mich kochen könnte, hatten wir doch noch ein paar Pellkartoffeln von gestern übrig. Aus denen ließ sich doch was machen. Das würde mich auch auf andere Gedanken bringen. Ich machte mich auf den Weg zum Supermarkt.

Backfisch im Bierteig mit Bratkartoffeln und Remoulade sollte es geben, nach dem Rezept meiner Oma.

Ich seufzte, dachte an den Löwensteg, meine Freundinnen und an unseren Schwur von unserem letzten gemeinsamen Sommer auf der Dachloggia von Omas Trödelladen. Der Schwur, dass wir uns wenigstens einmal im Jahr dort treffen wollten. Es hatte sich eingebürgert, dass wir diesen besonderen Tag auf das Jahresende legten. Denn zu dieser Zeit waren alle im Löwensteg bei der Familie. Bis dahin war es jedoch noch etwas hin, überlegte ich, betrat den Supermarkt und hielt auf die Fischabteilung zu. Trotzdem vermisste ich unsere Clique gerade besonders, fühlte ich mich doch ziemlich einsam im Moment.

Mit den Einkäufen machte ich mich auf den Weg nach Hause, wo ich mich ohne Umwege in die Küche begab, den Fisch panierte und in die Bratpfanne warf. Eine zweite Pfanne stellte ich auf die Herdplatte daneben, um anschließend die frisch geschnippelten Pellkartoffeln von gestern Abend hineinzugeben. Es roch schnell sehr wohltuend in unserer Küche. Ich öffnete das Fenster zum Hinterhof, damit es nicht zu stickig wurde. Auch bei uns im Viertel roch es schon nach Frühling. Der Winter war so mild gewesen, dass sich bereits jetzt die ersten Knospen der Bäume zeigten. Sie lenkten den Blick von den dahinterliegenden Altbauten ab.

Ich genoss den Anblick eine Weile, dann hörte ich, wie sich der Schlüssel in der Wohnungstür drehte und meine Kommilitonin Jørgunn heimkam.

Jørgunn war meine Lebensretterin gewesen. Sie studierte gemeinsam mit mir BWL im Master. Als sie erfahren hatte, dass ich eine Bleibe suchte, weil ich aus Marius' und meiner Wohnung ausgezogen war, hatte sie mir ein WG-Zimmer angeboten. Ich hatte es mir kurzfristig angesehen und es nur zu gerne genommen, die Lage war gut und der Mietpreis erschwinglich.

Es gab noch eine zweite Mitbewohnerin. Marcella war derzeit allerdings im Urlaub.

»Das riecht ja fantastisch«, sagte Jørgunn und kam in die Küche, wo sich der Duft von Zwiebeln, Backfisch und Bratkartoffeln ausbreitete.

Ihre Tasche glitt neben unseren Esstisch, die Fleecejacke streifte sie ab und hängte sie über die Stuhllehne, darunter kamen bunte Armstulpen zum Vorschein und ein Shirt mit der Aufschrift: *Mein Einhorn sagt, die Realität lügt.*

Auch wenn der Name Jørgunn vermuten ließ, dass sie aus einem skandinavischen Land kam, war sie Urberlinerin. Jedoch mit norwegischen Wurzeln, wie sie gerne erklärte, wenn man sie nach ihrem besonderen Vornamen fragte.

»Danke.« Ich zwinkerte. Ich hatte mir auch alle Mühe gegeben, es sollte immerhin ein schönes Abendessen werden. Jørgunn holte Teller aus dem Schrank und fing an, den Tisch zu decken. »Wie war dein Tag?«, hakte sie nach.

»Gut.« Ich überlegte noch mal und nickte dann überzeugt. »Ja, gut.«

Jørgunn sah mich an, als glaubte sie mir nicht.

»Okay …« Sie fuhr sich durch ihre hellroten Haare, die sich wild kringelten. »Jetzt hast du es ja zumindest hinter dir.« Sie spielte auf meine Begegnung mit Marius an. Aber sie lag falsch.

»Ich gehe morgen noch mal hin.«

»Schon wieder? Die nutzen dich doch aus.« Sie pustete verärgert eine Locke aus der Stirn.

»Quatsch, ich mach's gerne und werde bezahlt. Montag hat Lena ein Vorstellungsgespräch mit einem Bewerber, danach brauchen sie mich sicher nicht mehr. Ist alles im grünen Bereich.«

Wieder dieser Blick, als traute sie meinem Urteil nicht.

»Ob das wirklich eine gute Idee ist, dass du ausgerechnet mit ihm zusammenarbeitest?«

»Wieso denn nicht?«

»Nun … eure Trennung ist gerade mal ein paar Wochen her.«

»Drei Monate!«

»Ich hab die Taschentuchpyramiden auf der Couch gesehen, ich habe bis tief in die Nacht Gespräche mit dir geführt, so locker, wie du nun tust, hast du es nicht weggesteckt.«

Ich seufzte.

»Am Anfang ist es doch normal, dass man weint …«

»Ich hab dich letzte Nacht weinen hören.«

Nun biss ich mir auf die Unterlippe, ich hatte echt geglaubt, sie hätte es nicht gemerkt. Ihr konnte ich nichts vormachen.

»Ich mache mir Sorgen, dass dir der Job mit ihm vielleicht nicht bekommt.«

»Es ist alles geklärt zwischen uns. Wir sind Freunde. Mehr nicht.«

Jørgunn schien immer noch nicht überzeugt.

»Dass er das so sieht, weiß ich. Ich hoffe nur, dass dir das auch klar ist. Eine Trennung ist zudem ein Prozess. Wenn man immer wieder zurückgeworfen wird, geht es nicht voran«, sagte sie. »Außerdem glaube ich nicht an Freundschaft nach einer Trennung.«

»Ich komme klar, wirklich. Dann habe ich halt ein Tränchen verdrückt, na und?«

Ich war ziemlich gut darin, Dinge herunterzuspielen.

Jørgunn hob skeptisch eine Braue und organisierte Besteck. »Ich möchte nur nicht, dass dir jemand wehtut, verstehst du?«

»Danke, das ist lieb, Jørgunn, ehrlich. Aber ich passe schon auf mich auf. Und ich weiß, wie viel ich mir zumuten kann. Außerdem ist es doch wie eine Prüfung für mich. Nur so kann ich herausfinden, wie ich mit der Situation umgehen kann. Denn früher oder später würden wir uns sowieso begegnen, gleicher Freundeskreis und so.«

Sie nickte. Kurz darauf setzten wir uns mit je einem Glas Weißwein an unseren Esstisch und genossen den Fisch.

»Es schmeckt ausgezeichnet«, sagte Jørgunn und schob sich gleich noch eine Gabel in den Mund.

Ich lächelte.

»So schmeckt das Meer«, sagte ich und seufzte.

»Du vermisst dein Zuhause in letzter Zeit sehr oft«, überlegte sie und trank noch einen Schluck.

Sie hatte recht. Ich fühlte mich auch etwas einsam. Mein Leben hatte sich schließlich sehr verändert. Doch an der See war das nie so. Da mochte kommen, was wollte, ich fühlte mich stets geerdet, wenn ich das Meer sehen konnte.

»Vielleicht wäre das ja 'ne Idee«, fiel es ihr ein. »Urlaub in Travemünde bei deiner Oma? Das bringt dich auf andere Gedanken.«

Daran hatte ich auch schon gedacht. Ich pikte etwas von der goldenen Panade mit der Gabel auf und probierte. Es war wirklich nicht schlecht, hätte auch von Oma sein können.

»Das geht frühestens, wenn der Laden aus dem Gröbsten raus ist.«

»Ach, Stella … Du bist irgendwie zu gut für diese Welt.«

»Ich kann nicht aus meiner Haut, und ich kann Marius und Lena nicht im Stich lassen. Er würde dasselbe für mich tun. Außerdem muss er in drei Tagen los nach London zu einer Tagung von DialNet, seinem Franchisegeber. Dann ist Lena komplett allein in der Zwei. Es steht ja nicht fest, ob sie jemand Neues findet. Ich kann sie nicht im Stich lassen. Das wäre nicht richtig.«

Jørgunn nickte langsam. Erst wenn der Laden lief, würde ich mich wirklich entspannen können und den Ostsee-Urlaub auch genießen. So war ich nun mal.

2. Kapitel

Drei Tage waren vergangen, in denen ich im Handyshop ausgeholfen und irgendwie versucht hatte, mich nur auf den Job zu konzentrieren, was nicht leicht gewesen war, mit Marius stets in der Nähe. Gestern war er jedoch früh los, um seine London-Reise vorzubereiten. Und ab da hatte ich ihn ein bisschen vermisst.

Die Morgensonne strahlte mir nun ins Gesicht, während ich noch ein paar Minuten im Bett liegen wollte, als mich das Klingeln meines Handys ausschreckte.

Ich richtete mich in meinem Bett auf, schnappte mir das Mobiltelefon vom Nachtschränkchen und blinzelte aufs Display, auf dem der Name von Leos Mutter stand. Sofort ahnte ich, dass etwas passiert sein musste, denn normalerweise rief mich Gundula Andresen nie an. Schon gar nicht um acht Uhr morgens.

Ich war in der ersten Sekunde so perplex, dass ich gar nicht ranging und nur auf ihren Namen starrte, bis Jørgunn gegen die Wand klopfte, da das Bimmeln wohl auch sie geweckt hatte.

»Sorry«, murmelte ich, obwohl Jørgunn es vermutlich gar nicht hörte.

Wieso rief mich denn Gundi an? War was passiert?

Ich war mit einem Schlag hellwach, kletterte aus dem Bett und lief mit dem Handy am Ohr in unser Wohnzimmer, um meine Mitbewohnerin nicht noch mehr zu stören.

»Hallo?«, fragte ich. Das Herz schlug mir bereits bis zum Hals.

»Stella, Liebes, hier ist Gundi … ich weiß gar nicht, wie ich es sagen soll, aber ...«, bestätigte sie auch schon meine schlimme Vorahnung. Ich ließ mich in den Sessel sinken. Das drückende Gefühl, dass etwas nicht in Ordnung war, wurde stärker.

»Was ist denn, Gundi?«, fragte ich aufgeregt, und meine Stimme zitterte leicht. Sie klang in meinen Ohren fremd.

»Deine Oma ... sie ist heute Nacht ...«

Im selben Moment, in dem ich diese Worte hörte, blieb die Zeit für mich stehen. Gundis unvollendeter Satz hallte wieder und wieder in meinen Ohren nach, bis mein Herz so laut schlug, dass es alles andere übertönte. Ich wusste, was sie hatte sagen wollen ... und doch konnte ich es nicht glauben.

»Was?«, brachte ich endlich hervor. Ich hatte mich verhört, bitte, das musste es einfach sein. Oma war ... ich konnte den Gedanken nicht einmal zu Ende führen.

»Es tut mir so leid, Kind ...«

»Wie denn ... wie ...« Ich konnte es nicht begreifen. Es zog mir den Boden unter den Füßen weg, hätte ich nicht längst gesessen.

»Sie war mit mir zum Frühsport verabredet, sie hat aber nicht geöffnet, als ich geklingelt habe. Ich habe gleich geahnt, dass etwas nicht stimmt, denn so ist sie doch sonst nicht. Seit ich Hilde kenne, hat sie noch nie verschlafen oder einen Termin vergessen. Daher habe ich mit dem Ersatzschlüssel aufgeschlossen. Hilde ... war nicht ansprechbar, ich habe den Notarzt gerufen, aber es war schon zu spät ...«

Gundi schluckte schwer. »Der Arzt hat gesagt, sie ist friedlich eingeschlafen«, erklärte sie, und ich hörte ein Schluchzen in ihrer Stimme.

Ich schüttelte den Kopf. Nein! Oma war das blühende Leben gewesen, fit wie ein Turnschuh. Erst vor ein paar Tagen hatte ich noch mit ihr telefoniert. Sie hatte nicht nur wie immer geklungen, sondern war richtig gut drauf gewesen, hatte Pläne für unser Treffen Ende des Jahres gemacht, mich gefragt, was Nova und Leo dann gerne essen wollten, obwohl es doch noch so lange hin war.

Außerdem hatte sie ihren Trödelladen renovieren wollen und dafür seit langem gespart. Darüber hatten wir doch gesprochen, weil sie mich gefragt hatte, ob ich ihr bei der Organisation helfen würde, denn das sei nicht ihre Stärke. Neue Böden, neue Farben an den Wänden. Auch eine neue Einrichtung mit modernen Regalen und einer formschönen Theke samt Auslage. Das war schon lange ihr Traum gewesen, und endlich hatte sie Nägel mit Köpfen machen wollen. Ich war begeistert gewesen, sie hatte mir über Emilie Fotos von Farbmustern für neue Vorhänge mailen lassen.

Aber so war Oma gewesen.

Sie hatte Pläne für die nächsten zehn Jahre im Kopf gehabt, und es schmerzte, dass sie nun keinen davon würde realisieren können.

Es zerriss mir das Herz. Doch zum Weinen war ich viel zu erstarrt. Vielmehr fühlte ich mich wie eingefroren, völlig gelähmt. Die Finger meiner linken Hand hatten sich in den Stoff der Armlehne meines Sessels gekrallt, als suchten sie nach Halt.

»Ich mache mir Vorwürfe, Kind. Ich meine, ich wohne doch direkt neben Hilde. Da hätte ich etwas mitbekommen müssen.«

»Es ist nicht deine Schuld, Gundi«, fand ich meine Stimme langsam wieder. Den Gedanken sollte sie schnell vergessen.

»Was ist mit Emilie?«, fiel es mir ein. War sie nicht gerade in Dänemark zum Urlaub auf einem Bauernhof? Das hatte jedenfalls in ihrer letzten E-Mail an mich gestanden, ich hatte ihr noch viel Spaß gewünscht. Emilies Verhältnis zu unserer Oma war noch viel enger als meines. Sie konnte sich im Gegensatz zu mir nicht an unsere Eltern erinnern, für sie hatte es immer nur Oma und Opa, irgendwann eben nur noch Oma gegeben.

»Ich habe sie auch schon informiert. Du kannst dir vorstellen, sie war wie erstarrt. Sie ist doch gerade mit Mandy verreist, und als ich sie eben erreicht habe, war sie völlig fertig mit den Nerven, das arme Ding. Ich habe ihr gesagt, sie kann jederzeit zu mir kommen, wir sind doch alle eine große Familie«, erklärte Gundi.

Mit Mandy verreist? Sollte das bedeuten, dass Emilie und Mandy wieder zusammen waren? Und wenn es so war, wieso hatte sie mir das nicht erzählt? Ich wischte den Gedanken gleich wieder fort. Das war jetzt wirklich zweitrangig.

»Sie ist auf dem Weg heim«, fügte Gundi hinzu.

»Ich komme auch nach Hause …«, entschied ich. Ich musste mich um Emilie kümmern. Sie brauchte mich!

»In Ordnung, Liebes. Melde dich bitte, wenn du da bist. Ich kann dich auch vom Bahnhof abholen, sag mir nur Bescheid, meine Nummer hast du ja.«

»Natürlich, Gundi. Danke.« Ich legte auf und fühlte mich wie erschlagen. Als wäre das alles nur ein schrecklicher Traum, inständig hoffte ich, gleich zu erwachen, aber das tat ich nicht.

Meine Finger krallten sich immer noch in die Lehne. Erst jetzt merkte ich einen stechenden Schmerz, der durch die Überanspannung ausgelöst wurde und durch meine Hand zuckte. Ich löste sie, knetete meine Finger, bis ich wieder ein Gefühl in ihnen verspürte.

Da räusperte sich Jørgunn, und ich schreckte hoch, entdeckte, dass sie im Türrahmen stand. Die Arme verschränkt, die rotblonden Ringellocken zu allen Seiten abstehend. Sie gähnte leise, während sie an ihrem Pyjama zupfte. Vielleicht war ich doch zu laut gewesen? Aber sie sah nicht wütend aus, kam mit einem bedauernden Gesichtsausdruck näher. Mir dämmerte, sie hatte es mitangehört. Zumindest teilweise.

»Du bist total blass, was ist los?«, fragte sie auch schon und hockte sich vor mich hin.

Ich hörte mich selbst erklären, was geschehen war. Doch meine Stimme klang so fern, als käme sie aus einem Nebenzimmer. Jørgunn hörte mir zu, umarmte mich, ich merkte, sie wollte mir Halt geben, aber ich fühlte mich wie ferngesteuert, regte mich nicht einmal. Schlaff blieben meine Arme neben mir liegen, anstatt sie um meine Mitbewohnerin zu legen.

»Tut mir leid, Süße.« Sie strich über meinen Rücken.

»Ich muss packen«, meinte ich geistesabwesend. »Ich muss nach Hause.«

Das hatte Vorrang vor allem anderen.

Sie ließ von mir ab, und ich erhob mich langsam, lief kopflos in mein Zimmer.

»Kann ich was für dich tun?«, fragte Jørgunn und folgte mir.

»Ich muss nach Hause«, wiederholte ich. »Ich muss für Em da sein. Wer ist denn sonst für sie da?«

»Deine kleine Schwester?«

Ich nickte, überlegte, wie ich nach Lübeck kam. Marius und ich hatten vor der Trennung unseren gemeinsamen Wagen verkauft, weil wir der Ansicht gewesen waren, dass man in Berlin kein Auto brauchte. Mit den öffentlichen Verkehrsmitteln kam man überallhin, und es ging zumeist schneller als mit dem Auto. Ganz zu schweigen davon, dass wir dabei auch an die Umwelt gedacht hatten.

Ich würde mir wohl stattdessen eine Fahrkarte für die Bahn organisieren müssen. Mit dem Handy suchte ich schon im Internet nach einer Buchungsmöglichkeit. Ich wollte keine Sekunde verstreichen lassen.

Aber DialNet zeigte sich einmal mehr als unzuverlässiger Anbieter. Ich konnte keine Verbindung herstellten.

»Verdammt, ich brauche doch eine Fahrtkarte …«, ächzte ich und stopfte derweil alle möglichen Sachen in meine Reistasche, die ich zuvor unter meinem Bett hervorgezogen hatte.

»Nein, warte mal, ich habe da vielleicht eine bessere Lösung«, sagte Jørgunn.

»Hm?«

»Ich schaue nach einer Mitfahrgelegenheit für dich«, erklärte sie. »Einen Moment, Stella.« Schon verließ sie mein Zimmer.

Ich machte eine Pause, sank auf mein Bett, legte den Kopf auf der weichen Matratze ab und schaute zur Decke hoch, als wären dort die Antworten auf alle Fragen versteckt. Noch immer kam mir alles unwirklich vor. Als steckte ich mitten in einem bösen Traum.

Es dauerte nicht lange, da kehrte Jørgunn zurück.

»Manchmal hat man eben Glück«, erklärte sie und hockte sich wieder vor mich hin. »Wenn du bis zwölf Uhr warten kannst, können dich Sam und Bine mitnehmen«, sagte sie dann.

»Sam und Bine?« Die Namen hatte ich noch nie gehört.

»Sam ist der Sohn einer Freundin meiner Mutter und hier groß geworden, ich kenne ihn schon ewig. Er hat in Lübeck studiert, also genau umgekehrt zu dir. Seit ein paar Jahren ist er dort als wissenschaftlicher Mitarbeiter an der Technischen Hochschule tätig, nun war er jedoch zum Familienbesuch in Berlin. Und wie es der Zufall will, fährt er heute nach Lübeck zurück. Die beiden haben noch einen Platz im Wagen frei.«

Ich atmete auf. Das klang viel besser, als mit dem Zug zu fahren.

»Zwölf ist gut, ich muss ja auch noch packen«, sagte ich also.

»Na bestens. Ich rufe ihn an und sage ihm zu.«

Und schon war sie wieder verschwunden. Ich zog mich am Bettpfosten hoch und griff in die offene Schublade der Kommode direkt daneben, um noch ein paar Klamotten einzupacken. Außerdem setzte ich auf meine gedankliche To-do-Liste, dass ich Lena informieren musste. Sie erwartete mich heute im Laden.

»Alles klar, er holt dich nachher ab«, sagte Jørgunn gleich darauf und lugte zu mir herein.

Ich schaute über meine Schulter zu ihr, legte gerade ein Shirt zusammen, das auch mitkommen sollte. »Danke, Jørgunn.«

»Ehrensache«, winkte sie ab. »Ich möchte nur, dass du gut ankommst.«

3. Kapitel

Ich hatte Emilie nicht erreicht und ihr deswegen eine Textnachricht geschickt, dass ich auf dem Weg nach Travemünde war. Ich vertraute darauf, dass sie diese früher oder später las und dann wusste, dass sie nicht allein sein würde. Außerdem war Mandy bei ihr. Aber darüber wollte ich jetzt nicht nachdenken, das war eine andere Geschichte.

Meine Tasche war gepackt, ich warf sie mir über die Schulter und wurde noch einmal kräftig von Jørgunn umarmt.

»Melde dich, wenn du angekommen bist.«

»Klar.«

Ich drückte sie an mich, und verließ dann die Wohnung, eilte die Treppen im Hausflur hinunter, als ich von draußen ein Hupen durch das offene Flurfenster hörte. In unserer kleinen Seitenstraße stand direkt vor der Einfahrt ein glänzender Alfa Romeo. Es hupte erneut, dann wurde ich bemerkt.

Auf der Fahrerseite stieg ein junger Mann aus, dessen dunkle Haare ihm frech ums Gesicht wehten. Er wirkte schlank, aber sportlich und erinnerte mich an eine Mischung aus Justin Long und Joseph Gordon-Levitt. Ich schätzte ihn auf Ende zwanzig, Anfang dreißig.

»Hey, bist du Stella?«, rief er mir entgegen und schlenderte auf mich zu.

»Bin ich«, erwiderte ich etwas atemlos.

Auf dem Beifahrersitz erspähte ich eine Blondine, die gelangweilt in die Gegend schaute.

Als der Fahrer mich erreichte, nahm er mir die Tasche ab.

»Ich bin Sam«, stellte er sich vor und reichte mir die Hand.

»Ich hab's mir gedacht.« Ich schüttelte sie. Kräftiger Händedruck.

»Jørgunn sagte, du suchst eine Mitfahrgelegenheit. Wo willst du denn genau in Lübeck hin?«

»Travemünde«, erklärte ich.

Er nickte. »Kein Problem, das kriegen wir hin.«

»Schatzi, können wir dann langsam mal weiter?«, fragte die Blondine.

»Klar, Bine«, sagte Sam entspannt, verstaute meine Tasche im Kofferraum und hielt mir die hintere Wagentür auf.

»Gute Fahrt!«, schallte es von oben. Ich blickte hoch und erspähte Jørgunn, die aus dem Fenster im fünften Stock winkte.

Ich hob die Hand.

»Danke«, meinte ich dann zu Sam und stieg hinten ein, während er sich hinter das Lenkrad setzte.

»Alle anschnallen«, sagte Sam, steckte seinen Gurt in die Halterung und fuhr los. Der Berliner Verkehr hatte es in sich, doch Sam erwies sich als angenehmer Fahrer, den nichts aus der Ruhe brachte.

Zügig ging es auf die Stadtautobahn, wodurch wir den Stadtverkehr schnell umgehen konnten. Es dauerte nicht lange, da hatten wir den Berliner Ring hinter uns gelassen. Irgendwann schrumpfte die Metropole im Rückspiegel, bis sie nur noch ein verschwommener Punkt war. Ich beobachtete diesen so lange, bis er nicht mehr zu erkennen war. Eigentlich konnte ich noch immer nicht glauben, dass ich gerade hier saß und unter diesen Umständen nach Hause fuhr. Aber es war, wie es war, und die Erkenntnis bildete einen Kloß in meinem Hals …

»Alles okay, Stella? Du bist schon die ganze Zeit so ruhig«, meinte Sam, als wir die Hälfte der Strecke hinter uns gelassen hatten. Neugierig sah er mich über den Rückspiegel an, während Bine mit ihrem Handy spielte.

Ich war tief in das Polster gesunken, hatte die Fahrt über kaum zugehört, was die beiden miteinander beredet hatten, und war in Gedanken vertieft gewesen.

Etwas Fröhliches lag in seinen dunklen Augen, sie schienen immerzu zu lächeln, während sie mich musterten, denn er konnte ja nicht wissen, was geschehen, was der Grund für meine Reise war. Ich wünschte, ich hätte mich von dieser fast schon unschuldigen Fröhlichkeit anstecken lassen können, doch das war unmöglich. Ich schüttelte also den Kopf, worauf sein Blick mit einem Mal sehr ernst wurde, weil er nun doch zu verstehen schien, dass es mir nicht gut ging.

In meiner Brust war noch immer ein Engegefühl, das ich einfach nicht loswurde. Als würde ich nicht richtig atmen können.

Ich musste nur an Oma denken und spürte schon, wie die Tränen in meinen Augen brannten. Unwillkürlich presste ich die Lider zusammen. Aber immer noch konnte ich nicht wirklich weinen. Ich war zu gelähmt. Dabei wünschte ich es mir. Ich wollte weinen!

»Oje, was ist denn los?«, fragte Sam. Auch Bine sah nun vom Handy auf. Sie drehte sich auf dem Beifahrersitz um und schaute zu mir nach hinten, ärgerte sich dabei über ihren Gurt, der unangenehm zu spannen schien, und zupfte ihn zurecht.

»Meine Oma ist …« Ich brach wieder ab, weil ich es im Grunde immer noch nicht glauben konnte und deswegen auch nicht aussprechen wollte. Die beiden verstanden mich dennoch.

»Shit … Das tut mir leid mit deiner Oma, ehrlich«, sagte Sam und sah mich mitfühlend an. Ich war ein bisschen erstaunt, kannten wir uns doch gar nicht. Aber sein Mitgefühl erschien mir ehrlich.

Da surrte Bines Handy erneut. »Sorry, ist nur Didi«, sagte sie, wandte sich um und widmete sich wieder ihrem Smartphone.

»Ihre neue beste Freundin«, erklärte Sam. Ich hör dir zu, schien sein Blick im Rückspiegel zu sagen. Und irgendwie tat es gut, eine Möglichkeit zum Reden zu haben. Also tat ich es. Denn es wollte raus. Unbedingt.

»Ich habe noch letzte Woche mit ihr gesprochen«, erklärte ich gedankenversunken, während die Landschaft an uns vorbeirauschte. Aus dem Augenwinkel war es kaum mehr als eine Ansammlung verschwommener grüner und blauer Farbkleckse. Zum Glück war die Autobahn nicht allzu voll. Ich war froh, dass wir gut vorankamen, anstatt in einem Stau festzustecken. So hoffte ich, dass ich noch vor Emilie in Travemünde eintraf, um ihr beistehen zu können, wenn auch sie ankam. Es sollte jemand zu Hause sein, wenn sie zurückkam.

»Das alles kam ... so plötzlich ...«, fuhr ich fort, aber meine Stimme brach. Ich schüttelte den Kopf.

»Schon gut, du musst nicht drüber reden«, sagte Sam in einem sanften Ton. Aber das wollte ich. Also erzählte ich alles, was mir gerade einfiel und irgendwie mit Oma zu tun hatte. Nur weinen konnte ich nicht, obwohl meine Augen wie die Hölle brannten.

»Taschentuch?«, bot Bine an, die ihr Handy inzwischen zur Seite gelegt hatte.

Ich nickte. »Danke ...«

Sie zog das Schubfach auf, und ein paar zusammengefaltete Papiere flogen ihr entgegen.

»Entschuldige«, sagte sie zu Sam und reichte mir das Taschentuch, mit dem ich mir die Augen wischte.

Bine hob etwas ungelenk die Papiere auf, um sie ins Schubfach zurückzulegen. Dabei entdeckte ich, dass auf dem obersten Papier so etwas wie eine Sternen-Karte abgebildet war.

»Ist das eine astronomische Karte?«, fragte ich und tupfte meine Augen weiter ab. Jørgunn hatte doch erwähnt, dass Sam wissenschaftlicher Mitarbeiter war, nur nicht in welchem Feld.

Sam nickte. »Ja, erstaunlich, dass du das erkannt hast.«

»Die meisten Leute verwechseln nämlich gerne Astronomie mit Astrologie«, fügte Bine hinzu.

»Ja, sie denken, ich könnte die Zukunft aus diesen Karten erkennen und schreibe Horoskope, aber das überlasse ich lieber den Leuten von Zeitschriften.«

Ich musste schmunzeln, zumindest ein bisschen, denn ich konnte mir gut vorstellen, dass viele die beiden Begriffe verwechselten. Dabei war die Astronomie eine Wissenschaft, die sich mit den Bewegungen der Himmelskörper, der Strahlung im Weltall und der interstellaren Materie beschäftigte.

»Ich habe mal eine Dokumentation über Planetenbewegungen gesehen, und dort wurden auch solche Karten gezeigt. Ich fand es spannend, daher habe ich es mir gemerkt.«

Ich hieß schließlich nicht umsonst Stella, hatte immer eine Verbindung zu den Sternen verspürt.

»Cool, dass dich das interessiert. Ich treffe selten Leute, die sich für Astronomie begeistern können …«

»Sam ist wieder völlig in seinem Element«, fügte Bine lächelnd hinzu.

»Vielleicht besuchst du uns mal an der Technischen Hochschule, unser Institut veranstaltet regelmäßig Workshops …«

»Ich weiß nicht, ob ich dafür die Zeit finde.« Genau genommen wusste ich nicht, was alles auf Emilie und mich zukommen würde. Und schon war ich wieder in diesem Loch. Für einen winzigen Augenblick war mir alles normal erschienen, als wäre gar nichts passiert. Und das war schön gewesen, bis die Erinnerung mit einem Schlag wieder da gewesen war.

»Verstehe ich. Dachte nur, Ablenkung würde dir vielleicht helfen. Tut mir leid …«, sagte er.

Ich malträtierte meine Augen mit dem Taschentuch ein weiteres Mal. Immer noch keine Tränen. Schließlich zerknüllte ich das Tuch und ließ es in meiner Hosentasche verschwinden.

»Kein Grund, sich zu entschuldigen.«

Es war doch nett gemeint. Und geholfen hatte es ja, wenn auch nur kurz.

Eine Weile schwiegen wir. Ich schaute aus dem Fenster, beobachtete die Felder am Rand der Autobahn, auf einigen entdeckte ich grasende Pferde und Kühe. Wie friedlich alles aussah. Unter anderen Umständen hätte ich diese Fahrt richtig genießen können.

»Willst du ein bisschen Musik hören?«, bot Bine schließlich an.

»Das wäre schön.«

Sie schaltete das Radio ein, *Waiting for a Star to Fall* von Boy Meets Girl drang aus den Lautsprechern, und ich schaute weiter aus dem Fenster. Die Landschaft rauschte an uns vorbei. Wälder, Wiesen und Felder wechselten sich ab. Ab und zu erspähte ich auch ein Häuschen in der Ferne. Schließlich tauchten Schilder mit der Ausfahrt Richtung Lübecker Flughafen auf, und nach einer kleinen Strecke durchs Grüne erschienen zahlreiche Häuser aus rotem Backstein am Horizont.

»Sieht aus, als wären wir gleich da«, sagte Sam. »Wo musst du genau hin?«

»In den Löwensteg.«

Er gab etwas in sein Navi ein.

Als wir durch das Viertel Kücknitz fuhren, verspürte ich bereits ein Gefühl von Nach-Hause-Kommen, das mich normalerweise in freudige Erwartung versetzt hätte. Jetzt waren meine Gefühle gemischt. Ich hatte sogar ein bisschen Angst vor dem Moment, das Haus zu betreten. Schließlich steuerte

Sam den Wagen durch die Ivendorfer Landstraße, die in den Löwensteg überging.

Jetzt traf es mich mit Wucht. Ich war daheim. Alles vertraut und doch ganz anders. Unsere Einkaufsstraße lag parallel zu der bekannten Touristenstraße Vorderreihe und der dahinter gelegenen Kurgartenstraße, die für ihre schönen Häuser und zahlreichen Pensionen bekannt war.

Rechts und links musterten uns je zwei Paar steinerner Augen, die zu Löwenkopfskulpturen mit wallenden Steinmähnen an den Häuserwänden gehörten. Sie markierten den Beginn des Unteren Löwenstegs.

»Die sehen ja toll aus«, meinte Bine.

Lübeck und Löwen gehörten zusammen, war die Geschichte der Hansestadt doch eng mit Heinrich dem Löwen verknüpft, der sie Mitte des 12. Jahrhunderts vom Grafen von Schauenburg und Holstein übereignet bekommen hatte und auf dem Hügel Buku, wo sich heute die Lübecker Innenstadt befand, ein zweites Mal entstehen ließ. Ihm zu Ehren war auch ein Denkmal an der Nordseite des Lübecker Doms errichtet worden.

Der Löwensteg selbst trug diesem Ereignis mit seinem Namen Rechnung.

»Ich bin übrigens aus dem Viertel St. Gertrud«, erklärte Bine. »War nur in Berlin, um Sams Familie kennenzulernen. Da dachte ich, ich kenne mein Lübeck. Aber hier im Löwensteg war ich bisher noch nicht, ich muss sagen, es ist ja einiges los«, stellte sie fest, während Sam sein Tempo drosseln musste. Passanten mit Einkaufstüten schlenderten über den Weg, an dem sich Geschäft an Geschäft reihte. Wunderschöne Fachwerkhäuser wechselten sich mit roten Backsteingebäuden ab. In den oberen Etagen wohnten die Leute, in den unteren befanden sich kleine Läden unterschiedlichster Art mit riesigen Schaufenstern, in denen wertvoller Schmuck und teure Kleidungsstücke auslagen.

»Richtig schöne Geschäfte«, freute sich Bine.

Ich schaute aus dem Fenster zum Fischrestaurant Dreizack, in dem nur die exquisitesten Speisen angeboten wurden. Es war das bekannteste Lokal im Löwensteg und entsprechend gut besucht. Manchmal speisten sogar Prominente hier, was dem Besitzer Gideon Jansen stets vor Stolz die Brust schwellen ließ.

Sowohl er als auch die anderen Geschäftsinhaber machten allerdings kein Geheimnis daraus, dass sie ihren Teil der Straße für den bedeutsameren hielten, während der Obere Löwensteg in ihren Augen kaum als Touristenattraktion bezeichnet werden konnte. Ich hatte das seit jeher albern gefunden. Ich mochte den Löwensteg, wie er war, beide Teile gehörten zusammen, und ein Konkurrenzkampf war unnötig. Denn die Häuser beider Straßenabschnitte sahen einfach urgemütlich aus, und die Atmosphäre so nah am Wasser war traumhaft. Das maritime Flair war überall zu spüren. Vor mancher Tür hingen ein Anker oder das Steuerrad eines Schiffs.

Sam fuhr über eine Straße, die sich schlicht Rose nannte und den Löwensteg teilte. Gleich das erste Haus des Oberen Löwenstegs, das direkt an der Rosenkreuzung lag, war das meiner Oma.

»Bitte hier anhalten«, sagte ich mit einem Kloß im Hals. Sam folgte meiner Bitte.

»Es ist wirklich hinreißend«, meinte Bine immer noch angetan und ließ ihren Blick schweifen. »Hier muss ich unbedingt noch mal herkommen und mir einen Tag zum Einkaufen Zeit nehmen.«

»Danke fürs Herbringen, wie viel schulde ich euch?«, fragte ich etwas durcheinander. Ich tastete nach meiner Geldbörse in meiner Hosentasche und merkte dabei, dass meine Hand sogar zitterte.

»Lass mal stecken«, sagte Sam. »Wir knöpfen dir doch jetzt kein Geld ab.«

Ich sah ihn erstaunt an, doch er nickte mir zu.

»Danke«, murmelte ich, atmete tief ein, schnallte mich wie in Zeitlupe ab und drückte dann die Tür auf, um auszusteigen.

Sanfter Ostseewind empfing mich, strich über meine Wange, während ich mich langsam aufrichtete, festen Boden unter den Füßen spürte. Ja, ich war wirklich zu Hause. Die bekannten Gerüche der Umgebung stiegen mir in die Nase, vertraute Laute an meine Ohren. Ich hörte die Leute ausgelassen lachen. Sie saßen an den kleinen Rundtischen der Konditorei Bei Agnes, die von Novas Tante geführt wurde, ließen es sich mit leckeren Hanseaten und Kaffee gut gehen. Wie sollten sie auch ahnen, was letzte Nacht hier geschehen war? Mein Blick wanderte über die Straße zurück, erst zur Gasthaus-Pension Zum Löwen, dann weiter zum kleinen Trödelladen, der direkt neben der Pension lag und sich mit dieser den Zaun teilte. Ich schaute zu unserem Haus empor und drückte unwillkürlich die Hand auf die Brust.

An- und Verkauf stand in dicken Lettern über dem Eingang. Die Farbe der Buchstaben war teilweise abgeblättert, aber man konnte sie noch lesen.

Das Haus galt als das älteste Gebäude im Löwensteg. Entsprechend sah es krumm und schief aus und fiel im Gesamtbild der Straße etwas aus dem Rahmen, war es noch dazu viel kleiner als die anderen Häuser.

Im Schaufenster lag allerlei Klimbim. Ich entdeckte ein altes Saxophon, einen Barhocker, der aus einem amerikanischen Diner hätte stammen können, und eine Sammlung Platten, deren Hüllen eingestaubt und teilweise vergilbt wirkten.

Es fühlte sich an, als könnte Oma jeden Moment aus dem Laden kommen, die Straße herunterblicken und uns zuwinken.

Aber das tat sie nicht. An der gläsernen Eingangstür hing das *Geschlossen*-Schild, weil niemand es heute Morgen umgedreht hatte. Und auch das Rollgitter war noch nicht hochgezogen worden.

Unwillkürlich sank ich wieder in mich zusammen, doch ich musste stark sein, für Emilie. Sie brauchte mich mehr als alles andere, ich war die einzige Familie, die sie jetzt noch hatte. Und umgekehrt galt das auch.

»Gibt es jemanden, der sich um dich kümmert?«, fragte Sam, der plötzlich hinter mir stand.

Erschrocken schaute ich über meine Schulter zu ihm. Er schien ehrlich besorgt, das sah ich ihm an. Wie nett das eigentlich war, ging es ihn doch im Grunde nichts an.

»Meine Schwester«, sagte ich. Oder vielmehr würden wir uns gegenseitig stützen.

»Okay. Ich hole deine Sachen, ja?«

Ich nickte.

In der Spiegelung des Schaufensters sah ich, wie Sam den Kofferraum öffnete, meine Tasche herausholte und mir brachte.

»Danke«, sagte ich leise und nahm sie ihm ab, hängte sie mir über die Schulter.

»Und wir können dich jetzt wirklich allein lassen?«, hakte Sam noch einmal nach.

Sein sanfter Blick fing meinen auf. Er hatte schöne Augen, stellte ich fest. Unendlich freundlich.

»Klar …«

Er nickte langsam. »Okay …«

Rückwärts lief er zu seinem Wagen, hob die Hand. »Pass auf dich auf«, gab er mir noch mit auf den Weg. Ich würde es versuchen.

Dann stieg er ein, und Sam und Bine fuhren davon.

4. Kapitel

Ich atmete tief ein, lief um das Haus herum zum Seiteneingang und suchte in meiner Hosentasche nach dem Schlüssel. Mein Herz klopfte viel zu schnell. Wie würde es sein, wenn ich gleich ins Haus trat und Oma wäre nicht da, um mich zu begrüßen? Nicht da, um ihre Arme um mich zu schlingen, mich an sich zu drücken und herzlich zu lachen, weil sie mich vermisst hatte.

Ich fand den Bund, atmete noch einmal tief ein und straffte die Schultern, ehe ich aufschloss. Mit einem Knarren schob sich die Tür auf. Direkt hinter dieser verbarg sich ein kleiner Flur mit rustikaler Einrichtung. Die Haken und der Ständer waren echte Handwerkskunst. Vor der Kommode stellte ich meine Tasche ab, hängte meine Jacke auf und linste die Treppe hoch, die in die Wohnetage führte. Ein vertrauter Geruch nach Holz empfing mich. Der Flur war mit Paneelen verkleidet, aber die Treppe war aus Massivholz gefertigt und so alt wie das Haus selbst, doch das Holz roch immer noch überraschend frisch. Ich genoss die Vertrautheit des Duftes, als es hinter mir an der Tür klopfte.

Ich zuckte vor Schreck zusammen. War das bereits Emilie?

»Stella? Hier sind Gundi und Agnes!«, erkannte ich die Stimme von Leos Mama, die nebenan die Pension mit Gaststätte betrieb und mich vermutlich hatte reingehen sehen. Ich streckte die Hand nach der Türklinke aus und öffnete ihr.

Unsere Nachbarin Gundi schaute zu mir hoch, dicht hinter ihr stand Agnes von der Konditorei gegenüber, eine schlanke Person mit grauem Dutt. Sie trug noch ihre Backuniform, hatte die Hände vor der Brust gefaltet. Gundi hingegen wirkte viel älter, als ich sie in Erinnerung hatte. Sie war eine Frau mit kräftiger Statur und auffälligen Locken, die sich um ihr Gesicht legten wie ein alter verschnörkelter Rahmen. Ihre Augen glänzten rot. Ich wusste, ihr ging es kaum besser als mir, waren Hilde, Agnes und sie doch gut befreundet gewesen. Genauso wie Leo, Nova, Emilie und ich. Es tat mir unendlich leid, dass es Gundi gewesen war, die Oma gefunden hatte.

»Komm her, Liebes«, sagte sie mit ihrer weichen Stimme.

Ich schloss die Augen, legte die Arme um sie. Es tat gut, die vertraute Nähe zu spüren. Eine Weile standen wir nur so da. Dann löste sich Gundi und strich mir mit beiden Händen über die Wangen. »Es tut mir alles so leid, aber es ist gut, dass du nun hier bist.«

Ich nickte.

Agnes trat vor. Sie wirkte stets zurückhaltend, nur in der Backstube tobte sie sich richtig aus, erschuf die eindrücklichsten Kreationen aus Sahne und Butterteig. Nun umarmte mich Novas Tante ganz vorsichtig, als fürchtete sie, sie könne mich zerbrechen.

»Wir dachten, wir müssen dir doch beistehen, das geht ja nichts anders«, eröffnete Gundi. Und das war typisch für sie. Gundula Andresen war eben felsenfest überzeugt, für das Glück der ganzen Welt verantwortlich zu sein. Und genauso für die schrecklichen Dinge, die geschahen, wenn sie sie nicht verhinderte.

Ich lächelte.

»Danke, Gundi, danke, Agnes. Kommt erst mal richtig rein«, sagte ich und ging voraus. Ein bisschen war ich froh, dass sie nun bei mir waren, würde ich doch nun nicht allein sein, wenn ich den leeren Wohnbereich betrat.

Wir stiegen die Treppe hoch und gingen durch den schmalen Flur, der ebenso mit Paneelen verkleidet war, bis wir die Stube erreichten. Es sah aus wie eh und je. Nein, nicht ganz, korrigierte ich mich. Meine Oma hatte sich eine neue Couch angeschafft. Und noch etwas war spürbar anders. Es fehlte Omas liebevolles »Setz dich, willst du einen Oma-Spezial-Tomatensaft?«.

Wie gerne hätte ich den jetzt getrunken. Mit reichlich Pfeffer. Es war härter, als ich es mir vorgestellt hatte, wieder hier zu sein.

»Mögt ihr einen Tee?«, fragte ich unsere Nachbarinnen stattdessen und bot ihnen zugleich einen Platz an.

Gundi nickte. »Gerne …«

Agnes hingegen winkte ab, setzte sich auf die Couch und nahm doch so wenig Platz ein wie ein Spatz.

Ich verschwand in der Küche, stellte den Wasserkocher an und suchte aus Omas Schrank eine schmackhafte Teesorte. Davon gab es reichlich. Oma hatte Tee immer auf Vorrat gekauft und die Beutelchen in einer formschönen Box angeordnet. Ich schluckte unwillkürlich, als ich die Box berührte.

Kurz drauf brachte ich Gundi eine dampfende Tasse, öffnete das Fenster und ließ mich in einen von zwei weichen Sesseln sinken, die sich gegenüberstanden.

»Sag mal, Liebes, das war aber nicht Marius, der dich gefahren hat, oder?«, fragte Gundi.

»Nein, nur ein Kumpel von einer Mitbewohnerin. Marius ist gerade in London auf einer Tagung, und außerdem … «, brach ich ab.

Gundi hob eine Braue. Doch sie schien wohl zu verstehen, dass ich gerade nicht darüber reden, eigentlich nicht einmal darüber nachdenken wollte, dass es aus zwischen uns war. Vermutlich wusste sie das sowieso längst.

»Oh …«, machte Gundi nur und rührte ihren Tee um, bevor sie an diesem nippte. »Hör mal, Stella«, sagte sie dann, nachdem sie die Tasse wieder abgestellt hatte. »Agnes und ich haben das besprochen. Wir wollen euch wissen lassen, dass wir in dieser schweren Zeit für euch da sind. Ihr zwei seid fast wie meine eigenen Töchter. Und wir haben ja schon einiges zusammen durchgestanden. Wenn ich da zum Beispiel an das Unwetter vor fünf Jahren denke.« Sie schüttelte den Kopf.

Vor meinem geistigen Auge tauchten die Bilder von den Wassermassen auf, die auf uns herabgeprasselt waren. Es hatte einige Schäden gegeben, Dachschindeln waren weggeschwemmt worden. Gundis Mann Bernd hatte uns geholfen, die Schäden zu beheben, während Oma Gundi geholfen hatte, den Pensions-Garten zu retten, wo so einige Pflanzen fast verkümmert waren. Der Zusammenhalt zwischen den Nachbarn und Nachbarinnen nahe dem Zippel-Park war dadurch nur noch größer geworden.

»Wenn also etwas ist, ihr Rat oder Unterstützung benötigt, dann könnt ihr immer zu uns kommen.«

Agnes nickte zustimmend.

»Wie lieb, vielen Dank ihr beiden.«

»Das ist selbstverständlich«, sagte Gundi in vollster Überzeugung und griff wieder nach ihrem Tee, um vorsichtig daran zu nippen. »Hilde war uns eine gute Freundin. Wenn wir Sorgen oder Probleme hatten, war sie für uns da. Außerdem seid ihr beiden Schwestern uns einfach ans Herz gewachsen. Ich sehe euch noch vor mir, wie ihr mit Leo in unserem Garten gespielt habt. Oder mit Nova zusammen süße Kuchen bei Agnes gegessen habt.«

Ein Lächeln trat auf Agnes' Lippen, und ihre Augen leuchteten, als spielte sich vor ihnen gerade genau diese Erinnerung ab.

Aber es waren nur Erinnerungen, das Hier und Jetzt sah anders aus, wie mir erneut schmerzlich bewusst wurde, als mein Blick zu Omas leerem Sessel am anderen Ende des Tischs glitt. Instinktiv sank ich tiefer in meinen eigenen Sessel.

»Ja, das waren Zeiten«, sagte Gundi mit einem fernen Lächeln.

Ein bisschen schien es, als wollte keine von uns ansprechen, was geschehen war, sondern lediglich alten Zeiten nachträumen.

»Ich weiß ehrlich gesagt nicht, was ich jetzt zu tun habe oder wie es weitergeht«, eröffnete ich. »Als mein Opa von uns gegangen ist, war ich zu klein und erinnere mich kaum, nur, dass Oma sich um alles gekümmert hat.«

Gundi nickte ernst, erklärte mir ruhig die Abläufe, doch ich merkte, dass es auch ihr schwerfiel. Es gab viel Bürokratisches zu regeln. Kaum Zeit für Trauer.

»Ich unterstütze dich gerne, komme mit zum Bestattungsunternehmen und dem Gespräch mit dem Pfarrer wegen der Zeremonie …«, schlug sie vor.

Ich nickte langsam. Das wäre eine große Erleichterung.

»Beim Pfarrer kann ich auch anrufen, wenn du magst, du müsstest dich aber zeitnah beim Bestattungsinstitut melden. Falls ihr ein Traueressen veranstalten möchtet, stehe ich mit meinen Räumlichkeiten zur Verfügung.«

Ich nickte erneut, fühlte mich wie erschlagen.

»Aber jetzt ruh dich erst einmal aus, Liebes. Komm zur Ruhe«, schlug Agnes in einem leisen, dafür umso sanfteren Ton vor. »Das alles kannst du morgen erledigen, kümmere dich heute um dich selbst und Emilie.«

Agnes hatte recht. Etwas Ruhe würde mir vielleicht guttun.

»Ich werde es versuchen.« Auch wenn ich mir im Augenblick nicht vorstellen konnte, dass es gelang. Zu viel ging mir durch den Kopf. Und ich hatte Angst vor dem, was Em und mir noch bevorstand.

»Können wir dich allein lassen?«, fragte Gundi, die vielleicht gemerkt hatte, dass ich innerlich viel aufgewühlter war, als es äußerlich den Anschein machte.

»Ja«, sagte ich so überzeugend wie möglich, denn ich wollte die beiden nicht länger als nötig aufhalten, sie mussten zurück in ihre Läden.

»Na gut, dann danke für den Tee. Wir sind in der Nähe,

unsere Nummern hast du. Zögere nicht, Agnes oder mich anzurufen, egal worum es geht.«

»Das verspreche ich.«

Erst da war Gundi beruhigt. Sie erhob sich, Agnes ebenfalls, und ich brachte die beiden Frauen noch runter, holte dann meine Reisetasche, um mich in mein altes Zimmer zu begeben. Auch das sah noch genauso aus, wie ich es verlassen hatte.

»Das bleibt, wie es ist, denn es ist deins«, hatte Oma gesagt, bevor ich nach Berlin gezogen war. Und daran hatte nicht nur sie sich gehalten, wie man sah. Auch Em hatte nichts verändert.

Ich kippte das Fenster, ließ die gute Ostseeluft herein, setzte mich auf das Bett und wusste nicht recht, was ich nun tun sollte. Also fing ich an auszupacken, meine Sachen einzuräumen und meine Hygieneartikel ins Bad nebenan zu bringen, das zwischen Ems und meinem Zimmer lag. Dahinter befand sich Omas Schlafzimmer. Ich schluckte. Im Augenblick konnte ich mir nicht vorstellen, es zu betreten. Ihr leeres Bett zu sehen würde mir das Herz zerreißen.

Rasch verschwand ich im Bad.

Ich stellte meinen Kulturbeutel auf der Ablage ab und betrachtete die junge Frau im Spiegel, die mir müde entgegensah. Sie hatte lange hellbraune Haare mit einem goldenen Schimmer, der sie im Sonnenlicht blond wirken ließ. Ihre Augen waren müde, dunkel umrandet, und ihnen fehlte der sonst fröhliche Ausdruck. Mit beiden Händen fuhr ich mir übers Gesicht. Für einen kurzen Moment schien sich etwas Farbe auf meine Wangen zu legen, doch gleich darauf wurden sie wieder blass.

Ich ließ meinen Blick schweifen, entdeckte die Zahnbürsten in ihren Bechern und musste lächeln. Einer davon gehörte Oma, doch es gab noch zwei weitere, und das war ein Becher zu viel, denn meiner steckte noch in der Kulturtasche.

Mandy …

Ich schüttelte den Kopf. Im Grunde war das gerade unwichtig. Wenn Em wieder da war, konnte ich sie einfach fragen, wie es um die beiden stand.

Ich verließ das Bad, kehrte in mein Zimmer zurück und ließ mich auf mein Bett fallen, verfasste eine Nachricht, um Emilie wissen zu lassen, dass ich gut angekommen war. Und eine weitere Textnachricht mit demselben Wortlaut ging an Jørgunn, die mir rasch antwortete.

Alles klar. Melde dich, wenn was ist.

Ich lächelte, schickte ihr noch ein Daumen-hoch-Emoji. Anschließend suchte ich im Netz nach Bestattungsinstituten. Eines aus der Nähe rief ich direkt an, doch während des gesamten Gesprächs lag mir ein Kloß im Hals. Bis morgen warten konnte ich jedoch nicht. Dazu war ich zu aufgewühlt, was sich bei mir darin äußerte, dass ich irgendetwas zu tun haben musste. Wir vereinbarten einen Termin für morgen Nachmittag, danach legte ich auf, schloss seufzend die Augen und versuchte trotz aller Anspannung ein wenig runterzukommen. Doch in meinem Kopf überschlugen sich die Gedanken.

Der Knall der Haustür, die ins Schloss fiel, weckte mich. Ich war überrascht, dass ich zwischendrin eingedöst war. Offenbar war ich doch viel erledigter gewesen, als ich gedacht hatte. Und das viele Gedankenkreisen hatte mich wohl schläfrig gemacht. Nun warf ich einen Blick auf mein Handydisplay, nur um festzustellen, dass inzwischen fast drei Stunden vergangen waren. Außerdem hatte ich eine Antwort auf meine Nachricht von Em erhalten, doch ich hatte den Signalton des Handys offenbar überhört und nun keine Zeit, sie zu lesen, denn von draußen vernahm ich bereits die Stimme meiner Schwester.

»Hallo, Stella? Bist du hier?«

Ich steckte das Mobiltelefon in die Hosentasche, sprang auf und eilte in den Flur.

»Stella?«, rief es erneut.

»Bin hier!« Als ich ins Wohnzimmer stolperte, stand meine kleine Schwester mitten im Raum, wie eine Statue. Eine Reisetasche über die Schulter gehängt. Bildete ich es mir nur ein, oder war Emilie noch zarter geworden?

Sie wirkte bleich, wodurch die kleine Narbe auf ihrer Wange etwas hervortrat, und hatte dunkle Ringe unter den Augen, gegen die meine kaum sichtbar waren. Es brach mir das Herz, sie so zu sehen, denn ich wusste, sie musste geweint haben.

»Stella ...«, raunte sie und ließ die Tasche auf den Boden gleiten. Ich breitete die Arme aus, rannte auf sie zu und drückte sie an mich.

Ich hatte sie seit einem halben Jahr nicht mehr gesehen, deswegen erschrak ich auch darüber, wie dünn sie war. Ich spürte jeden Knochen an ihrem Leib.

Immer schon waren wir recht gegensätzlich gewesen, ich eher groß und sportlich, sie so zierlich, dass ich stets fürchtete, sie könne zerbrechen.

»Stella«, schluchzte sie. »Bitte sag mir, dass das alles nur ein schlimmer Scherz ist.«

Leider konnte ich ihr den Gefallen nicht tun, auch wenn ich mir nichts mehr als das gewünscht hätte – dass alles nur ein Irrtum war.

Ich strich über Ems zarten Rücken.

»Gundi hat gesagt, sie ist friedlich eingeschlafen. Wie kann man denn einfach zu Bett gehen und nicht mehr aufwachen?«, sagte Emilie erschüttert, ließ von mir ab und setzte sich hin. Ich bemerkte Gundis Tasse und räumte sie rasch weg in die Wohnküche, brachte Em ebenfalls einen Tee, dann nahm ich neben ihr Platz.

»Ich meine ...«, sie schaute zu mir hoch, ihre Augen schimmerten rot, »ich kann das einfach nicht glauben.«

Es war auch mir unbegreiflich.

Sie griff nach dem Tee, entschied sich dann aber, doch nicht zu trinken, und schob die Tasse auf den Tisch zurück. »Sie hätte uns nicht allein lassen dürfen!«

»Emilie ...«

Wieder weinte sie. »Ich will nicht, dass Oma weg ist.«

Schluchzend sank sie in meine Arme. Ich ließ sie weinen. Doch ich selbst konnte nach wie vor keine Träne verdrücken.

Emilie lehnte ihren Kopf an meine Schulter. Erneut strich ich über ihren Rücken, war fast versucht zu fragen, wann sie das letzte Mal gegessen hatte.

Da surrte mein Handy. Em löste sich von mir, schob ihre dunklen Haare zurück und fuhr sich übers Gesicht, während ich nach meinem Telefon fischte und aufs Display guckte. Es war zu meiner Überraschung Marius.

»Ja, Marius?«, ging ich irritiert ran. War etwas mit Shop Nummer zwei? Aber er sollte doch bei seiner Tagung in London sein, daher konnte es wohl nichts mit dem neuen Handyladen im Prenzlauer Berg zu tun haben.

»Stella, ich bin jetzt am Flughafen Lübeck, nehme mir ein Taxi zu euch«, verkündete er.

Was? Er war hier? Offenbar wusste er, was geschehen war, nur woher? Lena musste ihn informiert haben!

»Ich verstehe nicht ...«, murmelte ich in den Hörer.

»Ich kann euch doch jetzt nicht allein lassen«, sagte er und bestätigte meinen Verdacht. Ich war ehrlich berührt, dass er sofort nach Lübeck gekommen war. Damit hatte ich nicht gerechnet. Nicht, nachdem es zwischen uns aus war. Vielleicht meinte er das mit der Freundschaft doch so, wie er es gesagt hatte. Offensichtlich sogar. Und gute Freunde konnten Em und ich gerade brauchen.

»Bis gleich«, sagte er.

»Bis gleich«, erwiderte ich völlig perplex.

Ich steckte das Handy weg und wandte mich wieder Emilie zu.

»Marius stößt gleich zu uns. Ich mache jetzt das Abendessen«, schlug ich vor. Das hörte sich so normal an. Abendessen machen …

»Marius? Aber ich dachte, ihr wärt …«

Ich war nicht minder verwirrt als sie. Doch offenbar wollte er für uns da sein.

»Er ist auf dem Weg. Mehr hat er nicht gesagt.«

Ein warmes Gefühl schlich sich in meine Brust. Ich fand es wirklich schön, dass er kam, um uns beizustehen. Das war der alte Marius, der, in den ich mich verliebt hatte.

Emilie nickte. »Aber Stella, du musst nichts kochen. Ich hab keinen Hunger.«

Ich hatte auch keinen.

»Du musst etwas essen«, erinnerte ich sie. Und es würde uns guttun. Ein Stück Normalität in diesem Irrsinn.

Ich erhob mich, schaute nach, was Oma dahatte. Viel war es nicht, nur ein paar Eier, Toast sowie ein paar Nudeln und eine Packung Geschnetzeltes. Sie hätte wohl demnächst einkaufen müssen, doch für Ems Lieblingsessen reichte es.

Ich trug die Zutaten zusammen und bereitete das Essen zu. Es war gut, etwas zu tun zu haben.

Irgendwann köchelte das Fleisch in der dicken Soße, als es draußen klingelte.

»Ich mache schon auf«, rief Em aus dem Wohnzimmer.

Und kurz darauf hörte ich Schritte im Treppenhaus. Seine Schritte. Dann stand Marius plötzlich hinter mir.

Ich nahm seinen Geruch wahr, noch bevor ich mich zu ihm umgedreht hatte.

Seine Hände legten sich sanft auf meine Schultern. Langsam wandte ich mich ihm zu, blickte zu ihm hoch. Es fühlte sich unglaublich vertraut an, denn so hatte er mich schon oft angesehen. Mein Herz schlug unwillkürlich schneller. Normalerweise hätte er mich nun sanft geküsst, aber das tat er nicht. Er sah mich nur an.

Marius trug noch seinen Anzug, war wohl direkt von der Tagung zum Flughafen gefahren.

»Tut mir so leid, Stella«, raunte er und legte die Arme um mich.

Ich drückte mein Gesicht an seine Brust und spürte, wie etwas von mir abfiel, als hätte ich nur auf diesen Moment gewartet. Endlich konnte ich weinen. In Strömen rannen mir die Tränen über die Wangen, als wollten sie nie mehr aufhören. Es tat so gut, seine Nähe zu spüren. Und die Wut und Trauer endlich rauszulassen.

»Danke, dass du gekommen bist«, flüsterte ich und meinte es so.

Er strich mir durchs Haar. »Natürlich, was dachtest du denn? Du bist mir immer noch wichtig, Stella. Auch wenn zwischen uns nun einiges anders ist. Und in so einer Situation lass ich dich nicht allein. Ich bleibe so lange hier, wie es nötig ist.«

»Aber deine Tagung.« Die war doch so wichtig, das hatte er die letzten Tage immer wieder betont.

»Mache dir bitte keine Gedanken deswegen. Das ist mit DialNet geklärt.«

Ich nickte, strich mir eine Strähne hinters Ohr. Es kam mir trotzdem etwas übers Knie gebrochen vor, ich entdeckte auch keinen Koffer. Hatte er den in London gelassen? Aber beklagen wollte ich mich nicht, schließlich war er hier.

»Ich bin in der Pension von Gundi untergekommen«, erklärte er, weil er wohl meine Gedanken erraten hatte. Dort war sicher auch sein Gepäck gelandet.

»Dein Essen kocht gleich über«, meinte Em, rauschte an uns vorbei und stellte die Herdplatte kleiner. »Sieht aus, als wäre es fertig«, ergänzte sie und sah uns traurig an.

Ich trat einen Schritt zurück und widmete mich dem Geschnetzeltem.

»Geht schon mal zum Esstisch, ich kümmere mich um alles«, versprach ich und begutachtete den Inhalt des Topfes, rührte ihn vorsichtig um. Zum Glück war nichts angebrannt.

»Ich kann dir helfen«, sagten Marius und Em gleichzeitig, sodass ich doch ein wenig lächeln musste.

»Na schön, dann holt ihr die Teller und das Besteck«, schlug ich vor.

Doch als wir kurz darauf alle am Tisch saßen, hatte niemand wirklich Appetit. Obwohl mir das Geschnetzelte trotz der langen Kochzeit gut gelungen war, das Fleisch schön durch und sehr zart war und die Sauce würzig, nahm jeder nur ein paar Happen zu sich. Em stocherte lustlos in ihrem Essen herum, spießte ein Stück Fleisch auf und ließ es wieder sinken.

»Seid mir nicht böse«, meinte sie schließlich. »Aber ich zieh mich zurück. Es war ein harter Tag. Und ich brauche das jetzt einfach.«

»Natürlich«, sagte ich. »Aber wenn etwas ist, du irgendetwas brauchst …«

Sie nickte verstehend.

5. Kapitel

Ich blickte von der Dachloggia zum Himmel hinauf. Es war erstaunlich, wie klein unsere Welt eigentlich war und dass es da draußen Abermilliarden Sterne allein in unserer Milchstraße gab. Man fühlte sich unweigerlich unbedeutend. Was kümmerte es das Universum, was auf diesem Planeten geschah?

Seufzend stellte ich ein Glas Wein auf dem Tisch ab, während Marius neben mir saß und in dem alten Fotoalbum von Oma blätterte, das ich aus Sentimentalität herausgeholt hatte. Es hatte im oberen Fach unseres Wohnzimmerschranks gelegen, eingeschlagen in eine Schutzfolie, war es doch schon recht alt.

»Hör mal, ich habe vielleicht etwas vorschnell agiert«, meinte er und sah von dem Album auf. »Nachdem Lena mir gesagt hat, was passiert ist, war mein erster Impuls, dass ich dir beistehen muss. Ich habe gar nicht weiter drüber nachgedacht und bin in den nächsten Flieger gestiegen. Aber nun kommt es mir selbst etwas unpassend vor, dass ich hier bin.«

Mir ging es anders, ich fühlte mich tatsächlich ein bisschen erleichtert, dass er hier war. Weniger allein. Außerdem hatte er Oma gut gekannt. In den drei Jahren, die er und ich zusammen gewesen waren, hatten wir Oma einige Male gemeinsam besucht. Doch ich wusste, das war es nicht, was er meinte, sondern die Tatsache, dass wir kein Paar mehr waren.

»Wieso hast du denn gedacht, dass du mir helfen müsstest?«, fragte ich daher nach.

Er zuckte mit den Schultern. »Es war einfach ein Gefühl, das sofort da war. Es gab keine Zweifel, dass ich es tun musste. Wir sind Freunde, und Freunde halten zusammen«, sagte er.

»Ich freue mich sehr, dass du gekommen bist, ehrlich.«

Das war die Wahrheit. Marius' Anwesenheit zeigte nur, dass es wirklich noch einen Platz für mich in seinem Herzen gab. Dass dieses »Wir halten zusammen« eben keine leeren Worte waren. Aber es war auch immer noch schwer, sich mit dem Umstand abzufinden, dass seine Gefühle für mich sich verändert hatten.

Marius nickte und schaute wieder auf das Album.

»Sie hat Ähnlichkeit mit dir«, stellte er fest. »Ich meine, auf diesen alten Aufnahmen, auf denen sie noch jung ist, sieht man das besonders.«

Ich beugte mich zu ihm rüber. »Findest du?«

»Ja, es sind ähnliche Gesichtszüge«, versicherte er mir und zeigte mir, was er meinte. »Eure Wangen ... und die Augen.«

Ich lächelte.

»Aber wenn ich so drüber nachdenke, seid ihr euch auch vom Wesen her ähnlich gewesen.«

»Findest du?«

Er nickte ernst. »Ihr habt beide immer gewusst, was ihr wollt, zugleich hat sich deine Oma stets um alle gekümmert. Genau wie du. Allein wie du für Em da bist, finde ich großartig.«

Seine Worte taten mir gut. Der Gedanke, meiner Oma ähnlich zu sein, erfüllte mich mit Stolz. Sie war eine großartige Frau gewesen, die es nicht immer leicht im Leben gehabt hatte. Gerade in ihrer Jugend waren Frauen noch viele Wege verwehrt gewesen, sie hatte sich dennoch durchgebissen, sogar zu Lebzeiten meines Opas die Geschäftsführung im Laden übernommen, denn das hatte ihr gelegen. Sie hatte ein Auge für den Wert alter Dinge gehabt, war geschickt darin gewesen, wertvolle Objekte angemessen einzukaufen und trotzdem beim Verkauf einen ordentlichen Gewinn zu erzielen. Buchführung, Marketing, Verkauf, das alles hatte sie übernommen. Auf ihre Weise war sie also Betriebswirtin gewesen, und das war ja auch mein Berufsziel. Marius blätterte weiter.

In Omas Album gab es auch Bilder von einer von Mamas und Papas Gartenpartys in ihrem alten Haus am Stadtrand. Oma hatte mir anvertraut, dass sie sehr gerne gefeiert hatten. Wenn ich dieses Bild nun sah, kamen Erinnerungen in mir hoch. Sie waren fern, etwas verschwommen, doch im Gegensatz zu Emilie hatte ich sie. Mama war eine fröhliche Frau gewesen, sehr liebevoll, und Papa hatte sie und uns geliebt. Ich kannte sogar noch die Geschichte, wie ich zu meinem Namen gekommen war. »Stella bedeutet Stern«, hatte Mama mir erklärt. »Und wir haben dich Stern genannt, weil in der Nacht deiner Geburt der Himmel geleuchtet hat.«

Ich lächelte unwillkürlich. Mama hatte geglaubt, dass die Sterne mir Glück bringen würden, weil sie ja schon bei meiner Geburt vor Freude gestrahlt hatten.

Auch für Em hatte Mama einen Namen mit Bedeutung ausgesucht gehabt. Emilie bedeutete genauso wie Emily »die Fleißige«, und das passte perfekt zu ihr.

Meine Schwester war zu klein gewesen, als der Unfall damals geschehen war. Deswegen wusste sie nichts über unsere Eltern, doch auf den Fotos sahen sie so glücklich aus, wie sie mir nun auch in meiner Erinnerung erschienen. Ich fragte mich, wie so oft, wie unser Leben ausgesehen hätte, wenn sie damals nicht in den Mietwagen gestiegen wären, weil sie ihren Zug verpasst hatten? Doch eine Antwort darauf gab es nicht.

Marius blätterte weiter und entdeckte ein paar Fotos von Oma und Opa während ihres Urlaubs auf Mallorca in den späten Achtzigern.

»Weißt du«, sagte ich und blickte erneut zum Himmel, den ich immer schon als eine Art Vertrauten angesehen hatte, dessen Anblick mir in schwierigen Zeiten Kraft gab. »Meine Oma hat es nicht leicht gehabt. Es muss für sie furchtbar gewesen sein, die eigene Tochter zu verlieren und wenige Jahre später auch noch ihren Mann. Sie hat ihr ganzes Leben lang ums Überleben gekämpft, auch, was den Laden betrifft, der hat viele Durststrecken hinter sich. Doch sie war immer stark und hat für Em und mich gesorgt wie eine Löwenmama. Deswegen habe ich sie bewundert.«

Marius lächelte sanft. »Die Male, die ich Hilde treffen durfte, ist sie mir auch wie eine sehr herzliche und starke Frau vorgekommen«, sagte er und klappte das Album zu, legte es vor sich auf den Tisch.

Ich blickte wieder zu ihm und nickte. So konnte man Oma wirklich beschreiben. Herzlich und stark. Während ich noch darüber sinnierte, überkam mich eine schwere Müdigkeit. Der Tag war hart und lang gewesen, vieles hatte ich noch immer nicht wirklich verstanden. Das hieß, vom Kopf her schon, vom Herzen aber noch nicht. Ich trank meinen Wein aus und gähnte.

»Ich sollte mich auch auf den Weg machen, zum Glück hat das Zum Löwen keine Schließzeiten«, sagte Marius und schmunzelte.

Ich nahm das Album, während er den Wein und die Gläser reinbrachte. Sie landeten im Abwaschbecken in der Küche.

Anschließend begleitete ich Marius noch bis zur Tür. Dort blieben wir einen Moment stehen. Sein Geruch umwehte mich erneut. Er war so angenehm vertraut.

Ein Teil von mir hoffte, dass er es sich überlegte und noch nicht ging.

»Schlaf gut«, sagte er jedoch. »So gut es eben geht.«

»Du auch.«

Ich verabschiedete ihn und kümmerte mich um den Abwasch. Ob es etwas zu bedeuten hatte, dass er ohne zu zögern hergekommen war? Nachdem ich die Teller und das Besteck gespült hatte, trocknete ich alles ab. Dabei ließ ich den Tag noch mal Revue passieren. Es kam mir vor, als wären all diese

Dinge nicht innerhalb von vierundzwanzig Stunden passiert, vielmehr als hätten sie eine ganze Woche gefüllt. Dass Marius hier war, brachte mich durcheinander. Vielleicht hatte Jørgunn recht, vielleicht brauchte ich eigentlich Abstand anstatt noch mehr Nähe?

Ich stellte die Gläser in die Vitrine zurück, duschte und legte mich in mein Bett. Es dauerte nicht lange, bis ich eingedöst war.

Doch irgendwann in der Nacht wachte ich auf, weil ich ein Schluchzen hörte.

Leise stieg ich aus meinem Bett, um nach dem Rechten zu sehen, und fand Em weinend in ihrem Zimmer vor. Erschrocken hob sie den Blick, als sie mich bemerkte. Sie hatte mein Hereinkommen gar nicht gehört.

»Ich bin es nur«, versicherte ich ihr.

»Es kam gerade alles noch mal hoch«, sagte sie schluchzend. »Ich konnte ... einfach nicht schlafen, obwohl ich hundemüde bin. Und dann fingen meine Gedanken an zu kreisen ...«

Ihre Stimme klang heiser vom Weinen.

»Rutsch mal zur Seite«, meinte ich sanft und legte mich zu ihr. Schon früher hatte ich ihr in ihrem Bett Gesellschaft geleistet, wenn es ihr nicht gut gegangen war. Ob wegen einer fiesen Erkältung oder Liebeskummer.

Nun schaute ich zur Decke hoch, hörte sie geräuschvoll einatmen.

»Wenn ich nicht weggefahren wäre, hätte ich vielleicht etwas gemerkt«, schluchzte sie. »Dann hätte ich Oma helfen können.«

Ich griff nach ihrer Hand. »Es ist nicht deine Schuld.« Schon Gundi hatte sich Vorwürfe gemacht. Aber ich glaubte, dass es genauso war, wie der Arzt gesagt hatte. Oma war im Schlaf von uns gegangen. Ganz friedlich. Niemand hätte es verhindern können. Das sagte ich meiner Schwester auch.

Sie nickte langsam. »Sicher hast du recht ...«

»Das habe ich. Es ist normal, dass man sich nach dem Tod eines geliebten Menschen solche Gedanken macht. Es geht uns allen so.«

Em lehnte sich an mich, ich schloss die Arme um sie. Wenn ich nur mehr für sie tun könnte. So döste sie allmählich ein. Und mir ging die Frage durch den Kopf, wie es nun eigentlich mit Em weitergehen sollte.

6. Kapitel

Als ich am nächsten Morgen aufwachte, schlief Emilie noch. Zusammengerollt lag sie neben mir, die Decke war heruntergerutscht. Ich zog sie wieder hoch, deckte Em zu und machte mich auf leisen Sohlen auf den Weg ins Bad mit dem Plan, anschließend das Frühstück zuzubereiten. Ich wollte etwas Besonderes für Em machen, mit dem, was wir eben noch dahatten, um sie so auch ein bisschen zum Essen zu motivieren.

Aber zunächst brauchte ich eine Dusche. Es tat unglaublich gut, das heiße Wasser am ganzen Körper zu spüren und mich danach in meinen flauschigen Bademantel zu hüllen.

In der Küche schnappte ich mir ein paar Eier und verrührte sie in einer Schale, tauchte Toastbrot hinein, welches gleich darauf in der Pfanne landete, wo es mächtig spritzte, bis ich die Scheibe wieder herausfischte und auf einen Teller legte.

»Das riecht lecker«, vernahm ich Emilies Stimme hinter mir. Vielleicht hatte sie der Duft geweckt. Ich drehte mich zu ihr um und stellte fest, dass sie mir heute sogar noch dünner vorkam.

»Setz dich schon mal, ich bin gleich bei dir.«

Ich tat die letzten Armen Ritter auf und balancierte einen riesigen Teller zum Esstisch, der sich zwischen Wohnzimmer und Wohnküche befand. Ein richtig altes Teil, das Oma einem Verkäufer günstig für unser Heim abgekauft hatte.

Der Duft der Armen Ritter strömte süß durch das Haus. Tatsächlich hatte ich auch ein kleines bisschen Appetit bekommen.

»Hey …«, sagte Em leise, als ich mich neben sie setzte und ihr den Teller zuschob.

Sie wirkte erschöpft, obwohl sie dann doch noch recht gut geschlafen hatte. Jedenfalls besser als ich.

»Guten Morgen«, begrüßte ich sie und umarmte sie sanft. »Wie geht's dir?«, fragte ich.

Sie zuckte mit den Schultern. »Immer noch schrecklich, würde ich sagen.«

»Aber ein bisschen was wirst du schon essen, oder?« Ich hielt ihr den Teller verführerisch vor die Nase.

Em nickte. »Ich kann es ja mal versuchen. Es sieht jedenfalls lecker aus.«

Sie griff nach einem der Armen Ritter. Ich tat es ihr gleich. Dann knabberte sie an ihrem Toast wie ein Spatz.

Immerhin aß sie ihn auf, doch einen zweiten lehnte sie ab.

»Wir müssen noch was besprechen«, sagte ich.

Sie hob den Blick, sah mich fragend an.

»Ich habe heute Nachmittag einen Termin beim Bestatter. Die Frage ist, ob du mitkommen möchtest … wenn es dir noch zu viel ist, verstehe ich das.«

Em atmete tief ein, schüttelte dann aber den Kopf. »Ich komme natürlich mit.«

»Wirklich?«, fragte ich besorgt. Sie wirkte immer noch mitgenommen, ich wollte nicht, dass es ihr danach noch schlechter ging.

Aber sie nickte entschlossen. »Wirklich. Es geht um Oma, da gibt's kein Wenn und Aber.«

Ich mochte es, wie sie das sagte. Ihre typische Entschlusskraft kam wieder zum Vorschein, die mich immer erstaunte.

»Ich habe noch einiges vor«, meinte sie plötzlich und schob ihren Stuhl mit einem Blick auf die Uhr ihres Handydisplays zurück.

»Willst du irgendwohin?«, wunderte ich mich.

»Um halb zehn machen wir immer auf.«

»Du willst den Laden öffnen?«

»Warum nicht? Oma hätte das gewollt.«

»Aber ...« Ich fand es besser, wenn sie sich noch etwas schonte. Direkt in den Alltag überzugehen, als wäre nichts gewesen, klang nicht besonders gesund.

»Glaub mir, arbeiten ist jetzt genau das Richtige«, erklärte sie jedoch, bevor ich etwas sagen konnte. Vielleicht hatte sie recht. Sie war viel stärker, als ich oft dachte. Schon früher hatte sie mich durch ihre Reife überrascht. Vielleicht verkannte ich die Situation daher. Nur konnte ich, als große Schwester, schwer aus meiner Haut.

»Was dagegen, wenn ich mitkomme?«, fragte ich. Womöglich bot sich die Gelegenheit, mit ihr über ihre Zukunftspläne zu sprechen. Denn da sich nun vieles verändert hatte, war ich zu dem Schluss gekommen, dass sie bei mir in Berlin vielleicht am besten aufgehoben wäre. So könnte ich mich jedenfalls besser um sie kümmern.

»Überhaupt nicht. Das ist dann fast wie früher ...« Ein Lächeln huschte über ihre Lippen.

Wir begaben uns die Treppe runter in den Verkaufsbereich. Ich überlegte, wie ich das Thema am besten anschnitt, während Emilie durch den Raum zur Eingangstür huschte.

Auf Knopfdruck ging das Rollgitter hoch. Ich setzte mich hinter die Theke, genoss die heimelige Atmosphäre des Lädchens.

Es roch nach alten Dingen. Die deckenhohen Regale waren voll mit Klimbim, doch es standen auch größere Objekte herum, ein Ohrensessel mit Flicken, ein Sekretär aus Massivholz, ein altes Grammophon, das bestimmt einen gewissen Wert hatte. Außerdem eine ganze Reihe an Ostsee-typischen Souvenirs wie große Flaschenschiffe oder ein altes Steuerrad mit einer kleinen Uhr in der Mitte, die zwar nicht mehr funktionierte, aber bestimmt repariert werden konnte.

In der rechten vorderen Ecke befand sich eine Kleiderstange, an der Secondhandware hing. Oma hatte diese stets gewaschen, aufbereitet, gebügelt und zu Spottpreisen angeboten.

Hier im Trödelladen gab es außerdem einen Haufen Schallplatten, alte Bücher, die schon fast auseinanderfielen, und eine Grabbelkiste, in der sich verschiedenes Spielzeug befand. Auch dieses schien mir regelrecht fossil zu sein.

Entsprechend war der Mix an Gerüchen, den ich einatmete. Alte Dinge, ihre Geschichten, ich hatte das Gefühl, sie alle mit einem Mal aufzusaugen.

Emilie schloss die Tür auf. Frische Seeluft drang ein, vermengte sich mit der Luft im Innern. Erst jetzt merkte ich, dass es ein wenig stickig gewesen war. Aber da war noch ein anderer Duft, der zu uns vordrang. Er war sanft und lieblich.

»O mein Gott«, hörte ich Em sagen.

Ich folgte ihr rasch zur Tür und hielt erstaunt inne. Vor dem Laden lag ein Meer aus Blumen. In allen Farben strahlten sie uns entgegen, verströmten diesen zarten Geruch.

»Die sind für Oma«, stellte sie mit Tränen in den Augen fest.

Emilie hob einen Strauß auf, an dem ein Kärtchen hing, und las es vor. »*Mein herzliches Beileid.* Der ist von Novas Tante …« Zärtlich strich sie über die Blüten, roch an ihnen und seufzte. Sie reichte mir den Strauß und hob einen weiteren auf. »Und der hier ist von Alfredo, vom kleinen Pizza Imbiss, und … unglaublich, sogar Gideon Jansen vom Dreizack hat uns einen hingelegt«, meinte sie beeindruckt.

Einen Strauß nach dem anderen hob sie hoch, bis sie diese kaum noch tragen konnte. Jeder duftete anders, einer war schöner als der nächste. Doch sie alle waren niedergelegt worden, um die Trauer um unsere Oma zu bekunden. Ich bekam eine leichte Gänsehaut. »Hier sind auch Blumen von Nova und Leo, die hätten wir ja fast übersehen«, stellte ich fest und hob sie hoch.

Mir stiegen vor Rührung die Tränen in die Augen. Gemeinsam sammelten wir die Blumen ein, legten sie auf der Theke ab und versuchten, sie in Vasen zu stellen. Doch es waren zu viele. Wir hatten nicht genügend Gefäße, weder im Laden noch oben im Wohnbereich.

Da kam Gundi herein, in ihren Armen trug sie gleich mehrere passende Gefäße vor sich her. »Ich habe mir gedacht, dass ihr die bestimmt brauchen werdet.«

Sie musste das Blumenmeer bereits heute Morgen bemerkt und darauf die Vasen zusammengetragen haben. So war Gundi, eine Seele von Mensch.

»Du denkst wirklich an alles, Gundi, danke.« Wir nahmen ihr die Vasen ab, füllten sie mit Wasser, verteilten sie rings im Laden und stellten die Blumen hinein. Gundi half uns dabei.

»Gestern hat übrigens ein gewisser Marius Frohgemut bei uns eingecheckt«, sagte sie in meine Richtung.

»Ja, ich weiß. Er ist gekommen, um uns beizustehen.«

Gundi lächelte glückselig, als hätte ich gerade unsere Versöhnung bekannt gegeben, was fernab der Realität war.

»Er ist nur ein Freund«, betonte ich und merkte, dass uns die Vasen ausgegangen waren, weswegen auch unsere eigenen Vasen zum Einsatz kamen. Und so erstrahlte der Trödelladen bald voll bunter Blüten, die von überall her leuchteten. Es sah richtig schön aus. Ich wusste, der Anblick hätte Oma gefallen.

»Ich habe übrigens noch gestern Abend mit dem Herrn Pfarrer telefoniert, wie ich es dir ja versprochen hatte. Er war natürlich sehr bestürzt«, erklärte Gundi. »Wie wir alle. Hilde war ein beliebtes Gemeindemitglied.«

Ja, meine Oma hatte immer gerne Kuchen für Kirchenfeste gebacken. Und es gab wohl kein Kirchenlied, das sie nicht auswendig gekannt hatte.

»Er würde eine Rede halten und die Zeremonie leiten, wir müssten aber vorher die Termine mit dem Bestatter abklären. Hast du schon einen ausgewählt und dort angerufen?«

Ich nickte. Dieses Thema war für mich immer noch bedrückend.

»Ich habe für heute Nachmittag einen Termin. Wir können uns danach kurzschließen und bereden, wie wir weiter vorgehen wollen.«

»Das klingt gut«, sagte sie, dann merkte sie wohl, dass es Em und mir vor diesem Termin ein bisschen graute.

»Ich komme wie gestern gesagt gerne mit, wenn euch das hilft.« Gundi sah zwischen uns hin und her.

Ich nickte dankbar. »Klar, das können wir machen.«

Em atmete tief ein. »Sicher«, kam es ihr leise über die Lippen.

»Gut, ihr Lieben. Dann sagt mir nur wann und wo, und ich bin da für euch.«

Ich nannte ihr die Adresse, die sich Gundi gleich in ihrem Handy notierte. »Jetzt muss ich aber wieder rüber«, sagte sie dann entschuldigend. »Seid nicht böse, ja?«

»Nicht doch. Und Gundi?«, erwiderte ich.

»Ja, Liebes?«

»Vielen Dank!«

»Ich freue mich, wenn ich euch helfen kann, wirklich.«

Ich lächelte. Gundis Herz schlug am rechten Fleck, daran gab es keinen Zweifel. Sie strich über Ems Schulter, weil meine Schwester ziemlich verkrampft die Arme um ihren Brustkorb geschlungen hatte, und verließ das Geschäft.

»Alles okay?«, fragte ich Em.

»Der Termin muss sein«, meinte sie. »Auch wenn es mich vor dem Gespräch etwas graut.« Wir nahmen wieder hinter der Theke Platz.

»Wenn es dir lieber ist, gehe ich allein mit Gundi hin«, bot ich ihr erneut an.

Aber Em schüttelte den Kopf. »Ich werde es schaffen«, betonte sie. Ich wusste, das war nicht nur so dahergesagt.

Dann rief unsere Freundin Leo an, um persönlich ihr Beileid auszudrücken.

»Kommt ihr Süßen klar?«, fragte sie. Es tat ehrlich gut,

ihre Stimme zu hören. Ich schaltete mein Handy auf laut, sodass auch Em dem Gespräch folgen konnte.

»Das tun wir«, versicherte ich ihr. Mit so viel Unterstützung hätte ich nie gerechnet. Wie schön es war, Menschen um sich zu haben, auf die man sich verlassen konnte.

»Ich könnte auch vorbeikommen«, beharrte Leo.

»Das ist lieb von dir, ehrlich, aber nicht nötig. Em und ich haben alles im Griff.«

Ich wusste, sie hatte gerade selbst viel um die Ohren. Nach ihrer Ausbildung in London hatte sie zwar den Abschluss zur Musicaldarstellerin gemacht und einige Jahre recht erfolgreich auf der Bühne gestanden, doch schon länger kein Engagement mehr bekommen, weswegen sie als Gesangslehrerin Unterricht an einer Musikschule in Hamburg gab.

»Na schön. Wenn etwas ist, ruft mich jederzeit an«, sagte sie. Wie die Mutter, so die Tochter, ging es mir durch den Kopf. »Bis bald, ihr Süßen.«

Ich legte auf und machte uns einen Tee in der kleinen Küche, die direkt hinter dem Verkaufsraum lag. Kurz darauf kam ich mit zwei dampfenden Tassen zurück und reichte Em eine davon, die sie vorsichtig annahm und daran nippte. Sie ließ ihren Blick schweifen, und ich tat es ihr gleich. Ein Meer aus Blumen leuchtete uns von allen Seiten entgegen.

»Ehrlich gesagt hat der Trödelladen nie besser ausgesehen«, meinte sie.

»Und nie besser geduftet«, fügte ich hinzu.

Em lächelte. »Da ist was dran.«

Wir entspannten uns, lehnten uns zurück und warteten auf Kundschaft. Die Sonne strahlte durch die beiden großen Schaufenster, die auf den Löwensteg hinausgingen. Durch diese konnte ich auf der gegenüberliegenden Seite das Bei Agnes sehen, wo sich die ersten Gäste an den Tischen vor der Konditorei einfanden. Nur zu uns kam niemand. Em rutschte etwas ungeduldig auf ihrem knarrenden Stuhl hin und her. Ich hatte das Gefühl, dass ihr der leere Laden Bauchschmerzen bereitete, und das nicht zum ersten Mal.

Vielleicht sollte ich die Gelegenheit nutzen, mit Emilie über ihre Zukunft zu sprechen. Das hatte ich ja ohnehin vor.

Doch Em kam mir zuvor. »Ich habe mir was überlegt«, sagte sie.

Neugierig sah ich sie an.

»Es geht um meine Zukunft«, fuhr sie fort und schien in eine ähnliche Richtung zu denken, wie ich es tat.

»Die letzten Jahre hatten wir einen starken Rückgang an Kundschaft zu verzeichnen«, offenbarte sie bedrückt. »Es hat sich nicht von einem Tag auf den anderen so entwickelt, sondern vielmehr schleichend, sodass wir es oft erst am Ende des Monats bei der Abrechnung gemerkt haben. Das letzte halbe Jahr war es dann wirklich nicht mehr schön. Wir sind über die Runden gekommen, aber mehr schlecht als recht.«

»Hast du eine Idee, woran das liegt?«

»Oma meinte, dass in der Vorderreihe und in der Kurgartenstraße viele Markengeschäfte aufgemacht und die Kundschaft aus dem Löwensteg abgeworben haben. Wir hatten besonders darunter zu leiden. Trödel ist heutzutage eher ein Nischengeschäft.«

Ich nickte, das klang, als könnte es der Grund für die Flaute sein.

»Na ja, das hat mir zu denken gegeben. Deshalb habe ich einen Plan geschmiedet.«

Ich war gespannt, was sie sich überlegt hatte, und nippte an meiner Tasse.

»Was hältst du davon, wenn wir den Laden neu gestalten?«, fragte sie zu meiner Überraschung, und ich verschluckte mich fast an meinem Tee, denn das war das Gegenteil von dem, was mir vorschwebte.

»Das war Omas letzter Wunsch. Sie hatte schon einiges in die Wege geleitet, wie du weißt, Muster bestellt, und ich glaube, dass sie sich wirklich darauf gefreut hat, alles umzugestalten. Sie meinte, ein Trödelladen dürfe ruhig alt wirken, das sei sogar der Atmosphäre zuträglich. Doch es gebe einen Unterschied zwischen alt und abgenutzt. Schon bevor Mama geboren war, hat der Laden so ausgesehen wie jetzt. Und es wäre an der Zeit, ihn endlich ein wenig auf Vordermann zu bringen. Da gebe ich ihr recht. Allein der Boden ist so voller Schrammen, dass es nicht mehr schön aussieht. Ich möchte, dass der Laden genau so wird, wie sie ihn sich vorgestellt hat«, klärte Emilie mich auf. »Sie hat dafür lange gespart. Die Pläne liegen in ihrem Büro, wir müssen sie nur umsetzen. Und ich bin überzeugt, dass sich dann auch wieder mehr Kundschaft einfindet. Was denkst du darüber?«

Ich wusste im ersten Augenblick nicht, was ich sagen sollte, denn es war entgegen dem, was ich eigentlich Emilie hatte vorschlagen wollen.

»Stella?«, wunderte sie sich, weil ich nicht reagierte, sondern erst meine Gedanken ordnen musste. War es klug, ausgerechnet jetzt in das Geschäft zu investieren, wenn es derart schwächelte?

»Um ehrlich zu sein, wollte ich auch mit dir über den Laden und das Haus reden«, sagte ich schließlich und wusste dennoch nicht, wie ich es anfangen sollte.

»Nun, dann los«, forderte sie mich auf. Ihre Hände legten sich um ihre Tasse, als wollte sie sich an ihr wärmen.

Mir fiel auf, dass sie plötzlich mehr Energie zu haben schien. Die Idee, den Laden zu renovieren, schien sie zu beleben. Ich bildete mir ein, einen leichten rosa Schimmer auf ihren Wangen auszumachen. Jetzt hoffte ich, dass mein Vorschlag keine gegenteilige Wirkung auf sie hätte. Aber was sollte ich tun, ich hielt ihre Idee nun einmal für fragwürdig.

»Jetzt raus mit der Sprache, du machst mich ein bisschen nervös«, forderte sie.

»Also gut … Ich hatte überlegt, ob wir das Haus verkaufen

und du nach Berlin mitkommen möchtest. Ich würde dir helfen, dort eine Ausbildungsstelle zu finden«, erläuterte ich also meinen Plan. Oder vielmehr die Gedankenfetzen, die ich dazu hatte. Ich war überzeugt, dass es für Emilie das Beste wäre, mit mir zu kommen. Mit vierundzwanzig war es nicht zu spät, noch mal durchzustarten. Und Oma hatte nicht Unrecht, dass der Laden sehr abgenutzt war. Dass die Kundschaft zurückgegangen war, überraschte daher nicht. Auch jetzt kam niemand ins Geschäft. Die Zeit der kleinen Krämer- und Trödelläden war einfach abgelaufen.

»Eine Ausbildungsstelle? Als was denn?«

»Ich weiß es nicht ... etwas, das dir gefällt, natürlich ... darüber können wir ja zusammen nachdenken. Oder du studierst?«, schlug ich beherzt vor. Ich hatte Em sowieso immer als Ärztin gesehen, weil sie so klug war.

Sie schüttelte entrüstet den Kopf.

»Das kommt nicht infrage. Ich möchte das Familiengeschäft fortführen, das habe ich schon immer gewollt und werde das nicht aufgeben. Oma hat es uns hinterlassen. Wir stehen als Besitzerinnen im Grundbuch, Oma hat das sogar noch vor ihrem Tod veranlasst, wie du weißt. Es ist unser Geschäft, deins und meins. Hier liegen unsere Wurzeln.«

»Ja, das weiß ich ja auch. Und eben drum habe ich auch ein Mitentscheidungsrecht, was das Haus angeht.«

»Willst du deinen Teil plötzlich verkaufen? Brauchst du dringend Geld oder was?«, fragte sie zugleich erschrocken wie auch vorwurfsvoll.

»Natürlich nicht, ich bin nicht in Schwierigkeiten, falls du das denkst.«

»Wozu dann die Eile? Weißt du, wenn ich genug zusammenhabe, kaufe ich dir deinen Teil ab.«

»Emilie ...« Das war unrealistisch. »Der Laden wirft doch gar nichts ab. Außerdem wärst du auf dich allein gestellt, ich bin nicht immer in der Nähe und ...«

»Das ist es also! Du denkst, dass ich nicht allein klarkomme?« Sie klang verletzt und stellte etwas zu heftig ihren Tee auf die Theke, sodass die Flüssigkeit über den Rand schwappte.

»Ich bin keine sechzehn mehr, Stella! Ist dir das noch nicht aufgefallen? Ich manage den Laden schon seit einer gefühlten Ewigkeit. Außerdem bin ich nicht allein. Ich habe Gundi, Agnes von der Konditorei und Mandy auch … ich kann schon auf mich aufpassen.«

Dass sie Mandy im selben Atemzug mit Gundi und Agnes nannte, entlockte mir nur ein Kopfschütteln.

»Das weiß ich, ich glaube nur, dass du ein paar Dinge übersiehst. Schau mal, das Geschäft lief noch nie richtig gut«, erinnerte ich sie. Zugegeben, richtig schlecht war es auch nicht gelaufen, immerhin hatte Oma uns damit nach Opas Tod über Wasser halten können. Aber Emilie und ich konnten doch auch mehr erreichen. Es war fraglich, ob sich das Geschäft noch mal erholen würde, ob mit oder ohne Renovierung. »Ich fürchte einfach, dass wir es nicht retten können. Wenn wir jetzt an Verkauf denken, können wir noch einen annehmbaren Preis erzielen, in ein paar Jahren ist das vielleicht anders, das Haus wird ja auch nicht jünger.«

Sie schüttelte immer noch den Kopf. »Ich habe geahnt, dass du es nicht verstehen würdest. Du wolltest ja auch immer in die Welt hinaus. Das ist okay, aber was diesen Laden ausmacht, das hast du eben nicht ganz verstanden. Nur deswegen kannst du überhaupt auf die Idee kommen, unser Haus zu verkaufen. Es ist unser Heim, hier sind wir aufgewachsen. Hängst du denn nicht an unserem Haus? An diesem Ort?«

Nun war ich gekränkt und kam mir wie ein Bösewicht vor. Ich hätte sagen können, dass ich mich an unser erstes Zuhause erinnerte, das Haus am Lübecker Stadtrand, in dem wir mit unseren Eltern gewohnt hatten. Doch ich fürchtete, dass das Emilie nur noch mehr aufregen könnte. Für sie war eben

Omas Haus immer schon unser Heim gewesen. Ich konnte sie auch verstehen, es war ja nicht so, als würde ich nicht auch an dem windschiefen Häuschen mit dem noch schrägeren Dach hängen.

Es war bezaubernd, ja, einzigartig. Aber es stammte eben auch wie der Trödel in seinem Innern aus einer anderen Zeit.

»Ich weiß, dass du mich nur beschützen willst. Ich bin dir auch dankbar dafür. Aber ich bin erwachsen, ich habe eigene Pläne«, lenkte Em ein. »In der Zeit, in der du in Berlin warst, habe ich mich auch weiterentwickelt. Ich habe eine klare Vorstellung von meiner Zukunft. Ich strebe keine große Karriere an wie du, mir reicht, was ich habe. Den Verkauf des Hauses kannst du auf jeden Fall vergessen, da mache ich nicht mit«, betonte sie.

Ich fühlte mich nun auch verkannt.

In dem Moment vibrierte ein Handy. Emilie zog ihr Mobiltelefon schon hervor und lächelte mit einem Mal. Rasch tippte sie eine Antwort. An ihrem Lächeln konnte ich erahnen, wer die Nachricht geschrieben hatte.

»Mandy ist so lieb«, meinte sie dann und steckte es wieder weg.

Bingo! Mandy! Wer sonst?

»Sie macht sich immerzu Sorgen um mich. Gerade hat sie gefragt, wie es mir geht. Und heute Abend hat sie eine kleine Überraschung für mich vorbereitet.«

Das war auch noch so eine Sache.

»Mandy, die dir das Herz gebrochen hat«, meinte ich und verspürte denselben Ärger wie damals, als Amanda Bauer meiner Schwester den Laufpass gegeben hatte. Dahinter steckte eine lange Geschichte voller triefender Taschentücher und einer riesigen Menge Frust-Eiscreme-Essen. Kurz nachdem ich mein Bachelorstudium begonnen hatte, waren Em und Mandy zusammengekommen, und meine Schwester war bis über beide Ohren verliebt gewesen. Aber Mandy hatte es sich irgendwann anders überlegt, gemeint, dass sie doch nicht recht zusammenpassen würden, und sich davongemacht. Nun war eben diese Mandy wieder in Ems Leben, und ich traute der Sache noch nicht.

»Genau. Die Mandy. Es ist so viel Zeit seitdem vergangen. Wir haben uns ausgesprochen und versöhnt, sind beide viel reifer als früher.«

»Du bist zu gutgläubig«, meinte ich ärgerlich. Ich hätte Mandy nicht so schnell verziehen. Was, wenn Mandy ihr noch mal das Herz brach?

»Sorry, aber wer im Glashaus sitzt«, sagte sie ärgerlich, brach dann aber ab.

»Mit Marius und mir ist es ganz anders«, rechtfertigte ich mich.

»Ich weiß, was du gegen Mandy hast. Ich glaube, dass du deinen Ärger auf Marius nun an ihr abarbeitest, weil sich die Situationen ähneln. Und gleichzeitig bist du neidisch, dass es bei uns wieder klappt.«

»Ich bin nicht neidisch! Wie kommst du denn darauf?«

»Jetzt erzähl mir nicht, dass du nicht auf eine Versöhnung mit ihm hoffst.«

Ich schüttelte vehement den Kopf. Jetzt ging Em wirklich zu weit.

Wir funkelten uns an, wie wir es zuletzt getan hatten, als Em in die Oberschule gekommen war und wir beide uns wegen irgendeiner Band, die sich gerade aufgelöst hatte, mächtig gestritten hatten.

»Aber das alles ist ja gar nicht das Problem«, sagte Em etwas bitter. »Du vertraust meinem Urteil nicht. Das hast du noch nie. Ob es um das Geschäft geht oder um Mandy. Ich suche mir meine Partnerinnen selbst aus. Und ich suche mir auch aus, wo ich leben will. Und zwar hier in Travemünde, im Löwensteg, in unserem Haus!« Em verschränkte die Arme.

In dem Moment sahen wir Marius mit Einkaufstüten, die

er auf seinen Armen balancierte, am Schaufenster vorbeigehen und um die Ecke biegen, wo der Hauseingang war.

»War er für uns einkaufen?«, wunderte ich mich.

»Du solltest ihm jetzt helfen«, meinte Emilie immer noch verärgert. Sie sah mich an, als wäre ich ihre schlimmste Erzfeindin, was ziemlich wehtat.

Mir schlug das Herz bis zum Hals. »Emilie ... Du weißt, dass ich nur will, dass du glücklich bist.«

Sie nickte. »Trotzdem. Ich brauche etwas Luft und hüte den Laden. Allein. Kümmere dich um Marius ... bitte.«

Vielleicht war es das Beste, damit wir wieder etwas runterkamen. Ich erhob mich, wenn auch widerwillig, und verließ den Laden über die Hintertür, die direkt in den kleinen Flur führte. Da klingelte es bereits.

7. Kapitel

Ich öffnete Marius die Tür, der ein wenig schnaufte, so schwer beladen war er.

»Morgen«, sagte er und trat in den kleinen Flur.

»Was wird denn das?«, fragte ich und beobachtete, wie er die Sachen die Treppe hochschleppte.

»Hab gestern mitbekommen, dass ihr nicht viel im Haus habt. Da dachte ich, ich mache mich nützlich.«

»Warte, ich kann dir beim Tragen helfen.« Ich holte ihn auf halber Treppe ein und nahm ihm eine der knisternden Papiertüten ab.

»Danke«, sagte er.

Gemeinsam brachten wir seinen Großeinkauf in die Küche, wo wir die Tüten auf den Tisch stellten.

»Du hast ja einiges besorgt«, stellte ich fest und stapelte ein paar Konserven mit Mischgemüse übereinander. »Wie viel schulde ich dir?«

»Nichts natürlich.« Er rollte gespielt mit den Augen.

Ich nickte. »Danke …«

Ein bisschen erinnerte mich das gemeinsame Ausräumen der Tüten an unser ehemaliges Zusammenleben in unserer kleinen Wohnung in Berlin-Mitte. Aber meine Gedanken machten schnell einen Sprung und kreisten erneut um das Gespräch mit Em.

Marius schien das zu bemerken. »Willst du drüber reden?«, fragte er.

Ich seufzte.

»Deine Oma ist gerade gestorben, Stella. Ich hab ein offenes Ohr für dich, deswegen bin ich hier«, erklärte er.

»Also schön …« Was hatte ich zu verlieren? »Es ist nicht nur wegen Oma, ich habe mich jetzt auch noch mit Em gestritten«, erklärte ich.

Beim Einsortieren der Einkäufe in die Schränke erzählte ich Marius also von dem ganzen Schlamassel, in dem wir uns befanden, mit unseren völlig unterschiedlichen Herangehensweisen und einem Laden, der nicht mehr viel abwarf, dafür aber bis zur Decke voll mit liebenswertem Gerümpel war.

Eigentlich war ich immer noch ziemlich überzeugt von meiner Position, doch es gab mir zu denken, als Marius einlenkte.

»Deine Schwester ist erwachsen«, erinnerte er mich. »Sie hat ein Recht auf eigene Entscheidungen und auch eigene Fehler. Davon abgesehen finde ich die Idee, den Laden zu renovieren, großartig. Das wird ihr bei der Trauerbewältigung sicher helfen. Und da ich ja selbst Ladenbesitzer bin, kann ich auch sehr gut verstehen, dass sie an dem Geschäft hängt«, meinte er sanft. »Gib ihr etwas Freiraum.«

Es fiel mir dennoch schwer. Vielleicht war ich einfach ein Mensch, der ungern die Kontrolle abgab? Zwar hätte ich mich selbst so nie eingeschätzt, aber war es nicht oft so, dass man gerade die weniger schönen Seiten an sich gar nicht wahrnehmen wollte?

Ich ließ eine Packung Müsli im Schrank verschwinden.

»War es das, was dich an uns gestört hat?«, hakte ich nach. »War ich zu … bestimmend?«

Er lachte und schüttelte den Kopf. »Nein, keine Sorge.« Mehr schien er nicht sagen zu wollen. Und doch fragte ich mich zum gefühlt tausendsten Mal, warum wir in dieser Lage steckten. Vielleicht waren seine Gefühle einfach verschwunden? Der Gedanke verursachte einen Stich in meiner Brust. Doch ich musste es wohl akzeptieren, dass er jetzt nur noch ein guter Freund war.

»Sprich mit Em«, schlug er vor. »Mach es gleich.«

Er hatte ja recht.

Als ich die Treppe zum Laden runter nahm, gingen mir die Gespräche mit Emilie und Marius noch einmal durch den Kopf.

Natürlich war Emilie erwachsen. Aber sie war eben auch meine kleine Schwester. Nachdem wir unsere Eltern verloren hatten, hatte ich es als meine Aufgabe angesehen, auf sie aufzupassen. Aber nun brauchte sie mich nicht mehr. Ich war siebenundzwanzig, sie drei Jahre jünger. Natürlich war da alles anders als in der Kindheit und Jugend. Sie war nicht mehr der Teenager mit Vorliebe für schwarze T-Shirts und Nightwish-Konzerte, sondern eine junge Frau mit eigenen Vorstellungen. Daran musste ich mich gewöhnen.

Ich bog in den Gang, der den Wohnbereich und den Laden miteinander verband. Der charakteristische Geruch nach Holz stieg mir in die Nase. Es war ein schönes Haus. Mein Zuhause. Ich liebte es sehr. Und ich konnte es verstehen, dass Emilie es auch liebte. Es zu verkaufen wäre tatsächlich ein großer Einschnitt.

Mein Blick fiel auf die Tür von Omas Büro, die offen stand. Wie von selbst betrat ich es, als zöge mich etwas dorthin. Sofort fielen mir die dicken Ordner auf ihrem Schreibtisch auf. Es sah aus, als würde sie bald zurückkehren, um weiter an den Unterlagen zu arbeiten. Wahrscheinlich hatte sie das auch vorgehabt. Ich las *Parkettmuster* auf einem der Ordner. Auf einem anderen stand *Vorhänge*. Gedankenversunken setzte ich mich in den alten Drehstuhl und blätterte in den Dokumenten, die vom Innenarchitekturbüro Bauer stammten.

Daneben lag ein Katalog mit Möbeln. Oma hatte kleine Post-its an verschiedenen Stellen angebracht, um ihre Favoriten zu markieren. Ich schaute mir auch diese an.

Eine neue Theke, neue Regale mit moderner Beleuchtung ...

Es war viel Herz in diese Planung geflossen, das war unübersehbar, und ich konnte Emilie wirklich verstehen, dass sie Omas Plan umsetzen wollte.

Mehr noch. Ich konnte mir den Laden in seiner neuen Pracht plötzlich vorstellen, sah ihn vor meinem geistigen Auge und wurde unwillkürlich angesteckt von dem Unterfangen.

Als ich in den Verkaufsraum zurückkam, bediente Em gerade eine Kundin. Ich setzte mich hinter den Tresen, beobachtete, wie gut sie sich als Verkäuferin machte und wie herzlich sie die Dame verabschiedete.

»Noch einen schönen Tag«, wünschte sie.

»Ihnen auch.« Die Dame verließ das Geschäft, und mit ihrem Verschwinden klingelten die Glöckchen über der Tür.

Als sich Emilie zu mir umwandte, sah sie versöhnlicher aus. Langsam setzte sie sich wieder neben mich.

»Ich möchte mich nicht mit dir streiten, Stella.«

Das zu hören tat schon mal gut.

»Ich hab dich lieb, das weißt du«, fuhr sie fort, und das zu hören war sogar noch besser.

»Und gerade jetzt können wir sicher alles, nur keinen Streit gebrauchen.«

Das sah ich auch so.

»Aber ich möchte auch, dass du mich verstehst und mir den Raum lässt, meine eigenen Entscheidungen zu fällen. Ich stehe absolut dahinter, den Laden fortzuführen. Das alles hier bedeutet mir etwas.«

Ich nickte. Marius und sie waren sich einig. Allmählich erkannte auch ich, dass man aus dem Geschäft noch etwas machen konnte. Und nicht zuletzt hatte Em recht, es war Omas letzter Wunsch gewesen.

»Ich habe auch über alles nachgedacht. Es tut mir leid,

dass ich Zweifel angemeldet habe. Ich sollte mich wirklich nicht zu sehr in deine Angelegenheiten mischen«, gab ich nach. »Ich habe mir außerdem Omas Pläne angesehen. Und die sind gar nicht übel.«

Emilie lächelte. »Finde ich auch.«

Ich wollte noch einen Schritt weitergehen.

»Ich steh hinter dir, Em. Immer. Auch in diesem Fall.«

»Danke, Stella.« Sie umarmte mich.

»Lässt du mich denn helfen?«, fragte ich. »Nur, wenn dir das nicht zu gluckenhaft ist.«

Mit meinem Fachwissen aus dem Studium konnte ich sie vielleicht beraten. Der Trödelladen war alt, und es gab viele moderne Konzepte, die ich während meines Studiums kennengelernt hatte. Wenn man etwas Pepp reinbrachte, lief er vielleicht besser. Mit modernem Marketing konnte man viel verändern.

Emilie machte große Augen. »Ja, wirklich? Das möchtest du?«

»Wieso so erstaunt?« Ich lächelte. »Ich bin schließlich noch eine Weile hier, ehe ich wieder nach Berlin zurückkehre, und ich möchte dir wie gesagt helfen.«

Noch dauerten die Semesterferien an, es wäre schade, diesen Umstand nicht auszunutzen. Ich wollte hier alles in Ordnung bringen, bevor ich nach Berlin zurückkehrte.

»Das finde ich gut«, sagte Emilie. Ihr Lächeln steckte mich an.

»Da ist noch etwas, wegen Mandy … Wieso hast du mir denn nichts von ihr erzählt?«, fragte ich.

»Eigentlich dachte ich mir schon, dass du nicht allzu begeistert sein würdest. Immerhin hast du sie damals richtig verflucht, als sie mich verlassen hat.«

»Sie wohnt auch hier, oder?« Ich musste an den zusätzlichen Zahnputzbecher denken, den ich auf der Ablage in unserem Badezimmer entdeckt hatte.

»Nicht wirklich, aber sie hat ab und zu hier übernachtet und deswegen ein paar Sachen oben. Eigentlich wohnt sie in einer netten kleinen Wohnung in der Innenstadt.«

Ich nickte. Ganz glücklich war ich immer noch nicht, dass ich das alles so nebenbei erfuhr und eigentlich nur, weil ich nachhakte.

»Sag mal, Em, du weißt aber schon, dass du jederzeit mit mir reden kannst. Über alles. Es gibt keinen Grund, irgendetwas vor mir zu verheimlichen«, sagte ich. Es war mir wichtig, dass sie das wusste.

Emilie legte nun ihre Hand auf meine Schulter. »Ich weiß es. Aber im Fall von Mandy war ich mir nicht sicher, ob es da auch gilt.«

»Es gilt immer!«

Sie nickte.

»Und wie habt ihr euch wiedergefunden?«, hakte ich nach. Immerhin fehlten mir eine ganze Menge Details.

»Ach, eine witzige Geschichte, die wird dir gefallen. Oma hat Mandys Vater, der Innenarchitekt ist, um Expertise gebeten für die Einrichtung. Er hat sich den Laden angeschaut und Vorschläge gemacht, die Oma gefallen haben. Von ihm hat sie auch ein paar der Musterordner. Mandy ist kurz danach vorbeigekommen, um uns einen Kostenvoranschlag zu bringen. Sie will später das Geschäft ihres Vaters übernehmen und arbeitet bis dahin für ihn«, beantwortete Emilie auch schon meine Frage.

Richtig, die Planungen, die ich in Omas Büro gesehen hatte, waren ja von dem Innenarchitekturbüro Bauer gewesen.

»Und da hat es zwischen euch zum zweiten Mal gefunkt?«

»Ja, aber sie hat mich nicht sofort gefragt, ob ich mit ihr ausgehen will. Sie ist noch mal wiedergekommen und war so süß, total nervös, als sie mir gestanden hat, dass sie die ganze Zeit nach unserem Wiedersehen an mich denken musste. Sie hat mich um ein Date gebeten, und ich konnte nicht anders, als Ja zu sagen.«

Em lächelte so glücklich wie schon lange nicht mehr. Insbesondere angesichts der Umstände. Ich sollte Em und Mandy wohl eine zweite Chance geben, das wurde mir klar. Wenn Mandy es wirklich schaffte, Em ein Lächeln ins Gesicht zu zaubern, selbst in so schwierigen Zeiten, dann war es richtig. Genauso stand aber auch fest, wenn Mandy nur mit Em spielte, würde sie mich kennenlernen. Denn ich würde niemals zulassen, dass jemand meiner Schwester noch einmal wehtat.

8. Kapitel

Zur Mittagszeit schlossen wir den Laden für eine halbe Stunde und setzten uns in die kleine Küche neben Omas Büro. Die Kacheln an der Wand schienen aus den Siebzigern zu stammen und waren damit schon mit das Modernste, was die Etage unter dem Wohnbereich zu bieten hatte. Unser Tisch war so klein, dass wir eng zusammenrücken mussten. Der Duft von Sahne lag in der Luft. Marius war noch geblieben und hatte uns leckere Penne gekocht. Vorsichtig tat er uns die Nudeln in der cremigen Sauce mit einer Kelle auf.

»Danke«, sagte ich und nahm ihm den Teller ab, stellte ihn vor mich hin und probierte. Es schmeckte köstlich, Marius hatte sich selbst übertroffen, und es war schön, dass er hier war und uns half. Als wir noch zusammengelebt hatten, hatte er auch leidenschaftlich gerne und sehr gut gekocht, wobei die italienische Küche und ihre verschiedenen Spielarten es ihm besonders angetan hatten.

»Steht denn schon fest, wie es jetzt weitergeht?«, hakte er nach.

Em erzählte ihm von dem Termin beim Bestattungsinstitut, den wir heute Abend hatten.

»Ich könnte euch begleiten«, schlug er vor.

»Gundi hat uns das auch schon angeboten. Aber es wäre toll, wenn du uns auch zur Seite stündest.«

»Na klar, das ist doch Ehrensache.«

»Allerdings wollen wir deine Zeit auch nicht zu sehr in Anspruch nehmen.«

»Das mit der Tagung ist wie gesagt kein Problem.«

»Ich denke auch an deine Schwester. Kommt denn Lena mit den beiden Läden zurecht?«

»Sie hat wohl schon jemanden gefunden, der direkt anfangen kann.«

Wenigstens etwas.

»Ich bleibe so lange hier, wie ihr mich braucht«, fügte er dann hinzu, was für ein warmes Gefühl in der Brust sorgte.

Gerade als ich den letzten Bissen zu mir nehmen wollte, hörte ich ein Klopfen an der Glastür vorne am Laden. Eigentlich hatten wir noch geschlossen, doch einen weiteren Kunden konnten wir uns nicht entgehen lassen.

»Ich schaue nach«, sagte ich, weil die anderen noch mehr auf ihren Tellern hatten. Ich wusch mir die Hände an der Spüle neben dem Mini-Kühlschrank und hechtete aus dem Raum in den Verkaufsbereich, um die Tür aufzuschließen.

Schon als ich mich dieser näherte, konnte ich ein Mädchen mit zwei Rattenschwänzen durch das Glas sehen. Ich schätzte die Kleine in ihrer Jeanslatzhose auf zehn Jahre.

»Hallo, kann ich dir helfen?«, fragte ich, nachdem ich ihr geöffnet hatte.

»Ja, ich will was kaufen«, erklärte sie unbefangen und trat ein, blieb kurz überrascht ob des Blumenmeeres stehen, hielt dann aber zielstrebig auf Omas Grabbelkiste nahe am rechten Schaufenster zu, in der sich allerlei Spielzeug befand.

Offenbar kannte das Mädchen sich aus, und dies war nicht der erste Besuch in unserem Wühlparadies.

»Musst du nicht in der Schule sein?«

Sie schüttelte den Kopf, kniete sich vor die Kiste und tunkte beide Arme tief hinein. »Ich hatte nur zwei Stunden heute.«

»Ach so, verstehe. Hast du auch einen Namen?«

»Marie.«

Marie wühlte weiter in der Kiste, ein paar Dinge landeten direkt daneben.

»Suchst du etwas Bestimmtes, Marie?«, fragte ich neugierig, weil sie immer tiefer wühlte, aber nicht zu finden schien, worauf sie es abgesehen hatte.

»Ja, aber sie ist nicht da«, meinte die Kleine zusehends verzweifelter, was mir wirklich leidtat. »Ich habe sie hier gesehen, vor einer Woche. Und ich hab doch gesagt, dass ich wiederkomme, sobald ich mein Taschengeld habe. Und nun ist sie weg.«

Das Mädchen wirkte richtig aufgeregt. Sanft legte ich ihr eine Hand auf die Schulter. »Herrje, worum geht es denn?«

»Um die Puppe«, meinte sie. »Die mit den Haaren am Kopf.«

Ich grinste. »Sind Puppenhaare nicht immer am Puppenkopf?«

»Ja, aber die sind nicht aus Haar, sondern aus Plastik.«

Eine Puppe mit Plastikhaaren? Das klang nach einem älteren Stück, denn in den letzten Jahrzehnten hatten doch so ziemlich alle Puppen Kunsthaar bekommen.

Offenbar hatte sich die Kleine in ein bestimmtes Spielzeug verliebt, und nun war es nicht wie erwartet da.

»Bist du neu hier?«, hakte das Mädchen nach. »Ich habe dich noch nie hier gesehen.«

»Nein, ich … war nur eine Zeit lang nicht in Travemünde«, erklärte ich.

»Ach … weißt du was, ich frage mal meine Schwester, die den Laden leitet, wo die Puppe ist, ja?«

Die Kleine nickte, während ich mich erhob. Emilie war längst aus dem Personalraum gekommen und hatte uns beobachtet.

Ein Grinsen zeichnete sich auf dem Gesicht meiner Schwester ab, dann holte sie etwas hinter der Theke hervor, das ziemlich genau so aussah, wie Marie ihre Lieblingspuppe beschrieben hatte. Keine Kunsthaare, sondern eine Frisur aus Plastik. Die Puppe hatte gewiss irgendwann einem anderen kleinen Mädchen Freude gemacht. Ich war mir sicher, dass sie nun in gute Hände kam.

»Ich habe sie für Marie zurückgelegt«, erklärte Em. »Sie hatte mir versprochen, dass sie herkommt und sie mitnimmt, sobald sie ihr Taschengeld bekommen hat.«

Ein Blick auf das Spielzeug verriet, dass Em es gereinigt hatte, denn das Plastik strahlte förmlich. Es war auch anzunehmen, dass sie ein paar Reparaturarbeiten vorgenommen hatte, denn die Puppe sah für ihr Alter perfekt in Schuss aus. Sogar ihr Kleid schien gewaschen.

»Marie, sieh mal, ist das deine Puppe?«, rief ich dem Mädchen zu und hielt das Puppenkind hoch.

»Jaaa!«, freute sich Marie und eilte zu uns herüber, streckte die Arme nach der Puppe aus, die Em ihr reichte. »Die ist so toll! Man muss sie gar nicht kämmen.«

Ich lachte. Wie schön es war, jemandem auf diese Weise eine Freude zu machen.

»Was hatten wir noch gleich vereinbart?«, hakte Em nach.

»Fünf Euro.«

»Na, machen wir drei draus«, überlegte es sich Em, und Marie bezahlte es ihr, zählte sorgsam jede Münze ab.

»Siehst du, das ist ja noch mal gut gegangen«, sagte ich amüsiert.

»Danke schön«, freute sich Marie, drückte die Puppe an sich und eilte aus dem Laden.

»Du willst wohl in Opas Fußstapfen treten?«

»Wie kommst du darauf?«, fragte Em.

»Er hat früher ein paar der Trödelwaren repariert und aufbereitet, sodass sie am Ende wie neu aussahen. Da konnte Oma einen besseren Preis für sie verlangen.«

»Ja, kann schon sein. Manchmal mache ich das. Ich finde es einfach schön, etwas Altem zu neuem Glanz zu verhelfen. Das habe ich ja auch mit dem Laden selbst vor.«

Es schien ihr eine Berufung zu sein.

»Stella, ich geh dann mal wieder«, meldete sich Marius zu Wort, der sich in den Türrahmen lehnte, einen Fuß im Laden, den anderen im Flur. »Der Abwasch ist gemacht, die Teller im Schrank.«

»Danke, das ist wirklich nett.«

»Wir sehen uns ja dann heute Nachmittag.«

»Klar, bis dann«, sagte ich.

Er winkte und machte sich davon.

»Findest du es nicht auch komisch, dass er überhaupt hier ist, Stella? Kein bisschen?«, fragte Em, während wir ihn an den Schaufenstern vorbeilaufen sahen.

Doch, eigentlich schon.

»Er hat sogar gekocht und war einkaufen. Es ist offensichtlich, dass er das für dich tut.«

Ich schüttelte den Kopf. Zwar musste ich zugeben, dass einem Teil von mir der Gedanke gefiel. Aber Marius hatte mehr als deutlich gemacht, dass er uns nur als Freunde sah. Das sagte ich Em, die darauf die Schultern zuckte.

»Ich suche jetzt noch ein paar Unterlagen von Oma für den Termin raus«, entschied ich, denn darum hatte mich die Dame vom Bestattungsinstitut gebeten und mir auch aufgelistet, was genau sie benötigte, falls wir uns für ihr Unternehmen entschieden.

9. Kapitel

»Danke, Gundi, dass du uns begleitet hast«, sagte ich zu meiner liebenswerten Nachbarin, nachdem wir alles mit dem Bestatter besprochen und das Büro verlassen hatten. Auch Marius war mitgekommen und hatte seelische Unterstützung geleistet. Nun stand der Termin für die Beisetzung fest, schon Mitte nächster Woche sollte diese stattfinden. Genug Zeit, Einladungen zu verschicken und auch noch über die Rede mit dem Pfarrer zu sprechen.

»Ich meine es ehrlich, Gundi, du warst eine große Hilfe«, fügte ich hinzu, und Em nickte. Ich war so nervös gewesen, dass ich mehrmals dieselben Fragen gestellt hatte.

»Das ist doch Ehrensache, ihr Lieben. Ich bin froh, dass ich helfen konnte. Und nun haben wir alles für die Beisetzung geregelt.«

Ich merkte Gundi an, wie sehr ihr das alles zusetzte, und nahm sie in den Arm. Ohne sie wäre vieles schwerer zu ertragen, das musste ich einfach zugeben. Gundi kniff darauf in meine Wangen, wie sie es immer tat.

»Vergiss nicht, dass du morgen Vormittag zu mir rüberkommst, damit wir über das Menü für das Traueressen reden können«, erinnerte sie mich. Gundi hatte sich bereiterklärt, dies für uns auszurichten.

»Natürlich, daran denke ich.«

Sie nickte zufrieden. »Emilie, du kannst natürlich auch mitkommen.«

»Ich schau mal, ob ich es schaffe, irgendwer muss ja auch den Laden hüten.«

»Da ist was dran«, stimmte Gundi zu. »Und was habt ihr

jetzt vor?«, hakte sie dann nach. Ich sah zu Marius rüber, der sein Knie rieb.

»Ich bin noch mit Mandy verabredet«, erklärte Em. »Sie plant irgendeine Überraschung, ich muss sagen, ich kann eine Aufheiterung wirklich brauchen.«

Gundi lächelte entzückt. »Das klingt toll! Und ihr zwei?« Nun linste sie zu Marius und mir, als wäre es ja nur logisch, dass wir auch eine Art Date hätten.

»Wir haben keine Pläne«, erklärte ich.

»Oh … Schade. Nun, ich muss mich beeilen, Bernd hat heute gekocht. Ob ich einen Bissen runterbekomme …«, erklärte Gundi noch angeschlagen und setzte sich auf ihr Fahrrad, hob die Hand und radelte los.

»Ich mache mich auf den Weg zu Mandy«, sagte Em. Ich drückte sie an mich, merkte ihr an, wie mitgenommen sie war, und hoffte, dass ihr die Verabredung guttun würde. »Ihr müsst dann also allein nach Hause kommen. Macht doch einen Spaziergang, es ist so ein schöner Abend.« Sie schaute zwischen Marius und mir hin und her, als wollte sie uns noch einen Schubs geben.

Was war nur plötzlich mit allen los?

»Mal sehen«, sagte ich.

»Em hat recht, es ist wirklich ein schöner Abend«, stimmte ihr Marius zu, worauf meine Schwester zufrieden nickte und schließlich die Seitenstraße runter zum Wartehäuschen lief.

»Willst du wirklich eine Station laufen?«

»Warum nicht«, erwiderte Marius.

»Nun, es sieht aus, als würde dein Knie schmerzen.« Vielleicht noch eine Nachwehe von seinem Motorradunfall.

»Ich habe vorhin, als wir die Treppe ins Büro hochgestiegen sind, eine blöde Bewegung gemacht, bin falsch aufgetreten oder so. Und seitdem zwickt es ein bisschen in der Kniekehle. Mein Physiotherapeut sagt aber, dass ich mich viel bewegen soll.«

»Okay, wenn du meinst.«

Ich hatte jedenfalls nichts gegen einen Spaziergang einzuwenden, vielleicht würde ich auch ein wenig runterkommen. Denn nun, da der Beisetzungstermin stand, fühlte sich alles nur noch realer und endgültiger an.

Wir gingen los. Es war schon richtig warm, obwohl der Frühling ja noch ein bisschen auf sich warten ließ. Ich musste es mir eingestehen: Ich verbrachte noch immer gerne Zeit in Marius' Nähe.

Wir entschieden uns, an der Trave entlangzugehen, weil der Anblick des glitzernden Wassers, das sich sanft im Wind bewegte, einfach schön war.

Wir redeten nicht viel.

Ich atmete tief ein, als Marius seine Hand auf meine Schulter legte. Es löste sofort ein komisches Kribbeln in meinem Bauch aus. Er merkte wohl, wie mir zumute war. Und ich sah ihm an, dass es auch ihm nahegegangen war. Schließlich hatte er Oma gekannt und sehr gemocht. Was auch umgekehrt der Fall gewesen war.

Als ich ihn das erste Mal mit nach Travemünde gebracht hatte, war es zwischen Oma und ihm wie Liebe auf den ersten Blick gewesen. Und Oma hatte immer schon ein überaus strenges Auge auf Ems oder meine Verehrer und Verehrerinnen geworfen. Doch bei Marius war sie sofort begeistert gewesen. Und das hatte es nur in besonderen Fällen gegeben.

»Mist«, riss mich Marius aus meinen Gedanken. Er beugte sich vor und rieb sein Knie abermals.

Offenbar war Bewegung wohl doch nicht immer ratsam.

»Wir können uns irgendwo hinsetzen, das ist kein Problem«, sagte ich.

Aber er schüttelte den Kopf. »Es geht schon wieder.« Er trat ein paar Mal auf und nickte, ging dann entschlossen weiter. Ich holte ihn ein.

Einige Male hielten wir danach jedoch erneut an.

»Marius, jetzt lass uns eine Pause machen.«

»Nein, brauchen wir nicht«, beharrte er. Aber es wurde nicht besser.

»Ich schaue mir das jetzt mal an«, meinte ich, als wir irgendwann im Oberen Löwensteg anhielten und er nicht richtig auftreten konnte. Bis zur Pension Zum Löwen war es noch ein Stück, aber die Pause brauchte er jetzt. »Setz dich mal hin«, sagte ich und bugsierte ihn zum Bürgersteig.

»Ich schaff die Strecke runter zur Pension schon noch«, sagte er, aber es konnte ja niemand mitansehen, wie er das Gesicht verzerrte.

»Ich hol dir was zur Kühlung.«

Für mich war es ja nur ein Katzensprung bis zum Trödelladen.

Ich eilte ins Haus, um etwas Eis aus dem Tiefkühlfach in ein Handtuch zu tun. Mit diesem kehrte ich zu Marius zurück, der sich seine Hose hochgekrempelt hatte. Sein Knie sah zum Glück ganz normal aus, weder geschwollen noch gerötet.

Ich reichte ihm den Beutel, und er kühlte es.

»Danke.«

»Dieser dumme Unfall«, murmelte ich.

Nicht nur, dass Marius sich damals leicht verletzt hatte und heute offenbar noch darunter litt, danach war auch alles anders geworden. Erst hatte er das Motorradfahren aufgegeben, dann uns.

»Ach Mensch«, knurrte Marius, als ihm die Eiswürfel runterfielen und er sich nach ihnen bücken wollte.

»Warte, ich helfe dir«, sagte ich und hockte mich neben ihn hin, um sie aufzuheben und wieder in das Handtuch zu wickeln.

»So, halte es am besten hier fest.«

Ich deutete auf den oberen Teil des Handtuchs, der alles zusammenhielt, und gab es ihm zurück, er drückte es auf sein Knie und sah mir direkt in die Augen, während ich mich erhob und in meiner Bewegung innehielt, weil sein Blick meinen auffing. So wie man mit einem Köcher einen Schmetterling einfing. Mein Herz fing unweigerlich an, wild zu klopfen.

Es war ein merkwürdiger Moment, ein wenig fesselnd.

Plötzlich kam es über mich, nur weil sich seine Lippen leicht öffneten, sein Duft mich umströmte und ich ihn einfach schon die ganze Zeit so schrecklich vermisste. Etwas in mir sagte mir, dass es ihm genauso ging. Em hatte das ja auch gesagt, und ich glaubte es inzwischen auch. Deswegen war er hier. Um bei mir zu sein.

Ich reckte mich vor und versuchte, ihn zu küssen, erwartete instinktiv, dass er mir nun auch entgegenstrebte, endlich erkannte, dass wir zusammengehörten – aber das tat er nicht.

Es brauchte ein paar Sekunden, ehe ich das vollumfänglich kapierte. Ich öffnete die Augen wieder und sah ihn verwundert an. Seine Brauen waren gehoben, ich meinte sogar, einen gewissen Schrecken in seinem Gesicht auszumachen.

»Stella … ich glaube, wir müssen reden«, sagte er schließlich ernst, und mir wurde klar, dass ich mich völlig verrannt hatte.

10. Kapitel

»Stella … ich will dir nicht wehtun.«

Ich ließ mich neben ihn sinken, ahnte, was jetzt kommen würde. Dass er keine Gefühle mehr für mich hatte, dass wir nur noch Freunde waren. Alles das, was er schon längst gesagt und ein Teil von mir einfach nicht akzeptiert hatte.

Es tat weh, zurückgewiesen zu werden. Noch mehr tat es weh, dass ich mich zum Narren gemacht hatte.

»Aber bitte versteh, dass es zwischen uns nicht mehr werden kann wie zuvor.«

Ich sah kurz verschwommen, wischte mir eilig über die Augen, damit es nur nicht aussah, als würde ich gleich losweinen, und richtete dann meinen Blick auf eine kleine Schnecke, die über den Weg kroch.

»Gibt es eine andere?«, fragte ich. Das würde einiges erklären. Warum er nach seinem Unfall so komisch geworden war und schließlich Schluss mit mir gemacht hatte. Für mich war das wie aus dem Nichts gekommen. Klar, wir hatten unsere Schwierigkeiten gehabt, aber dass er sich schon damals nicht mehr zu mir hingezogen gefühlt hatte, das hätte ich nicht erwartet.

»Nicht, wie du denkst.«

Ich sog die Luft durch die Zähne. Nicht, wie ich dachte? »Wie denn dann?«, fragte ich so leise, dass ich meine eigene Stimme kaum hörte.

»Nach meinem Motorradunfall habe ich über vieles nachgedacht. Darüber, wie kurz das Leben ist, was ich eigentlich wirklich möchte. Ich habe mir klargemacht, dass ich noch mal mit dem Leben davongekommen bin, hatte nur ein paar blaue

Flecken, eine Knieverletzung und eine leichte Gehirnerschütterung. Meine Ärzte meinten, nach dem, was mir passiert war, hätten sie nicht erwartet, mich wohlauf zu sehen. Der Unfall war so heftig gewesen, ich hätte ihn ihrer Ansicht nach normalerweise nicht überleben können. Aber mir ging es von Kopf- und Knieschmerzen abgesehen gut. Doch die Wahrheit ist, dass der Moment des Aufpralls auf den entgegenkommenden Wagen mich noch heute manchmal heimsucht. Es war das Schrecklichste, was ich je erlebt habe, und zugleich ein Wunder, weil ich im Grunde heil davongekommen bin. Es hat mir klargemacht, wie zerbrechlich ein Mensch ist, wie schnell alles aus sein kann und dass ich ein anderes Leben führen möchte.«

Er suchte meinen Blick, das bekam ich aus dem Augenwinkel mit, doch ich beobachtete weiter die Schnecke, fixierte sie, als wäre sie das außergewöhnlichste Geschöpf, das ich je gesehen hatte. Sie hatte inzwischen fast ein kleines Grasbüschel am Straßenrand erreicht, eine kleine glitzernde Spur folgte ihr.

»Ich habe auch erkannt, dass sich unsere Lebensentwürfe nicht mehr gleichen. Ich will reisen, die Welt sehen, ich möchte das Geistliche erforschen und studieren, denn was mir passiert ist, ist mit Rationalität nicht zu erklären.«

Er war auf einer Art spiritueller Suche, wie ich es nun verstand. Vielleicht war das normal, nach allem, was geschehen war, immerhin hätte er tatsächlich bei dem Unfall ums Leben kommen können. Nur wieso wollte er diese Suche nicht mit mir zusammen starten? Er hätte mir doch davon erzählen und mich fragen können, was ich davon hielt.

»Wieso erzählst du mir das erst jetzt?«

»Ich glaube nicht, dass du das verstanden hättest.«

»Das kannst du doch nicht wissen!«, sagte ich etwas lauter als gewollt. Ich biss mir auf die Unterlippe, doch vor allem wegen des Ärgers, den ich nun verspürte. Er hatte uns aufgegeben, ohne mich überhaupt einzubeziehen in die Dinge, die ihn bewegten. Ich hatte mir damals große Sorgen um ihn gemacht, hatte ich doch das zertrümmerte Motorrad gesehen und war im Krankenhaus bei ihm geblieben, weil er wegen der leichten Gehirnerschütterung eine Nacht zur Beobachtung eingeliefert worden war. Meine Eltern waren bei einem Autounfall ums Leben gekommen, daher hatte mir Marius' Unfall besonders zugesetzt. Ich hatte nicht von seiner Seite weichen können. Nun tat er jedoch, als wüsste er das nicht mehr.

»Und was ist mit dem Handyimperium, das du mit Lena aufbauen wolltest?« Das passte doch nicht mehr in seinen neuen Entwurf. Wollte er seine Schwester genauso hängen lassen?

Er seufzte leise. »Ich will ihr noch helfen, bis alles in trockenen Tüchern ist, dann werde ich mit ihr reden. Meine Zukunft ist das nicht.«

Er löste sich von uns allen, ging es mir durch den Kopf.

»Ich habe jemanden kennengelernt. Erst nachdem wir uns getrennt hatten«, fügte er hinzu. »Ich habe dich nie betrogen, Stella, das musst du mir glauben.« Es tat dennoch weh, dass es jemand Neues in seinem Leben gab. »Diese Frau, die ich online getroffen habe, fühlt wie ich, sie sieht hinter allem auch einen höheren Sinn. Ihr sind die wunderlichsten Dinge widerfahren, sie kennt Antworten, auf die andere noch nicht einmal die Frage kennen. Sie und ich sind Seelenverwandte.«

Ich presste die Lider zusammen, versuchte die Tränen zurückzuhalten. Es tat nur noch mehr weh, dass er diese Suche nicht mit mir beschreiten wollte, ich wäre offen dafür gewesen, und sei es nur, um ihn zu unterstützen. Doch nun sah ich ein Leuchten in seinen Augen, als er von der anderen Frau sprach.

»Es wäre dir gegenüber nicht fair gewesen, unsere Beziehung weiterzuführen, wenn ich nicht mit ganzem Herzen ans uns glaube. Ich musste herausfinden, wer ich wirklich bin.

Bitte glaub mir, ich wollte dir niemals wehtun, weder jetzt noch damals. Nur wäre es eben eine Lüge gewesen, wenn wir zusammengeblieben wären.«

Ich nickte langsam, spürte weitere Tränen aufsteigen, die ich jetzt nicht mehr zurückhalten konnte. »Kannst du mich bitte allein lassen ... ich möchte, dass du gehst.«

»Aber Stella ... die Beisetzung ...«

Ich schüttelte den Kopf. Ihn nun nah bei mir zu haben würde alles nur schwerer machen, denn es war, als hätte er gerade ein zweites Mal mit mir Schluss gemacht. Wir konnten keine Freunde sein, zumindest jetzt nicht. Dazu war alles zu frisch. Oder vielmehr, die alten Wunden waren erneut aufgerissen.

Er schien zu verstehen, erhob sich, das hochgekrempelte Hosenbein glitt nach unten. Wir sahen uns kurz an, dann humpelte er den Weg zur Pension hinunter. Ich blieb noch eine Weile sitzen, wartete, bis ich ihn nicht mehr sehen konnte.

Ich verkroch mich kurz darauf unter meiner Bettdecke und leckte meine Wunden.

Etwas in der Art, was er nun mit dieser anderen Frau hatte, hatte ich mir für uns gewünscht. Doch nun war klar, dass Marius nicht der Mann war, mit dem ich alt werden und eine Familie gründen würde.

Ich drückte das Gesicht ins Kissen und hoffte, bald einzuschlafen, um den fiesen Schmerz in meiner Brust nicht spüren zu müssen.

11. Kapitel

Irgendwann nach Mitternacht fiel die Tür ins Schloss, und ich hörte Schritte im Treppenflur, gefolgt von einem »Pssst, du weckst noch Stella«.

Tja, dafür war es zu spät. Die Wände im alten Haus waren eben dünn. Ich hob den Kopf und blinzelte, versuchte, mich zu orientieren.

»Tut mir leid, Em …«

Gleich darauf schlichen sich Em und Mandy, deren Stimme ich erkannte, durch die Dielen zu ihrem Zimmer, wo erneut eine Tür zuging.

Ich atmete tief ein. Schien, als wäre Mandy endgültig wieder da. Ich warf mich aufs Kissen zurück und starrte an die Decke, die silbern im Mondlicht glänzte. Wieder dachte ich an Marius, daran, dass es für uns kein Zurück gab. Bis ich Mandys laute Stimme zwei Türen weiter hörte und mir seufzend das Kissen auf die Ohren drückte. Ich konnte nicht verstehen, wieso Em ihr noch eine Chance gab. Aber vermutlich war ich gerade nicht unbedingt das, was man objektiv nannte. Um ehrlich zu sein, hatte ich den Glauben an die Liebe aufgegeben, spätestens vorhin war mir klar geworden, dass das doch im Grunde nur ein Märchen für Erwachsene war.

Em hatte mir bereits erklärt, dass Mandy ab und an hier übernachtete, wenn sie nicht in ihrer kleinen Wohnung im Zentrum lebte. Aber noch waren wir uns seit meiner Rückkehr nicht begegnet. Und da hatte Em auch die Finger im Spiel gehabt, weil sie geahnt hatte, dass ich auf Mandy nicht gut zu sprechen war. Jedenfalls hatte sie nun offenbar entschieden, dass es Zeit war, das zu ändern, und sich letzte Nacht nicht gescheut, Mandy mitzubringen.

Ich hatte gerade die Augen aufgeschlagen und mich, weil ich partout nicht mehr einschlafen konnte, ins Wohnzimmer gesetzt, um etwas zu lesen, mich auf andere Gedanken zu bringen, obwohl diese in Wahrheit immer noch um Marius kreisten. Hier war die Morgensonne am schönsten, doch die Ruhe genoss ich nicht allzu lange, denn um sieben in der Früh kam Mandy schlaftrunken ins Wohnzimmer. Sie bemerkte mich gar nicht, trug wie früher einen tiefen Zopf, der ihre etwas krausen dunkelblonden Haare zusammenhielt. Dazu ein einfaches Pyjama-Hemd und passende Shorts. In der Wohnküche ging gleich darauf der Kühlschrank auf. Als sie zurückkam, hielt sie eine große Flasche Orangensaft in der Hand.

Ich räusperte mich und erschreckte sie offensichtlich, denn ihr fiel die Flasche runter, und Mandy taumelte ein paar Schritte zurück.

»Stella ... o Gott, ich hatte ja keine Ahnung, dass du hier bist.«

Ich klappte mein Buch zu. »Bin Frühaufsteherin«, verkündete ich.

Mandy hob die Flasche auf, die zum Glück nicht zerbrochen war. »Tut mir ehrlich leid, wegen deiner Oma.« Sie kam langsam näher.

Ich fuhr mir über die Augen, spürte, dass sie noch brannten.

Mandy krallte sich an der Flasche fest. »Ich weiß, dass du sauer auf mich bist. Und du hast allen Grund dazu«, sagte sie plötzlich und setzte sich auf die Couch, stellte die Flasche vor sich auf den Tisch und beugte sich zu mir vor.

Ich lehnte mich zurück, verschränkte die Arme, neugierig, was sie mir sagen wollte.

»Ich weiß, dass ich großen Mist gebaut und Em das Herz gebrochen habe. Aber das ist viele Jahre her. Ich weiß, das ist keine Entschuldigung. Ich will nur sagen, ich habe mich weiterentwickelt. Und Emilie bedeutet mir wirklich alles.«

Sie klang verdammt ehrlich. Das musste ich zugeben.

Aber ein Restmisstrauen war noch da. Sie hatte ja nicht miterlebt, wie Em am Boden zerstört gewesen war, weil Mandy von einem Tag auf den anderen Schluss gemacht hatte. Ich hatte damals extra ein paar Kurse an der Uni geschwänzt, um bei Em in Travemünde sein zu können. Ich hatte die vielen Taschentücher auf der Couch gesehen, ihre ständig geröteten Augen. Em war schon damals fest davon überzeugt gewesen, dass Mandy ihre große Liebe war. Und sie schien es auch heute noch zu glauben. Doch was war Mandys Sicht der Dinge?

»Ich schätze, Em bedeutet uns beiden sehr viel«, fuhr sie fort. »Wir wollen beide nicht, dass sie verletzt wird.«

Ich nickte. Zumindest ich wollte das nicht. Was Mandy wollte, war ja eben die Frage.

»Ich habe damals erst gemerkt, wie wichtig Emilie mir ist, als ich sie nicht mehr bei mir hatte. Und selbst da hat es noch eine Weile gebraucht, ehe der Groschen gefallen ist. Em ist einer der wichtigsten Menschen in meinem Leben. Oma Hilde hat mir noch eine Chance gegeben, ich fände es toll, wenn du das auch machen würdest.«

»Oma?« Sie hatte Mandy verziehen? Unsere Oma war doch immer so besonders wachsam gewesen, was unsere Beziehungen anging. Ein bisschen hatte sie mich an einen typischen amerikanischen Dad aus einer kitschigen Serie erinnert, der mit einer Knarre hinter der Tür stand und genau beobachtete, ob das Date bei der Verabschiedung seiner Tochter nicht zu nahe kam. Nur, dass Oma keine Knarre gehabt hatte. Aber mindestens genauso wachsame Augen.

Ich seufzte, eigentlich hatte ich Em ja sogar schon versprochen, ihr noch eine Chance zu geben. Und, nachdem Mandy mir diese Ansprache gehalten hatte, käme ich mir doch etwas

kleinkariert vor, wenn ich ihr nicht versöhnlich die Hand hin-
hielt, was ich im selben Moment tat.

»Also dann, alles auf null!«

»Danke, Stella. Das bedeutet mir viel.«

Ich nickte langsam, und Mandy schlug ein.

»Jetzt würde ich mich aber gerne noch etwas hinlegen,
wenn's okay für dich ist?«, meinte Mandy.

»Klar.«

Sie erhob sich und schnappte sich die Orangensaftflasche,
war schon fast bei der Tür.

Ich griff nach meinem Buch, dachte wieder an Marius und
zog die Nase hoch.

Mandy hielt in ihrer Bewegung inne, musterte mich. »Stella …?«

Ich winkte ab, wollte lieber allein sein, was sie wohl verstand, denn sie ließ mir nun meine Ruhe.

12. Kapitel

Zwei Stunden später saßen Em, Mandy und ich beisammen am Frühstückstisch. Die beiden erzählten von ihrem Restaurantbesuch gestern Abend, der Teil von Mandys Überraschung für Em gewesen war. Ich merkte meiner Schwester an, wie gut ihr dieser getan hatte. Da sie danach ohnehin in der Nähe gewesen waren, hatten sie sich entschieden hierherzukommen, der Rest war Geschichte.

Mandy hatte es heute etwas eiliger und trank nur Kaffee, während Em und ich uns ein paar Hörnchen mit Marmelade bestrichen.

»Ich soll frühzeitig im Büro meines Vaters sein. Von hier aus ist die Strecke zwar kürzer als von meiner Wohnung, aber ich bin spät dran«, erklärte Mandy und nahm sich ein Brötchen für unterwegs aus dem Korb, das sie sich in den Mund steckte, ehe sie sich erhob.

Em richtete sich auch auf, strich Mandys Bluse glatt und hauchte ihr einen Kuss auf die Stirn, ehe diese sich auf den Weg machte.

»Scheint, als hättet ihr Frieden geschlossen?«, meinte Em leise zu mir, nachdem sie sich wieder zu mir gesetzt hatte.

»Wir hatten heute Morgen ein nettes Gespräch.«

»Ach, wirklich?«

»Es ist alles geklärt.«

»Umso besser. Und wie war dein Abend mit Marius?«, hakte sie nach.

»Wir haben uns ausgesprochen«, erklärte ich, ging aber nicht ins Detail. »Das Fazit ist, dass wir zu verschieden geworden sind. Er empfindet nichts mehr für mich. Und ich fange langsam an, es zu kapieren.«

»O Stella, das tut mir wirklich leid.« Em lief um den Tisch herum, um mich von hinten zu umarmen. Das tat gut. Doch es änderte leider nichts an der Tatsache, dass mein Herz noch für Marius schlug. Obwohl ich das gar nicht wollte.

»Es ist ja gar nicht so frisch, wie es sich anfühlt, schließlich hat er schon vor drei Monaten Schluss gemacht.«

»Trotzdem … wenn du magst, ruh dich heute einfach aus. Ich schmeiße den Laden allein.«

Ich lachte leise. »Kommt nicht infrage, Em, es ist viel zu tun, nicht nur im Geschäft. Außerdem denke ich, dass es mir guttun wird, mich zu beschäftigen.«

»Ganz wie du meinst.« Em drückte mir einen Schmatzer auf die Wange.

Nach dem Essen machten wir den Abwasch und gingen runter in den Laden. Ich beschloss, mich um ein paar der Blumen zu kümmern, denn einige hatten angefangen zu welken. Ich brachte sie auf den Komposthaufen hinten im Garten. Dabei fiel mir auf, dass dieser noch nicht fürs Frühjahr vorbereitet war. Darum sollte ich mich bald kümmern.

Die Vasen sammelte ich zusammen, wusch sie in der kleinen Küche aus und packte sie in zwei Stofftaschen.

»Ich bringe Gundi mal ihre Schätze und rede dann auch mit ihr übers Menü für das Traueressen«, sagte ich zu Em, die den Daumen hob, bevor ich den Laden verließ.

Mein Weg führte mich zu dem Gebäude links neben Omas Haus. Die Fassade war aus Backstein und ragte vier Stockwerke empor. Über dem Eingang stand in goldener Schnörkelschrift *Zum Löwen.*

Die kleine Pension mit Gasthaus galt als Institution in der Straße. Zudem war sie eines der prächtigsten Gebäude – neben Gideons Dreizack, versteht sich.

Ich drückte die Tür mit der Schulter auf, trug die Stoffbeutel mitsamt den Vasen hinein und betrat einen gemütlichen rustikalen Raum mit einem Empfangstresen, auf dem eine Katze mit Kuhfleckenmuster in einem viel zu kleinen Karton lag. Ein Rätsel, wie sie sich hineingequetscht hatte, doch sie schien es urgemütlich zu finden. Ich erkannte sie wieder und lächelte unwillkürlich.

»Dotti!«, formten meine Lippen. Ich hatte ja keine Ahnung gehabt, dass es die alte Katzendame noch gab. Umso schöner war das Wiedersehen. Ich kraulte sie begeistert hinter den Öhrchen.

»Ich bin sofort bei Ihnen«, vernahm ich eine freundliche Stimme durch eine Seitentür. Und in der nächsten Sekunde kam Gundi heraus, legte ein paar Unterlagen auf den Tisch.

»Ach, Stella, du bist ja pünktlich. Was hast du denn da?«, fragte sie und schaute auf meine Stoffbeutel.

»Deine Vasen. Mit Dank zurück.«

Gundi breitete die Arme aus, um mir die Beutel abzunehmen. »Die sind doch schwer, Kind!«

»Schon gut, ich kriege das hin«, meinte ich, holte sie einzeln hervor und stellte sie auf dem Tisch ab, bevor Gundi sie mir in ihrer Hektik entreißen konnte.

»Leider sind schon ein paar Blumen verwelkt.«

»Ja, wie schade.«

Sie räumte die Vasen unter die Theke, grüßte einen vorbeikommenden Gast und beugte sich dann über den Tisch zu mir vor.

»Alles in Ordnung mit Emilie und dir?«

»Ich denke schon.«

»Wollen wir dann über das Menü reden, ja?«

»Sicher doch. Deswegen bin ich hier.«

Ich schaute noch mal zu Dotti, die sich nun geflissentlich eine Pfote putzte.

»Wie alt ist sie denn inzwischen?«, fragte ich, während Gundi hinter dem Empfang hervorkam.

»Die flotte Dotti? Ich denke, fünfzehn oder sechzehn bestimmt.«

»Na, ganz so flott ist sie vermutlich dann nicht mehr, bei dem Alter«, sagte ich beeindruckt und ließ mich durch den Raum zu einer Seitentür lotsen, die uns direkt in den Speiseraum führte, wo ein paar Gäste saßen.

»In Menschenjahre umgerechnet ist sie fünfundsiebzig, da wärst du auch nicht mehr so flott«, sagte Gundi zwinkernd und führte mich zu einem Tisch an der Seite, der der Familie vorbehalten war. Dort lagen auch schon die Unterlagen, von denen sie gesprochen hatte. Ich ließ mich auf der kleinen Holzbank nieder, und Gundi legte mir einen Menüplan sowie Dekoideen für den Raum vor. Es war sehr gut durchdacht, wie es eben typisch für Gundi war. Und der Preis für die Ausstattung war weit unterhalb der Hälfte, was es normalerweise gekostet hätte.

»Aber Gundi, du musst dich verrechnet haben. Das kann doch unmöglich dein Preis für diesen Aufwand sein.«

Gundi winkte ab. »Es ist doch für euch und für Hilde. Da kann ich nicht mehr nehmen, als dort auf dem Zettel steht. Die Beisetzung kostet euch schon genug.«

Ich schüttelte den Kopf. »Das geht trotzdem nicht.«

»Das geht sehr wohl, ich bestehe sogar darauf!«

Ich wusste, ich hätte nun eh keine Chance mehr gehabt, meinen Kopf durchzusetzen. Gundi war ein Mensch, der viel gab. Und das immer von Herzen. Man beleidigte sie, wenn man es nicht annahm.

»Ihr habt doch auch nicht so viel auf der hohen Kante. Jetzt mach mir die Freude und nimm es an.«

»Also schön, danke, Gundi, ehrlich.«

Ich war gerührt. Und es war in der Tat eine große Erleichterung, dass sie die Organisation übernahm.

»Jetzt sieh mich nicht an wie jemand, den das schlechte Gewissen plagt. Ich mache das wirklich sehr gerne. Bestimmt will mir Agnes auch dabei helfen und uns mit ein paar Desserts versorgen. Wichtig ist nur, dass euch die Planung gefällt. Frag nur Em, ob sie einverstanden ist.«

Als ich in den Laden zurückkehrte, reichte ich Em Gundis Liste, und meiner Schwester fielen nun genauso fast die Augen aus dem Kopf. »Das können wir doch nicht annehmen.«

Meine Worte!

»Das meinte ich ja auch, aber Gundi besteht drauf. Du kennst sie ja. Sie ist eine Seele von Mensch.«

Em nickte.

»Dennoch, wir müssen uns irgendwie dafür revanchieren.«

»Das werden wir bestimmt«, war ich mir sicher.

Ich setzte mich zu ihr hinter den Tresen und fischte mein Handy aus der Hosentasche, um Gundi anzurufen und ihr das Go für das Menü zu geben.

»Och, ich freu mich, dass es euch so recht ist«, erwiderte sie.

Im Laufe des Tages verkauften wir einen alten Fahrradkorb und eine Sammlung Flaschenverschlüsse, auf deren Innenseiten kleine Bildchen klebten.

Am Nachmittag ging ich zum Gemeindehaus, um mit dem Pfarrer über die Gedenkrede zu sprechen. Wir waren uns schnell einig über den Inhalt der Rede und der Gestaltung der Zeremonie, und ich kehrte zeitig in den Löwensteg zurück.

Pünktlich zum Ladenschluss schloss Em die Tür ab und ließ das Rollgitter herunter.

»Immerhin haben wir etwas verkauft«, sagte sie. »Das ist besser als nichts.«

Damit hatte sie recht, in der Kasse sah es dennoch mau aus. Von außen wirkte das Lädchen eben nicht mehr so einladend wie früher. Deswegen überlegten es sich die Leute zwei Mal, ehe sie eintraten. Und selbst dann kauften sie oft nur Kleinigkeiten.

Beim Abendbrot leistete uns Mandy Gesellschaft, doch das anschließende Abendprogramm, das aus einem Castingshow-Marathon im Fernsehen bestand, verschaffte mir keine Ablenkung. Ich merkte, ich war immer noch etwas neben der Spur wegen Marius, wollte es aber nicht recht zugeben. Stattdessen kribbelte es in meinen Fingern, ich musste noch irgendetwas tun, um mich auf andere Gedanken zu bringen.

»Ich gehe noch mal raus«, erklärte ich den beiden Turteltauben und machte mich auf den Weg runter, denn es gab ja noch einiges zu tun, das auf der Strecke geblieben war. Es trieb mich in den kleinen Garten hinter dem Haus. Ich entdeckte einiges an Unkraut, das anfing, an verschiedenen Stellen zu wachsen und sich auszubreiten. Entschlossen schnappte ich mir eine Harke und fing an, es zu jäten. Die körperliche Arbeit tat mir gut, auch wenn es überraschend frisch war. Doch es war Anfang März und somit eben noch Winter, auch wenn man das zumindest dieses Jahr kaum bemerkte.

Ich war erstaunt, wie schnell die Zeit verging. Über mir ragte inzwischen ein beeindruckendes Sternenzelt auf. So richtig Glück hatten mir die Sterne trotz meines Namens eigentlich bisher nicht gebracht, überlegte ich und fühlte mich müde. Tatsächlich sank ich kurz darauf nach einer ordentlichen Dusche in mein Bett und fiel in einen traumlosen Schlaf.

13. Kapitel

»Willst du denn nicht aufstehen?«, schallte Ems Stimme durch die Tür.

Ich drehte mich schlaftrunken in meinem Bett um, blinzelte kurz und döste gleich wieder ein. Meine Schwester klopfte nochmals gegen das Holz.

»Wie sieht es jetzt aus? Willst du mal wach werden? Es ist gleich zwölf.«

Ich schreckte hoch. Mir dämmerte, dass zwischen dem ersten und dem zweiten Anklopfen womöglich ein paar Stunden gelegen hatten.

Ich fuhr mir übers Gesicht. »Ich … bin gleich unten …«

»Alles klar, du solltest dich beeilen«, meinte Em.

Ich schleppte mich ins Bad, spürte jeden Knochen im Leib und war doch zufrieden damit, dass ich gestern den Abend mit Gartenarbeit verbracht hatte. Das war schließlich nötig gewesen.

Ich zog mich tagestauglich an und ging runter in den Laden. Auf ein Frühstück verzichtete ich, ich hatte keinen Hunger, zudem war ja eigentlich eher Zeit fürs Mittagessen. Aber auch darauf hatte ich keine Lust. Vielleicht noch eine Folge von der Sache mit Marius.

Schon als ich die Treppe in den Flur herunterkam, hörte ich eine Stimme aus dem Laden, die mir vertraut erschien, aber weder Em noch Mandy gehörte. Letztere sollte ja auch längst im Innenarchitektur-Büro ihres Vaters sein.

Irritiert öffnete ich die Verbindungstür, betrat den Laden und sah neben Em zwei junge Frauen hinter dem Tresen sitzen, die sich angeregt unterhielten. Die eine trug einen honigblonden Pixie, die andere lange, zum Zopf gebundene Haare und einen Fransenpony.

»O mein Gott!«, rief ich und schlug die Hände vor meinem Mund zusammen.

»Was macht ihr denn hier?« Ich spürte förmlich, wie alle Müdigkeit von mir abfiel. Leo und Nova saßen vor mir!

»Was wohl, wir kommen natürlich, um für Em und dich da zu sein, und wegen der Trauerfeier selbstredend auch«, sagte Leo und rannte auf mich zu, um mich in ihre Arme zu schließen.

»Es tut uns so leid, was passiert ist …«

»Aber ihr habt ja nichts gesagt! Wir hätten euch doch abgeholt.«

Ich wusste, dass beide derzeit kein Auto besaßen.

Leo ließ von mir ab, dafür trat Nova an ihre Stelle. Erneut verspürte ich sanfte Arme um mich.

»Hör mal, dass wir kommen, ist selbstverständlich und bedarf keiner Ankündigung«, sagte Nova ernst.

Ich hatte es nicht erwartet, doch die beiden hier zu sehen gab mir etwas Aufschwung.

Wir setzten uns hin.

»Seit wann seid ihr denn hier?«

»Wir sind um acht Uhr angekommen und haben uns erst mal bei Mama in der Pension eingerichtet. Novchen hat die Löwensuite und ich mein altes Jugendzimmer bezogen. Außerdem sind wir nur kurz hier, weil wir eben Hallo sagen wollten. Ich habe noch ein paar Termine in Lübeck, und Novchen will nach Niendorf zu ihren Eltern«, klärte mich Leo auf.

Ich nickte. Schade, dass sie schon wieder so schnell wegmussten. Aber großartig, dass sie vorbeigekommen waren. Ich freute mich wirklich sehr.

»Habt ihr nachher vielleicht noch mal Zeit? Tante Agnes will was für uns vorbereiten. Abends in der Konditorei«, erklärte Nova.

»Sehr gerne, danke für die Einladung«, sagten Em und ich wie aus einem Mund, und alle mussten lächeln, denn es war wirklich wie früher. Eine Gruppe aus besten Freundinnen, mit denen man Pferde stehlen konnte.

Am frühen Nachmittag kehrten Leo und Nova in unseren Laden zurück. Wir hatten derweil sogar ein etwas wertvolleres Buch an den Mann gebracht und dafür immerhin eine ganz ordentliche Summe kassiert. Aber es waren im Vergleich zu früher eben nur Peanuts, leider.

Doch die Enttäuschung darüber war sofort verflogen, als unsere Freundinnen vor uns standen. Sie sahen beide großartig aus. Leo wie immer durchtrainiert, ein bisschen burschikos, was ihren Stil ausmachte. Nova hingegen klein, in ihrer ganzen Art so süß wie ihre Backkreationen.

»Agnes meint, es ist alles vorbereitet«, sagte Nova und deutete mit den Daumen hinter sich zur Konditorei, die man durchs Schaufenster sah. »Aber ihr könnt den Laden jetzt vermutlich nicht einfach verlassen, oder?«, hakte sie nach.

»Eigentlich erst nach Feierabend«, erklärte Em. »Aber wenn wir uns vor die Konditorei setzen, sehe ich ja, wenn ein Kunde den Trödelladen betritt«, fügte Em hinzu. »Und dann renn ich rasch rüber.«

»Na ja, dann auf zum fröhlichen Sahneschlemmen. Lübecker Marzipan, ich komme!«, rief Leo und hakte sich bei Em und mir unter.

Wir zogen uns noch rasch die Jacken über, verließen das Lädchen, liefen über die Straße zu der Konditorei und setzten uns draußen hin, weil das Wetter einfach schon so schön war. Zwar war es noch zu kalt für Shirt und Shorts, aber um uns herum wurde es bereits grün überall. Gerade hier, im Löwensteg, sah das im Frühjahr zauberhaft aus.

Em setzte sich so hin, dass sie unseren Laden im Blick hatte, für den Fall, dass Kundschaft kam. Am Nachbartisch saß eine Familie mit Kindern, die sichtlich ihre Cupcakes genossen.

Agnes ließ nicht lange auf sich warten. Die überaus schlanke Frau mit den grauen Haaren servierte uns eine Platte süßer Törtchen, die sie, wie Nova es hatte anklingen lassen, extra für uns vier vorbereitet hatte.

»Schön, dass ihr hier seid«, sagte sie leise und lächelte sanft. »Das geht aufs Haus. Was möchtet ihr trinken?«

Wir bestellten Kaffee, und dann griff jede von uns nach einem Törtchen, von denen eines schöner aussah als das andere, bunt und mit Fondant verziert, im Innern fand sich der Kern aus Marzipan. Echte Kunstwerke eben. Typisch Agnes. Was für berühmte Maler der Pinsel war, war für sie der Löffel, mit dem sie den Teig rührte. Sie war zurückhaltend im normalen Leben, drückte sich durch ihre zauberhafte Törtchen-Kunst aus. Jedes einzelne Stück war ein Unikat, verziert mit Kokosraspeln, Mandeln oder Rosinen. Fast zu schade, um es zu essen, aber eben nur fast. Widerstehen war keine Option.

Wie sie erst schmeckten, diese wunderschönen bunten Sahnestückchen. Einfach ein Hochgenuss.

»Ihr Süßen, wie geht es euch denn, wir hatten ja vorhin nur wenig Zeit, über alles zu sprechen«, eröffnete Leo und tätschelte erst Ems, dann meine Hand.

»Mir graut es vor der Trauerfeier. Dadurch wird alles noch mal so real und unwiederbringlich«, raunte Em und hielt einen Moment inne, als würde ihr die Tragweite erst jetzt richtig bewusst werden.

»Du wirst nicht allein sein. Ihr beide nicht«, sagte Nova vertrauensvoll und schaute von mir zu Em und zurück.

»Ich denke, die Renovierung wird mich gut ablenken«, überlegte Em.

»Renovierung?«, fragten Nova und Leo aus einem Mund.

»Em möchte den Laden auf Vordermann bringen, und zwar genau so, wie Oma es geplant hat.«

»Ach, das finde ich schön«, meinte Leo. »Wirklich, das ist ja wie das Erfüllen eines letzten Wunsches.«

»Ganz genau«, stimmte Em zu und begann von unseren Plänen zu berichten.

»Wenn wir helfen können … ich habe ein paar Tage Urlaub«, erklärte Nova. »Meine Chefin ist total locker, sie hat mir auch ganz kurzfristig freigegeben.« Nach ihrer Ausbildung hatte Nova eine Anstellung in Bremen in einer Konditorei gefunden. Mit der Belegschaft verstand sie sich super, und wie es schien, war auch ihre Chefin ein absoluter Traum.

»Ja, gerne. Wir sind zwar noch am Planen, aber ich will so schnell wie möglich Nägel mit Köpfen machen. Aber alles erst nach der Trauerfeier«, sagte Em. »Vorher habe ich einfach keinen Kopf für mehr.«

»Das versteht wirklich jeder«, meinte Leo. »Und wie geht es euch?«, wollte ich wissen.

»Unverändert«, sagte Nova lächelnd. »Ich bin immer noch mit Lucas zusammen.« Ihre Augen leuchteten, als sie seinen Namen aussprach. Sie hatte ihn während der Ausbildung kennen- und lieben gelernt. Zwar hatte ich ihn noch nicht getroffen, aber durch zahlreiche Telefonate wusste ich, er war ein echter Traummann für Nova.

»Wir überlegen, nun endlich Nägel mit Köpfen zu machen und zusammenzuziehen.«

»Endlich«, meinte Leo augenrollend. »Dass du dich da so lange geziert hast.«

Nova seufzte. »Ich brauche halt auch etwas Freiraum, ich bin auch jetzt noch nicht ganz sicher, wie das werden wird. Aber ich gebe uns eine Chance.«

»Das klingt wirklich gut«, sagte ich ehrlich, und Em stimmte mir zu.

»Bei mir ist alles beim Alten, ich bin langweilig geworden«, sagte Leo schulterzuckend. Das hieß, sie war immer noch mit Riccardo, dem Soundtechniker, zusammen, den sie bei einer ihrer Produktionen vor ein paar Jahren kennengelernt hatte, und gab noch Gesangsunterricht.

In dem Moment schlenderte Mandy den Löwensteg herunter und winkte uns zu.

»Sie hat wohl früher Feierabend«, freute sich Em, sprang auf und rannte auf die junge Frau zu, um sie schwungvoll in die Arme zu schließen und zu küssen.

An Novas und Leos wenig überraschter Reaktion ahnte ich, dass sie lange vor mir von der Versöhnung erfahren hatten. Ich beschloss, deswegen nicht verstimmt zu sein. Em hatte mir ja erklärt, dass sie Bedenken gehabt hatte, es mir zu sagen, aber nun war alles gut.

»Wie schön, Em und Ms vereinigt zu sehen«, sagte Leo und drehte sich mir zu. »Wie schaut es denn bei dir aus?«, hakte sie nach.

»Bei mir startet das vorletzte Semester, gleich nach den Semesterferien, und ein Jahr später habe ich – hoffentlich – den Master in der Tasche.«

»Das meinte ich doch nicht.« Sie rollte gespielt mit den Augen und pustete ihren Pixie-Pony aus dem Gesicht.

Ich wusste ziemlich genau, was sie meinte. Das, was sie eben immer umtrieb. Aber ich hatte keine Lust, über mein Liebesleben zu reden, geschweige denn darüber nachzudenken. Es fand nicht statt. Und eigentlich war das im Moment auch gut so.

»Ich habe derzeit anderes, das mich beschäftigt«, sagte ich also.

»Natürlich, deine Oma«, stimmte mir Nova zu.

Mir ging es wie Em, es graute mir vor der Trauerfeier.

14. Kapitel

Abschiede waren mir noch nie leichtgefallen. Erst recht nicht, wenn es endgültige Abschiede waren. Ich hatte nicht viel von der Zeremonie mitbekommen. Nur, dass es eine bewegende Trauerfeier gewesen war, die ich trotzdem wie unter einer Dunstglocke erlebt hatte. Ich war Emilie nicht von der Seite gewichen, fest hatten wir uns an den Händen gehalten. Alle waren dort gewesen. Nova, Leo, ihre Familien, Mandy und ihre Eltern.

Aber keine weitere Familie, denn Oma und wir Schwestern, wir waren immer nur zu dritt gewesen, es gab keine weitere Verwandtschaft.

Mir standen noch die Tränen in den Augen, als wir kurz darauf in das Gasthaus Zum Löwen einkehrten, in dem uns Gundi einen separaten Raum zur Verfügung stellte.

Dort setzten wir uns an eine kleine Tafel. Nach und nach nahmen alle Platz, die Weinflaschen und Mineralwasser, an denen man sich bedienen konnte, standen schon auf dem Tisch. Ich goss mir etwas von Letzterem ein und klammerte mich dann an meinem Glas fest, ohne etwas zu trinken.

»Das war wirklich ergreifend«, meinte Gundi vom anderen Ende der improvisierten Tafel und wischte sich mit einem Taschentuch die Tränen aus den Augen. »Der Herr Pfarrer hat so schöne Worte gefunden.«

»Ich denke, es hätte Hilde gefallen«, sagte Agnes im Flüsterton, aber in vollster Überzeugung. Sie war ein besonders sanfter Mensch mit leiser Stimme, doch da niemand sonst sprach, konnte man sie gut verstehen.

Ein Kellner nahm Bestellungen auf, man konnte zwischen

zwei Menüs wählen, eines mit Fisch und eines vegetarisch. Gundi erhob ihr Glas und räusperte sich, um eine Art Ansprache über Oma zu halten.

»Ich denke, ich spreche für alle, wenn ich sage, dass Hilde Krämer das schlagende Herz unserer kleinen Gemeinschaft im Löwensteg war ...«, fing sie an.

Vor meinem geistigen Auge tauchten Bilder aus der Vergangenheit auf. Oma und ihre süßen Torten, die sie gebacken hatte, um uns zum Geburtstag eine Freude zu machen. Sie waren nicht so gut gewesen wie die von Agnes, aber sie hatten lustig ausgesehen, bunt und mit Liebe gemacht. Geschmeckt hatten sie nach viel zu viel Zucker, was uns jedoch nie gestört hatte. Im Gegenteil, wir hatten sie zu gerne genascht.

Weitere Bilder sah ich vor mir. Oma, die für uns alles getan hatte, um uns Papa und Mama zu ersetzen. Hatte eine von uns Probleme gehabt, war sie für uns da gewesen. Ob es sich um die Schule gehandelt hatte oder um einen Streit zwischen uns und Leo und Nova. »Das renkt sich alles wieder ein«, hatte sie gesagt und immer recht behalten. Meist hatte sie uns dazu eine heiße Schokolade serviert und so lange mit uns über unsere Sorgen geredet, bis wir eine Lösung gefunden hatten. Ich spürte einen Kloß im Hals. Diesmal gab es keine Lösung, nichts konnte ändern, was geschehen war.

Nach Gundi sagte auch Agnes ein paar bedachte Worte. Die drei Frauen hatten ein ähnlich freundschaftliches Verhältnis gepflegt, wie Nova, Leo und wir Schwestern es heute taten. Auch wenn Oma einer anderen Generation als Gundi und Agnes angehört hatte, im Herzen war sie immer jung geblieben.

Agnes brach gleich mehrmals die Stimme, doch wir alle verstanden, was sie sagen wollte. Dass ein besonderer Mensch von uns gegangen war, den alle vermissen würden. Jemand, der unsere Gemeinschaft bereichert hatte.

Als das Essen serviert wurde, konnte ich kaum etwas zu

mir nehmen. Dabei sah das Rotbarschfilet köstlich aus, und die Bratkartoffeln wirkten golden, eigentlich zum Anbeißen.

Die Stimmung blieb jedoch gedrückt, ich sah zu Em herüber und wusste, es ging ihr genauso. Mandy gab sich redlich Mühe, sie zu trösten. Aber im Moment überwog die Trauer, und das war angesichts der Umstände wohl nur zu verständlich.

Nach dem Essen trennten sich die Wege unserer Gäste. Die meisten kehrten in ihre Häuser und Geschäfte zurück.

Wir hatten das auch vor, verabschiedeten uns von allen, die gekommen waren, umarmten Leo und Nova noch mal fest.

»Wir sind ja noch ein bisschen hier«, sagte diese. »Bestimmt sehen wir uns noch. Spätestens Freitag, an unserem letzten Tag!«, beharrte Leo.

Ich lächelte. »Auf jeden Fall.«

Em und ich bedankten uns herzlich bei Gundi für die Unterstützung. Das Menü war wirklich herausragend gewesen, es hätte Oma geschmeckt.

»Das ist doch selbstverständlich, ihr Lieben«, sagte sie, und ich wusste, sie meinte es genau so.

Wir zogen uns dann ins Haus zurück, saßen beisammen. Doch weder Emilie noch Mandy oder mir war nach reden zumute. Es war vielmehr ein Moment der Stille.

Wir leisteten uns gegenseitig Gesellschaft, stärkten uns den Rücken. Abends zogen sich Em und Mandy an den Strand zurück. Die Ruhe des Meeres genießen, sich erden. Ich saß allein in der Stube, verspürte ein Gefühl von Leere in der Brust und zugleich das drängende Gefühl, rauszumüssen.

Spontan holte ich meinen alten Drahtesel aus dem Keller.

Ich fuhr durch den Zippel-Park, dann immer weiter gen Norden, durch ein paar Seitenstraßen, bis ich zur Strandpromenade gelangte. Hier stand sonst ein Meer aus Strandkörben, das sich über den Travemünder Strand zur Rechten erstreckte. Die Strandsaison hatte jedoch noch nicht begonnen. Die meisten Menschen, die ich sah, trugen Übergangsjacken, und es war auch weniger los als in der Hochsaison.

Ich trat kräftig in die Pedale, ließ mich treiben, ohne Ziel. Der Seewind um die Nase belebte mich.

Es ging weiter Richtung Norden, bis ich irgendwann die Brodtener Steilküste erreichte. Ich stieg ab, schob mein Fahrrad ein Stück und lehnte es an einen Baum. Hier in der Gegend fand sich Omas und Opas Lieblingscafé. Sie hatten es irgendwann entdeckt, als sie frisch verliebt gewesen waren. Es gab das Café noch heute. Es war jedoch so gut besucht, dass kein Platz mehr frei war, trotz der Jahreszeit, daher entschied ich mich, an einem Vorsprung Platz zu nehmen.

Mein Blick fiel dabei auf einen der schräg über den Abhang hinausragenden Bäume. Ein Lächeln huschte über meine Lippen, als ich mich ihm näherte, die Rinde studierte und das kleine eingeritzte Herz mit den Initialen H + G fand. Hilde und Georg, mein Opa. Ich seufzte, setzte mich auf einen umgekippten Baumstamm, die Beine über dem Meer baumelnd, genoss ich die Aussicht. Es tat wirklich gut, sich der Realität für eine Weile zu entziehen. Sanft rollten die Wellen an. Das Wasser wirkte dunkel und endlos, je weiter man in die Ferne blickte, desto stärker schien es mit dem Himmel zu verschmelzen.

Ich atmete tief ein, so ein friedlicher Abend. Und so merkwürdig es klang, ich fühlte mich hier Oma viel näher als vorhin bei der Zeremonie. Vielleicht, weil ich jetzt entspannter war. Es gelang mir, ganz bei mir zu bleiben, im Moment, und mich doch von Oma zu verabschieden.

15. Kapitel

Mein Wecker schreckte mich am nächsten Morgen um halb neun aus dem Schlaf. Ich rieb mir die Augen, reckte und streckte mich, verschwand dann unter der Dusche. Erst hier wurde mir der Kopf richtig klar, das Nass auf den Schultern belebte mich. Ich wusch mir die Haare, föhnte sie und band sie danach zu einem Pferdeschwanz. Anschließend zog ich mich an, machte mich auf den Weg in die Küche, um Frühstück zuzubereiten.

Durch das gekippte Fenster hörte ich das erste Vogelzwitschern. Ich fühlte mich besser. Ich merkte, auch Em und Mandy blühten nach und nach auf. Ein bisschen war es, als tankten wir alle Normalität.

Am Freitagmorgen musste Mandy früh los in das Büro ihres Vaters, meine Schwester machte um halb zehn das Geschäft wieder auf, nachdem sie es die letzten zwei Tage zu gelassen hatte, und alles ging seinen normalen Gang.

»Heute fahren Nova und Leo heim, wir sollten ihnen noch was Gutes tun«, überlegte ich.

»Das wäre eine tolle Idee, vielleicht ein Treffen wie früher auf der Dachloggia mit belegten Broten und was zu trinken?«, schlug Em vor.

Das fand ich wunderbar, Nostalgie pur. »Ich gehe gleich einkaufen, hältst du die Stellung?«

»Einverstanden«, sagte Em.

Ich besorgte alles, was wir für unseren Frauenabend brauchten, und verstaute die Einkäufe in der Küche, anschließend gesellte ich mich wieder zu Emilie in den immer noch nach Blumen duftenden Laden, der selten ein frischeres Aroma versprüht hatte. Wir bekamen das alles schon hin, dachte ich. Die neue Einrichtung würde dem Geschäft einen Push geben, und dann würde es an alte Zeiten anknüpfen können. Es wäre auch die Gelegenheit, den Aufbau innerhalb des Verkaufsraums zu verbessern. Im Moment wirkte alles ein bisschen verbaut, als hätte Oma die Dinge dort untergebracht, wo eben gerade Platz gewesen war.

Die Umgestaltung würde Zeit in Anspruch nehmen, weswegen ich meiner Mitbewohnerin Jørgunn ein Update über die Lage schickte und dass ich noch etwas hier bleiben würde, damit sie sich keine Sorgen machte. Sie antwortete prompt mit einem Daumen-hoch-Emoji.

Ich war froh, dass ich nicht auch noch auf einen Nebenjob angewiesen war, um mir den Lebensunterhalt zu verdienen, sondern Bafög erhielt. So musste ich mir zumindest darum keine Sorgen machen. Dafür häuften sich ja hier die Probleme.

Ein paar erste Kunden kamen herein, einer kaufte eine alte Wanduhr und ein anderer ein Gemälde in einem schlichten Holzrahmen. Das war für unsere aktuellen Verhältnisse nicht schlecht.

Motiviert beschloss Em, die Sache nun voranzubringen. Da der Laden zumeist ohnehin leer war, konnte sie laut eigener Aussage auch produktiv sein. Sie ging kurz hoch und kam gleich darauf mit ein paar Zetteln in den Händen zurück. Diese hängte sie überall im Geschäft auf. Es entstand eine richtige Zettel-Tapete. Und wenn sie irgendwo nicht herankam, nahm sie sich einen Tritt zu Hilfe.

»Was wird das?«, wunderte ich mich.

»Schau es dir an, dann verstehst du es.« Em lächelte mich aufmunternd an und strich sich eine dunkle Strähne aus dem Gesicht.

»Na gut ...« Ich erhob mich, ging von einem Zettel zum

nächsten, auf denen ich Zeichnungen von Em fand, die die von Oma gewünschte Neueinrichtung zeigten.

Alles Änderungen, die Em vornehmen wollte. An den Regalen hing der Zettel mit der Aufschrift *Neues Regal*, darunter eine Zeichnung desselben.

»Ich will sofort loslegen«, erklärte sie. »Es gibt keinen besseren Zeitpunkt.«

»Jetzt? Am Freitagnachmittag?«

Sie zuckte mit den Schultern. »Ich habe lange genug gewartet, oder? Und viel los ist ja auch nicht.«

Ich lief weiter durchs Geschäft und schaute mir alles an. Durch diese Zettelwirtschaft wurde erst klar, wie viel sich ändern sollte.

»Als Erstes schauen wir uns Omas Finanzierungsplan an«, sagte ich und holte diesen aus ihrem Büro. Oma hatte die Renovierung des Ladens bereits geplant gehabt und alle Posten aufgelistet. Bezahlen wollen hatte sie die Neugestaltung von den Ersparnissen, die sie über die Zeit nur zu diesem Zwecke angesammelt hatte. Im Prinzip konnten wir sofort mit der Renovierung loslegen. Doch zuvor musste der Trödel zwischengelagert werden.

»Wir brauchen wohl einen Lagerplatz für all die Waren … die können ja nicht hierbleiben, wenn wir den Boden austauschen«, überlegte ich.

Sie nickte. »Darüber habe ich schon nachgedacht. Es gibt Lagercontainer unten am Fischerei-Hafen. Wir könnten einen oder zwei mieten.«

Das klang nicht schlecht. Ein paar Dinge bekamen wir sicher auch im Keller unter, aber ganz bestimmt nicht alles.

»Mandy und ich haben gestern Abend übrigens noch über den Einrichtungsplan von Oma gesprochen. Mandy meinte nämlich, dass die bereits vorhandenen Regale lackiert werden könnten. Dann würden wir Geld sparen. Andererseits wollte Oma ja unbedingt diese neuen modernen Regale mit der integrierten Beleuchtung. Doch die kann Mandy vielleicht einbauen«, erklärte sie.

»Die Frage ist ja auch, was wir mit dem alten Mobiliar machen, das ausrangiert werden soll«, sagte ich und ging zum nächstgelegenen Regal, um es genauer zu betrachten. Dabei legte ich den Finanzierungsplan auf der Theke ab. Mit einem modernen Anstrich ging es vielleicht wirklich. Aber wenn nicht, brauchte es eine Lösung.

»Da hatte Oma auch eine Idee«, erklärte Emilie. »Sie wollte alles, was wegsoll, an Hilfsorganisationen spenden, die die alten Möbel an Menschen weitergeben, die sich keine Einrichtung leisten können. Die Regale werden wir also so oder so nicht auf den Müll werfen.«

Das war ein netter Gedanke.

Ich nickte, berührte das alte Regal und spürte die Faserung des Holzes unter den Fingern. Das war noch richtige Handwerkskunst gewesen, keine industrielle Herstellung. Mein Blick huschte zufällig hinter das Regal, weil ich sehen wollte, ob man es problemlos abrücken konnte, wenn es erst leergeräumt war, oder ob man es würde auseinandernehmen und die Bestandteile einzeln lackieren müssen, denn ich sorgte mich ein bisschen, ob man es danach noch zusammenbekäme.

Da bemerkte ich einen merkwürdigen Geruch und bildete mir auch ein, einen Schatten direkt an der Wand zu sehen.

Irritiert zog ich mein Handy hervor, schaltete die Taschenlampenfunktion ein und leuchtete dahinter.

»Was hast du denn?«, wunderte sich Emilie.

»Ich … ich bin nicht sicher«, sagte ich und meinte zu erkennen, dass der Schatten kein Schatten war, sondern eine schwarze Verfärbung an der Wand.

»O nein …«

»Stella, was ist denn los?«

»Schau dir das mal an.«

Ich machte einen Schritt zur Seite und ließ Emilie hinter das Regal sehen. Sie nahm mein Handy und leuchtete auch dahinter.

»Was ist das?«, wunderte sie sich.

»Ich habe eine schlimme Ahnung, hilf mir mal.«

Ich deutete auf den Inhalt des Regals. »Lass uns das mal ausräumen und das gute Stück danach abrücken.«

»Okay, aber warum denn?« Sie gab mir das Handy zurück, und ich ließ es in meiner Hosentasche verschwinden.

»Ich fürchte, ich habe dahinter Schimmel entdeckt.«

»Was? O nein!«

Schon nahm sie ein paar alte Buchstützen, einen noch älteren Aschenbecher und allerlei andere Dinge aus dem mittleren Fach. Ich half ihr, zog Klimbim hier und da von den Einlegeböden. Wir lagerten die Dinge auf dem Tresen, merkten aber schnell, dass sich einfach viel zu viel Kleinkram in dem Regal befand, weswegen wir einen Teil des Inhalts in das Büro brachten.

»Ich hoffe nicht, dass da wirklich Schimmel ist«, sagte Em besorgt.

Ihr Wort in Gottes Ohr.

Zwischendrin bediente Em noch einen Kunden, anschließend räumten wir das massive Regal weiter aus.

Ich wischte mir über die Stirn, weil es doch recht anstrengend war.

»Du bist wohl nicht mehr ganz so in Form, wie?«, sagte Emilie und lachte. Sie hatte in der Tat keinen Schweißtropfen vergossen.

»Lass es uns abrücken«, sagte ich und begab mich auf die eine Seite, während sich Emilie die andere vornahm. Doch es bewegte sich kaum. Diese alten Dinger waren wirklich massiv. Keine Chance, dass wir das Teil von der Wand bekamen.

»Wir brauchen Mandy«, entschied ich. Vielleicht ging es ja zu dritt.

»Die ist noch im Büro ... aber ... sie müsste gerade Feierabend haben«, sagte Em mit einem Blick aufs Display ihres Handys.

»Hallo, Ladys!«, erklang plötzlich eine vertraute Stimme hinter uns. Emilie und ich hoben synchron die Köpfe.

Da stand Leo im Laden! Und hinter ihr tauchte auch noch Nova auf. Wie auf Bestellung.

»Ich hoffe, ihr habt uns nicht vergessen?«, neckte uns Leo.

»Nein, aber ihr kommt genau recht!«, sagte ich erleichtert.

Rasch eilten wir auf unsere Freundinnen zu und umarmten sie.

»Oh, ihr habt schon mit dem Umbau angefangen, um Oma Hildes letzten Wunsch zu erfüllen? Oder hat da jemand das ganze Regal aufgekauft?«, fragte Leo.

»Nein, wir haben es ausgeräumt, um es von der Wand zu ziehen, weil dahinter eventuell Schimmel ist«, erklärte Emilie.

»Ach du Schreck«, sagte Leo und hielt sich die Hand vor den Mund.

»Aber zu zweit schaffen wir es nicht, dieses massive Teil auch nur einen Millimeter zu bewegen«, fügte ich hinzu.

»Na dann ... wozu hat man beste Freundinnen, zu viert kriegen wir das doch sicher hin«, sagte Nova und spuckte sich symbolisch in die Hände. Dann packte sie motiviert zu. Leo zögerte einen Moment, hielt sich dann aber mit einer Hand ein Taschentuch vor den Mund und folgte ihr.

Und in der Tat bekamen wir es zu viert hin, das Regal zumindest ein Stück von der Wand zu rücken. Leider zeigte sich, dass sich dahinter tatsächlich dunkle Flecken am Putz der Wand abzeichneten, die noch dazu recht großflächig waren.

»O nein«, fluchte ich.

»Das ist in jedem Fall gesundheitsschädigend, wenn das wirklich Schimmel ist«, war ich überzeugt. Wieder machte Leo ein paar Schritte zurück.

»Und woran erkennen wir, ob es Schimmel ist?«, wollte Nova wissen.

»Wir fragen Mandy«, schlug Emilie vor. »Sie kommt sicher jeden Augenblick«, fügte sie hinzu und warf noch einmal einen Blick auf ihr Handy.

»Na ja, schön, wenn Mandy sich auskennt … Fragen kostet nichts«, stimmte Leo zu.

»Sie ist doch die Tochter von einem Innenarchitekten … ich denke, sie hat einen Kennerblick«, überlegte Nova.

»Ich rufe sie gleich mal an, damit sie sich beeilt«, sagte Em und hielt sich das Mobiltelefon ans Ohr.

»Vielleicht kann man das ja mit einem Schimmelmittel entfernen«, überlegte Nova.

»Kommt auch drauf an, wie tief es geht, Schimmel kann sich in Wände fressen«, entgegnete Leo und drückte ihr Taschentuch nur noch fester aufs Gesicht. Ich hatte nicht gewusst, dass sie ein so vorsichtiger Mensch war, und überlegte etwas anderes. Mir dämmerte nämlich, dass es hinter den anderen Regalen womöglich nicht besser aussah. Die Bedingungen waren ja im ganzen Verkaufsraum gleich.

Ich versuchte mit meiner Taschenlampen-App direkt hinter das nächste Regal zu leuchten, wo es nicht besser aussah.

»Mist«, entwich es mir.

»Da auch?«, fragten alle gleichzeitig.

»Sieht so aus.«

Zwar konnte ich nicht hinter die gesamte Regalreihe leuchten, aber ich hatte genug gesehen für ein ganz mieses Gefühl.

Emilie steckte ihr Handy wieder weg. »Mandy ist schon auf dem Weg. Sie ist gleich hier«

»Am besten bleiben wir erst mal ruhig«, sagte Leo und hob besänftigend eine Hand.

»Ihr werdet sehen, ganz so schlimm wird's schon nicht sein. Der Schimmel ist gewiss nur oberflächlich. Meine Mutter hatte in der Pension auch mal so ein Problem, da war Schimmel hinter einem Schrank in einem Gästezimmer. Und den konnte ein Fachmann ganz leicht beseitigen. Er hat ihn entfernt und noch eine Trockenmaschine aufgestellt, damit die Wand schnell trocknet und sich kein neuer Schimmel bildet. Danach wurde der Schrank woanders hingestellt, und der Schimmel ist nie wieder aufgetreten.«

»Wir können ja wohl schlecht alle Regale umstellen«, sagte ich. Eigentlich war der Laden ohnehin schon sehr verbaut. Vielleicht würde das aber mit neuen Regalen, die mehr Platz für den Klimbim boten, besser werden?

»Wir klären eins nach dem anderen, Stella, okay?«, sagte Leo, und ich sah ein, sie hatte recht.

Mandy stieß schließlich zu uns und wollte sich die Lage gleich ansehen. Sie hielt sich ebenfalls ein Taschentuch vor Mund und Nase und lugte hinter das hervorgerückte Regal.

»Aha ... ah ja ... mhm«, murmelte sie durch ihren improvisierten Mundschutz.

Dann kam sie wieder hervor, mit ernster Miene, die bereits verriet, dass es wohl doch nicht ganz so harmlos war, wie wir gehofft hatten. Das Taschentuch zerknüllte sie in ihrer Hand.

»Das sieht mir schon sehr nach Schimmel aus. Ich rate euch erst mal, auf keinen Fall selbst Hand anzulegen, dafür ist die betroffene Fläche viel zu groß. Sonst löst ihr Sporen, die sich dann überall hier verteilen. Aber wirklich klären kann das nur ein Fachmann, der Proben entnimmt.«

Ich hielt schon das Handy in der Hand, um einen zu googeln.

»Lass mal, Stella, ich werde am Montag meinen Vater fragen und sehen, ob er jemanden kennt, der zeitnah kommen kann. Sonst wartet ihr ewig«, sagte sie.

»Und was machen wir bitte bis dahin?«, wollte Em wissen.

»Abwarten und Tee trinken, leider«, sagte Mandy.

»Aber dann können wir morgen doch nicht öffnen und nächste Woche auch nicht. So, wie es hier aussieht.«

Mandy atmete tief durch, streichelte Ems Schulter. »Süße, ich fürchte, dass ihr erst mal geschlossen bleiben müsst, bis alles geklärt ist. Schimmel ist gesundheitsschädlich.«

»Gott …« Em fuhr sich übers Gesicht. »Wer weiß, wie lange er schon hier ist …«

»Lasst den Kopf nicht hängen, es klärt sich bestimmt alles. Schimmel ist ja zum Glück kein Asbest«, erklärte Mandy. »Er ist ärgerlich, lästig und ungesund, aber man kann ihn einigermaßen leicht beseitigen.«

»Mandy hat recht. Außerdem hat das Wochenende angefangen. Es ist Freitagabend und unser letzter Tag hier! Lasst uns heute irgendetwas Schönes zusammen machen. Wir sehen uns so selten, und es soll auch mal gute Stimmung sein«, sagte Leo.

»O Mann, tut mir leid«, entschuldigte sich Em. »In dem ganzen Chaos hab ich das fast vergessen. Aber wir haben auch was vorbereitet, stimmt's, Stella?«

»Genau, Brötchen und etwas Sekt und …« Es klang irgendwie spießig in meinen Ohren.

»Kommt, wir gehen heute aus«, sagte Leo. »Ich liebe die Dachloggia, aber man muss auch mal raus aus dem Haus.«

»Leo hat recht, Leute. Ich bin dafür!«, stimmte Nova zu.

Em und ich sahen uns an und nickten uns zu. Die anderen hatten uns rasch überzeugt.

»Wie wäre es, wenn wir heute Abend die Krabbenstube 2.0 besuchen?«, schlug Emilie vor. »Das ist ein richtig schönes Lokal mit eigenem Fischsupermarkt nebenan, nahe am Zippel-Park.«

Das neue Lokal war mir schon aufgefallen, als ich neulich daran vorbeigeradelt war. Allerdings hatte ich es mir nicht näher angesehen.

»Da kommt alles ganz frisch auf den Tisch. Es schmeckt

lecker, und danach könnten wir noch an den Strand, ich glaube, da ist ab heute die erste Strandbar der Saison geöffnet«, fuhr Emilie fort.

»Krabbenstube 2.0?«, wunderten sich Leo und Nova.

»Ja, richtig, dass wisst ihr noch gar nicht. Das Fischbistro hat erst vor ein paar Monaten hier bei uns im Löwensteg aufgemacht. Total nette Leute. Und eine Küche zum Dahinschmelzen. Ihr müsst sie unbedingt ausprobieren.«

Klang nach einem Plan.

»Dafür!« Leo hob den Daumen.

»Ich kann leider nicht mitkommen, bin zum Abendessen bei meinen Eltern eingeladen, da muss ich mich blicken lassen, ist Tradition, einmal im Monat machen wir das«, erklärte Mandy. »Aber ich stoße später zu euch, okay?«

»Au ja«, meinte Em und drückte Mandy einen Wangenkuss auf.

»Dann ist ja alles geklärt, auf in die Krabbenstube«, sagte Leo begeistert, und alle waren einverstanden. Kaum, dass wir den Laden verlassen hatten, warf sie ihr Taschentuch in den Mülleimer am Straßenrand.

16. Kapitel

Die Krabbenstube 2.0 wirkte äußerlich rustikal, maritimes Flair überall, vor dem Lokal standen ein paar Tische, die meisten waren bereits belegt. Rechts neben dem Häuschen gab es einen versteckten Eingang, den man beinahe übersah. Er führte in den Fischsupermarkt. Ohne die Werbeaufsteller hätte ich diesen vermutlich übersehen. Es wurde mit frischem Lachsfilet und Eisgarnelen zum Schnäppchenpreis geworben.

Wir setzten uns mit unseren Freundinnen an einen der freien Tische, und es dauerte nicht lange, da kam eine wohlbeleibte Frau mit einem strahlenden Lächeln zu uns und reichte uns die Karten. Als sie Emilie sah, freute sie sich besonders und drückte sie. »Hey, Kleine, schön, dich mal wiederzusehen. Tobias und ich haben gehört, was mit Hilde passiert ist. Tut uns so leid.«

»Danke, Yvonna. Wir haben eure Blumen bekommen. Ja, es ist schwer.«

»Wenn etwas ist, komm zu uns, ja? Wir haben immer ein offenes Ohr.«

Mir war diese Yvonna sofort sympathisch. Sie hatte etwas Herzliches und Offenes an sich, das man sofort mochte. Und offenbar verstand sie sich mit Em gut, was ja nur ein weiterer Pluspunkt war.

»Das sind übrigens meine Schwester Stella und meine Freundinnen Leo und Nova«, stellte Emilie uns vor.

»Ach, das berühmte Löwensteg-Quartett? Emilie hat uns ja schon oft von euch erzählt«, erklärte Yvonna.

»Nur Gutes, hoffe ich«, sagte Leo.

»Selbstverständlich«, erwiderte Yvonna und zwinkerte.

»Wisst ihr was? Eure erste Runde geht heute aufs Haus«, sagte sie dann.

»Das ist aber nett, danke«, freute ich mich.

»Na hallo, Freunde von Emilie sind auch meine Freunde«, erwiderte Yvonna.

Ich hatte das Gefühl, sie hätte gerne noch länger mit uns geplaudert, aber als dann jemand an einem anderen Tisch zahlen wollte, wandte sich Yvonna ab und kümmerte sich um den Gast.

»Die ist ja wirklich nett«, meinte Leo.

»Und wie! Ihr Mann ist aber auch klasse. Ich kann mir Tobias und Yvonna Haas nicht mehr aus dem Löwensteg wegdenken«, sagte Emilie. »Die beiden sind übrigens aus Rostock hierhergezogen, dort hatten sie bereits ein Fischbistro namens Krabbenstube, das jetzt von der Tochter geleitet wird. Daher auch der Zusatz 2.0.«

»Das soll witzig sein, ich hoffe, das ist es«, rief uns Yvonna vom Nachbartisch zu.

Ich schmunzelte.

»Rostock? Etwa im Sanddornweg?«, hakte Nova nach.

»Ganz genau«, sagte Yvonna und wischte den nun leeren Tisch mit einem Lappen ab. »Kennst du das Bistro?«, hakte sie nach und kam an unseren Tisch zurück.

Nova lächelte. »Ich war mal für ein Wochenende mit der Familie dort. Ist etwas her, aber ich erinnere mich, dass es da urgemütlich und richtig schön war. So eine verträumte kleine Gasse, nicht wahr?«

Yvonna seufzte. »Hach ja, der Sanddornweg. Das waren schöne Zeiten. Aber wisst ihr, Tobias ist in Travemünde groß geworden, und als sich die Gelegenheit geboten hat, hier ein zweites Fischbistro zu eröffnen, konnten wir nicht anders, als es zu versuchen.« Sie lächelte von einem Ohr bis zum anderen. »Ich bereue es keinen Tag. Aber nun sagt, darf ich euch schon etwas zu trinken bringen?« Sie schaute in die Runde.

»Was haltet ihr von einem Glas Sekt zum Anstoßen, dass wir wieder vereint sind und es noch ein paar Tage sein werden«, schlug Nova vor.

Damit waren alle einverstanden, bis auf Leo.

»Nur ein Mineralwasser bitte.«

»Was ist denn mit dir los?«, wunderte sich Em. Es fiel auch mir auf. Erst das übervorsichtige Verhalten mit dem Taschentuch als Mundschutz vorhin, und nun verzichtete ausgerechnet Leo auf Sekt?

»Mir steht der Sinn nicht nach Alkohol«, erklärte Leo vage.

Kurz darauf brachte uns Yvonna die gefüllten Gläser an den Tisch.

Kurz darauf klirrten diese aneinander.

»Auf das Löwensteg-Quartett«, sagte Leo feierlich mit ihrem Wasser in der Hand. Wir grinsten unwillkürlich.

»Dieser Name ist aber neu«, sagte ich schmunzelnd.

»Mir gefällt er«, erwiderte Em. »Löwensteg-Quartett«, sagte sie noch mal langsam und lächelte dann. »Daraus könnte man fast einen Roman machen.«

»Ach, Unsinn«, winkte ich lachend ab.

Leo probierte einen Schluck und verzog ein wenig das Gesicht.

»Doch lieber einen Sekt?«, fragte Nova schmunzelnd und hielt ihr schon ihr eigenes Glas vor die Nase, aber Leo wich zurück.

»Wirklich nicht, danke.«

»O Mann ...«, fiel es Nova plötzlich auf. »Du bist doch nicht etwa ...«

Schwanger, schoss es mir durch den Kopf. Und plötzlich ergab ihr merkwürdiges Verhalten Sinn.

Leo druckste erneut etwas herum. »Na ja, das ist so ... die Musikschule, an der ich arbeite, hat meine Stelle gekürzt. Und schließlich ganz gestrichen«, offenbarte sie.

»Was?«, sagten wir anderen fast gleichzeitig.

»Kann man nichts machen. Ist auch nicht von heute auf morgen passiert, sie haben es schon Anfang des Jahres beschlossen.«

»Und was hast du jetzt vor?«, wollte Nova wissen, die offensichtlich auch zum ersten Mal davon hörte.

»Riccardo und ich haben uns dann überlegt, dass das doch der perfekte Zeitpunkt wäre ... und na ja, es hat sofort geklappt ... ihr habt recht ... ich bin schwanger.«

»O mein Gott! Leo! Glückwunsch!«, rief Nova und umarmte die Freundin.

»Danke ... ich wollte es noch gar nicht an die große Glocke hängen. Ihr seid, von Riccardo abgesehen, auch die Ersten, die davon erfahren. Behaltet es bitte noch für euch. Ich bin abergläubisch ... die ersten drei Monate und so ...«

Em und ich konnten nicht anders und sie ebenfalls an uns drücken. »Mama Leo, das passt ja wie die Faust aufs Auge«, war ich überzeugt.

Leo lächelte. »Ich trete nun kürzer. Auditions gehen jetzt erst mal nicht.«

»Und dann haben wir dich das schwere Regal verrücken lassen«, sagte Emilie bedauernd.

»Erstens war das nicht so schwer, wir waren ja zu viert, zweitens bin ich ja nicht krank oder so.« Sie winkte ab. »Ich war nur ein bisschen vorsichtiger wegen des Schimmels. Behandelt mich aber bitte wie immer! Ich bin nach wie vor die alte Leo, nur eine, die keinen Alkohol trinkt.«

Darauf konnten wir uns einigen.

»Wie ist der Sekt?«, hakte Yvonna nach, die Slalom durch die Tischreihen lief und hier und da etwas zu trinken an die Gäste brachte.

»Sehr gut, meine Liebe«, meinte Em und hob den Daumen in Richtung Yvonna.

»Das freut mich sehr. Wisst ihr auch schon, was ihr essen möchtet?«

Wir nahmen drei Fischburger und einen Veggieburger für Leo, die uns in genau derselben Windeseile an den Tisch gebracht wurden, in der Yvonna auch die anderen Leute bediente. Die Krabbenstube schien gut zu laufen.

Beherzt biss ich in meinen Burger und merkte voller Wonne, wie mir der Fisch auf der Zunge zerging.

»Die sind so gut, da ist Gideon vom Dreizack sicher gelb vor Neid«, sagte Leo, nachdem auch sie abgebissen hatte.

Wir lachten unwillkürlich.

Yvonna, die noch an unserem Tisch stand, stimmte mit ein. »Ihr meint wohl diesen Schnösel im südlichen Teil der Straße. Der war sogar schon mal hier, um die Konkurrenz auszuspähen, es hat ihm bei uns aber nicht geschmeckt.«

»Klingt nach Gideon«, meinte Leo augenrollend. »Hätte mich auch gewundert, wenn der irgendetwas gut gefunden hätte, das nicht auf seiner Speisekarte steht. Was wir schon für Ärger mit dem hatten. Wisst ihr noch, als er Stimmen sammeln wollte, damit Oma Hilde das alte Haus von Grund auf saniert, weil es seiner Meinung nach nicht ins Straßenbild passt?«

Oje, wie könnte ich das je vergessen? Es hatte ihn aufgeregt, dass seine Gäste vom Dreizack aus das krumme, kleine Haus an der Ecke zur Rosenkreuzung direkt im Blickfeld hatten. Was natürlich eine unerträgliche Qual für seine Gäste war. Beschwert hatte sich zwar noch niemand, aber das waren Details, die man geflissentlich ignorieren konnte. Zumindest dann, wenn man Gideon Jansen hieß. Burger wie die von der Krabbenstube 2.0 waren daher auch ganz gewiss unter seinem Niveau.

Wir ließen es uns ungeachtet dessen schmecken. Ich hatte nie bessere Fischburger gegessen. Das musste ich zugeben. Ich fühlte mich rundum wohl, und ich sah den anderen an, es ging ihnen genauso.

Nachdem wir satt waren und unseren Sekt ausgetrunken hatten, beschlossen wir, zum Strand runterzugehen, um uns an die Bar zu setzen.

Wir schlenderten Arm in Arm durch den Löwensteg. Nova und Leo gingen voran, die Arme um ihre jeweiligen Schultern gelegt, Emilie und ich kamen hinterher. Ich war sehr froh, dass Em und ich uns wieder verstanden und nun an einem Strang zogen, auch wenn dafür nun andere Stolpersteine im Weg lagen. Wir hatten uns eigentlich noch nie richtig gestritten, klar, die Fetzen waren schon hin und wieder geflogen, auch wegen Nichtigkeiten. Doch nie waren wir an einen Punkt gelangt, an dem ich das Gefühl gehabt hatte, dass sie mit mir oder ich mit ihr brechen könnte. Und darüber war ich unendlich froh.

Irgendwann kamen wir zum Zippel-Park und hörten bereits ein paar Straßen weiter die Musik vom Strand. Schließlich fanden wir uns an der Strandbar wieder, die mit zahlreichen Tischen und sogar Sonnenliegen aufwartete. Es war unerwartet voll, Leute jubelten und tanzten. Scheinbar hatten mehrere die Idee gehabt, heute vorbeizuschauen. Außerdem war Freitagabend. Was war ich also überrascht?

»Hu, ganz schön laut«, meinte ich.

»Ich besorg uns was!«, sagte Nova und deutete in Richtung Bar.

»Für mich nur alkoholfrei«, erinnerte Leo.

»Das vergesse ich schon nicht, Leochen«, sagte Nova und deutete vage in eine Richtung. »Sucht Plätze für uns aus.« Schon war sie in der Menge verschwunden.

Wir entdeckten ein Tischchen in der Nähe und setzten uns. Ich musterte Leos Bauch, der noch genauso flach wie immer war. Kaum zu glauben, dass sie wirklich die Erste von uns war, die Mama werden würde.

»Hat eine von euch erwartet, dass hier schon so viel los ist?«, hakte Leo nach und blickte über ihre Schulter zu den vielen Gästen.

»Das hat ja schon sommerliche Ausmaße«, scherzte Em, aber sie lag gar nicht so falsch damit.

Als Nova zurückkam, hatte sie drei Flaschen Bier und eine Cola dabei, die sie eine nach der anderen verteilte.

»Danke«, sagte ich, nahm ihr meine ab und trank einen Schluck.

Ein paar Leute fingen an, nahe der Bar zu tanzen.

»Ist 'ne gute Stimmung«, fand Leo, und es dauerte nicht lang, da bekam auch sie Lust zu tanzen. Was Nova dazu brachte, eine Braue zu heben.

»Ich bin nicht krank, Leute. Und noch ganz am Anfang, man sieht ja nicht mal was. Heute ist mein letzter Abend in Travemünde, den werde ich genießen.«

Entschlossen erhob sie sich. Nova ging mit ihr, vermutlich, um auf Leo aufzupassen, was natürlich ziemlich übertrieben war.

»Die beiden sind echt wie früher«, stellte Emilie fest, während wir sie dabei beobachteten, wie sie das Tanzbein schwangen.

Ich lachte leise. Da war was dran. Genau genommen war vieles wie früher, seit die beiden wieder da waren. Yvonna hatte recht, das Quartett war wieder komplett, und das fühlte sich gut an. Aber dies war auch unser letzter gemeinsamer Abend.

Plötzlich hielt jemand Em von hinten die Augen zu. Es war Mandy, die sich angeschlichen hatte.

»Sehr witzig, Mandy«, meinte Em grinsend, die sofort ahnte, wer sich diesen Scherz erlaubte.

»Dich kann man ja auch gar nicht überraschen«, maulte Mandy, lachte und beugte sich über Ems Schulter, sodass sich ihre Blicke trafen.

Sie küssten sich zärtlich.

»Hier ist ja mehr los als erwartet«, stellte dann Mandy fest und setzte sich neben meine Schwester, griff nach ihrer Hand.

»Ziemlich cool, oder?«, meinte Em.

»Ja schon, ich hole mir auch ein Bier.«

»Du kannst meins haben, wenn du willst.« Ich hielt ihr die beinahe volle Flasche hin.

»Danke«, sagte Mandy und nahm sie mir ab.

»Wollen wir uns auch unter die Leute mischen?«, schlug Em vor, nachdem Mandy einen Schluck genommen hatte.

»Macht ihr nur, ich bleibe hier.«

»Ist alles okay?«, hakte Em nach.

Na ja, was sollte ich sagen. Ich war eben allein, Nova und Leo kehrten morgen in ihr Leben und zu ihren Liebsten zurück, und Em hatte nun ihre Mandy bei sich, ich kam mir etwas überflüssig vor.

Außerdem vermisste ich Marius.

»Klar«, sagte ich trotzdem. An so einem schönen Abend sollten die Leute sich amüsieren.

»Zieht ihr nur los, habt Spaß! Und nehmt am besten euer Bier mit. Ich ... mache einen Spaziergang«, sagte ich und entfernte mich dezent, um nicht doch noch eine Spaßbremse zu sein.

»Okay ... wenn du meinst«, gab Em zurück und ließ sich von Mandy mitziehen.

17. Kapitel

Während ich am Wasser Richtung Seebrücke lief, dachte ich wieder an Marius. Mir wurde klar, dass ich ihm nicht ewig nachtrauern konnte. Die Wahrheit war nun einmal, dass er mich nicht mehr liebte. So etwas passierte, auch wenn es noch so schmerzte, ich konnte es nicht ändern. Es war an der Zeit, es gut sein zu lassen, wieder nach vorne zu blicken. Schließlich gab es genug, was meine Aufmerksamkeit erforderte. Unser Laden hatte vielleicht ein großes Schimmelproblem. Das bedeutete, ich sollte mich darauf konzentrieren. Und wenn das erledigt war, wartete mein eigenes Leben in Berlin auf mich. Sobald die vorlesungsfreie Zeit um war, lagen nur noch zwei Semester vor mir, dann hätte ich den Master. Ich spielte mit dem Gedanken, mich danach bei Ecosia zu bewerben. Mit meinem Abschluss würde ich dort vielleicht eine richtig gute Position ergattern können. Oder vielleicht konnte ich sogar etwas Eigenes aufziehen. Aber so richtig begeisterte mich die Vorstellung im Augenblick nicht, was vermutlich an meiner Stimmung lag. Als die Seebrücke in Sicht kam, hielt ich auf sie zu. Das Holz knirschte unter meinen Schritten, ich ging bis zum Ende des Stegs, setzte mich hin.

Zum Glück war sonst niemand hier, weil die meisten Leute sich an der Bar aufhielten. Aus der Ferne hörte ich die Musik, die von dort kam. Aber aus der Entfernung war es eigentlich nur der Bass, der richtig zu mir vordrang.

Ich schaute aufs Wasser, beobachtete, wie sich der Mond in diesem spiegelte, und seufzte leise. Gab es etwas Schöneres als die Ruhe der Ostsee? Hier konnte man Kraft tranken, sich wieder aufrichten.

Ich ließ meinen Blick übers Meer gleiten und versank in diesem Anblick glitzernder Wogen, genoss den frischen Wind, das Salz in der Luft und merkte plötzlich sanfte Erschütterungen auf dem Boden, auf dem ich saß. Als ich den Kopf wandte, kam ein junger Mann auf mich zu, der mir vertraut erschien. Er trug ein einfaches Hemd und Jeans. Im Gegensatz zu mir schien ihm nicht kalt zu sein. Offensichtlich benötigte er nicht mal eine Jacke, worauf ich ein bisschen neidisch war. Mir war immer viel zu schnell kalt.

Ich brauchte einen Moment, ehe ich ihn erkannte.

»Hey, Stella«, sagte der junge Mann, der mich nach Lübeck gefahren hatte. Offenbar hatte er mich ebenso wiedererkannt. Mit seinen lächelnden dunklen Augen bedachte er mich einen Moment. Nur, was machte er hier? Ich schaute mich nach seiner Freundin um, die schien jedoch nicht bei ihm zu sein.

»Hey … Sam, nicht wahr?«

Er nickte.

»Darf ich?«, fragte er und deutete zum Platz neben mir, in den Händen hielt er zwei Colaflaschen.

»Klar, für wen sind die denn?«

Er setzte sich neben mich und reichte mir eine davon.

»Rate mal«, meinte er grinsend.

Irritiert nahm ich die Flasche an, öffnete sie und trank einen kleinen Schluck.

»Danke. Womit habe ich das denn verdient? Und wie hast du mich hier gefunden?«

»Hab dich am Strand gesehen und mir gedacht: Stella wirkt traurig, sie braucht bestimmt eine Aufheiterung.«

Ich lachte leise. Das war ja wirklich lieb gemeint.

»Und wo ist Bine?« So hatte seine Freundin doch geheißen, überlegte ich.

»Sie zieht mit Didi durch ein paar Clubs und hat ihren Spaß«, versicherte er.

Ach, richtig, Didi, die neue beste Freundin.

Ich nickte. »Und du?«

»Bin mit ein paar Kumpels hier …«

»… und verzichtest auf deinen Spaß, um stattdessen mir Gesellschaft zu leisten?«

Auf der Seebrücke war im Vergleich nichts los. Wir waren allein hier. Das war ja auch der Grund, warum ich hergekommen war.

Ein verlegenes Lächeln umspielte seine Lippen, er zuckte mit den Schultern und nahm einen Schluck aus seiner Flasche.

»Ich habe mich ehrlich gesagt einige Male gefragt, wie es dir geht. Wegen deiner Oma und so. Und nun kann ich dich direkt fragen.« Er zwinkerte.

»Oh … mir geht es ganz gut.«

Er legte den Kopf zur Seite, was ihm einen schalkhaften Ausdruck verlieh.

»Wirklich, du musst dir keine Gedanken um mich machen. Ich habe viel Unterstützung«, ergänzte ich. Natürlich war ich trotzdem immer noch sehr traurig und würde es immer sein, Oma war neben Em der wichtigste Mensch in meinem Leben gewesen.

Sam nickte. »Ist schön hier«, wechselte er das Thema. Vielleicht, weil er merkte, dass ich jetzt lieber nicht über traurige Dinge nachdenken wollte.

»Am Meer hat man das Gefühl, richtig ruhig zu werden, wenn man aufs Wasser schaut«, sagte er. »Das bin ich von meiner Heimatstadt nicht gewöhnt.«

Richtig, er stammte ja eigentlich aus der Hauptstadt, war ein Kindheitsfreund von Jørgunn und hatte nun einen Job als wissenschaftlicher Mitarbeiter an der Technischen Hochschule von Lübeck angenommen. Wir hatten im Grunde unsere Wohnorte getauscht, was schon ein amüsanter Zufall war.

Unwillkürlich musste ich mir Sam und Jørgunn als kleine Dreikäsehochs vorstellen und dabei grinsen.

»Woran denkst du?«, hakte er amüsiert nach, und als ich es ihm erzählte, fing er auch zu lächeln an.

»Die gute Jørgunn war ziemlich frech damals. Sie hat sich gerne über mich lustig gemacht, weil ich ein unverbesserlicher Bücherwurm war.«

Das klang nach Jørgunn, wirklich böse hatte sie es sicher nicht gemeint.

»Wie lange lebst du denn schon hier?«, fragte ich dann. Ich war ein wenig neugierig, was ihn zu der Entscheidung, Berlin den Rücken zu kehren, bewogen hatte, als ein Windstoß zu uns herüber- und mir dabei Sams angenehmen Duft direkt in die Nase wehte.

»Ein paar Jahre. Habe hier auch studiert.« Er lächelte, führte die Flasche wieder zu seinem Mund. »Und bei dir ist es umgekehrt?«

Auch ihm schien der Wohnortstausch aufgefallen zu sein.

Ich nickte. »Ja, Berlin war immer aufregend für mich. Immer was los, immer im Zentrum. Ganz anders als die See.«

»Da ist was dran. Ich habe vorher die Ruhe, die die Ostsee verströmt, gar nicht zu schätzen gewusst. Kannte ich ja auch nicht. Aber nun will ich sie nicht mehr missen.«

Es schien, als hätte er sich ein bisschen in unsere Ostsee verliebt. Verdenken konnte ich es ihm nicht. Wenn man erst einmal eine Weile hier war, erlag man dem Charme der See ohne Zweifel.

Travemünde war nicht umsonst ein Seebad, das bei Touristen beliebt war. Hier konnte man in der Hochsaison nicht nur schwimmen gehen oder sich sonnen, sondern einfach abschalten, zur Ruhe kommen.

Ich seufzte leise. Oder zumindest glaubte ich, dass es leise gewesen war.

»Was bedrückt dich noch?«, hakte er nach und sah mich wieder an.

»Ich hab … doch nichts gesagt«, wunderte ich mich.

»Ich kann Gedanken lesen, oder ich hab es dir angesehen, such es dir aus«, sagte er und zwinkerte erneut. Wieder dieses Lächeln, das so unglaublich sympathisch war.

»Es ist nichts«, winkte ich ab. »Und … ich will eigentlich auch gar nicht drüber nachdenken, über Probleme und so. Kannst du das verstehen?«

In letzter Zeit fühlte ich mich von Sorgen erdrückt. Aber dieser Moment war seltsamerweise anders. Zwar hatte ich mich auf die Seebrücke zurückgezogen, weil ich etwas Abstand gewollt hatte. Nun kam es mir jedoch so vor, als wenn ich stattdessen einfach nur eine außenstehende Person gebraucht hätte, die rein gar nichts mit meinen Problemen zu tun hatte. Jemand, der ganz unbelastet davon war.

»Natürlich verstehe ich das. Dann habe ich vielleicht etwas für dich, das dich ablenkt. Sieh mal hoch.« Er deutete gen Himmel.

Ich folgte seinem Fingerzeig, der langsam zu drei Sternen wanderte. Sie leuchteten heller als alle anderen und sahen wunderschön aus.

»Stell dir vor, sie wären miteinander verbunden.«

»Warum?«

»Probiere es einfach mal. Siehst du, was es ergibt?«

Ich folgte noch einmal seinem Finger mit dem Blick, wie er aus den Sternen etwas zeichnete.

»Ein Dreieck?«

»Das Frühlingsdreieck«, erklärte er. »Es zeigt sich mit dem Beginn des Frühlings und besteht aus den Sternen Regulus, Spica und Arktur. Man kann es am besten zu dieser Jahreszeit sehen, daher auch der Name.«

Ich nickte anerkennend. »Ich sehe, da will jemand mit seinem Fachwissen glänzen.«

Er lachte. »Eigentlich wollte ich dich nur ablenken, weil du etwas bedrückt rüberkamst.«

»Na ja, die Sterne und ich haben eigentlich nicht das beste Verhältnis«, überlegte ich. Vielleicht hatte ich auch den falschen Vornamen bekommen … wer wusste das schon.

»Ach nein? So etwas habe ich noch nie gehört, wie kommt denn das?«

»Mach dich nur lustig.«

»Tu ich nicht, ich bin nur verwundert. Die meisten Menschen mögen die Sterne oder verbinden zumindest etwas Positives mit ihnen. Und dann heißt du auch noch Stella …«

»Eben drum. Ich wurde so genannt, damit die Sterne mir Glück bringen. Aber sie lassen mich einfach hängen. Von Glück keine Spur.« Ich pustete mir gespielt verärgert eine Strähne aus dem Gesicht.

»Ach so! Na, ich werde mal ein gutes Wort für dich bei ihnen einlegen.«

»Das wäre nett, du bist ja auch Astronom. Da hat man einen anderen Draht zu. Also wenn du da was für mich deichseln könntest …«

Er lachte wieder. Irgendwie war es ein ansteckendes Lachen, ich musste jedenfalls auch schmunzeln. Kleine Lachfältchen hatten sich um seinen Mund gebildet. Aber am meisten lächelten seine sanften Augen.

»Jetzt geht's dir besser«, stellte er fest, und ich merkte, er hatte recht. Wenn man viel lachte, schüttete man Endorphine aus. Und Sam hatte es irgendwie an sich, einen aufzumuntern durch seine lockere Art. Das war auch schon auf der Fahrt nach Lübeck der Fall gewesen.

»Etwas«, gab ich zu.

»Das ist gut. Das Frühjahr beginnt ja auch bald, alles erwacht zu neuem Leben. Das motiviert«, sagte er. So einfache Worte und doch so wahr.

Da hörte ich Leo und Nova aus der Ferne, die gerade die

Brücke herunterkamen. An ihrem Kichern waren sie leicht zu erkennen.

»Dachte ich es mir doch, dass wir dich hier finden!«, rief Leo und linste zu Sam. Dieser strich sein Hemd glatt.

»Ich sollte wohl jetzt gehen«, meinte er und erhob sich.

Ich tat es ihm gleich. »Alles klar, und danke für die Cola.«

»Gerne. War schön, dich wiederzusehen.« Er schenkte mir ein gewitztes Lächeln und schlenderte entspannt an Nova und Leo vorbei, die ihm verwundert nachsahen.

»Wer war das denn?«, hakte Leo nach und deutete hinter sich, wo Sam gemächlich die Seebrücke runterging.

»Nur … ein Bekannter.«

Sie grinste. »Der wirkte aber, als wärt ihr euch vertraut. Wusste ja nicht, dass du auf den Typ süßer Nerd stehst.«

Ich rollte mit den Augen, dass Leo immer gleich eine Lovestory aus allem machen musste.

»Aber woher kennst du den denn?«, wollte nun auch Nova wissen.

»Er hat mich nach Lübeck gefahren, das ist alles. Er ist nur ein Freund.«

Nova und Leo tauschten Blicke aus, die verrieten, dass sie mir nicht glaubten. Manchmal konnten die beiden richtig anstrengend sein.

»Und er hat eine Freundin«, betonte ich, um die Sache endlich abzuschließen.

Leo zog eine enttäuschte Schnute.

»Was wollt ihr eigentlich hier?«, wunderte ich mich.

»Nach dir sehen natürlich. Wir haben nämlich festgestellt, dass du dich verdünnisiert hast. An unserem letzten Abend! Da dachten wir, das kann ja nicht angehen.«

»Es kann nicht immer nur alles ernst und traurig sein. Und deswegen wollten wir dich auf einen weiteren Drink entführen. Wir konnten ja nicht ahnen, dass du Besuch hast und bereits versorgt bist, also getränketechnisch.«

»Keine Sorge, ich hatte nicht vor, euch hängen zu lassen. Ich bin doch froh, dass wir noch diesen Abend zusammen haben. Alles, was ich gebraucht habe, war ein Moment für mich.«

»Und mit Sam«, sagte Leo zwinkernd, aber ignorierte die Bemerkung.

»Es sei dir ja verziehen, aber nun komm zurück«, meinte Nova, und ich nickte.

Gemeinsam kehrten wir an die Strandbar zurück, und meine Freundinnen lösten ihr Versprechen ein, indem sie mir einen Cocktail spendierten. An einem der vielen Tische entdeckte ich Sam, der dort mit Kumpels saß, aber zu mir herüberblickte und mir lächelnd zunickte, sogar den Daumen hob, weil ich mich dazu entschieden hatte, heute mal fünfe gerade sein zu lassen. Ich genoss unseren letzten Abend als Quartett, in dem Wissen, dass es ein Wiedersehen Ende des Jahres geben würde, weil wir uns dann immer trafen. Mit Traditionen sollte man schließlich nicht brechen, vor allem dann nicht, wenn es gute Traditionen waren.

18. Kapitel

Am nächsten Morgen fühlte ich mich wie gerädert, ich hatte wohl doch ein bisschen zu tief ins Glas geguckt. Entgegen meines eigentlichen Vorhabens war es nicht bei einem Cocktail geblieben und dafür auch noch reichlich spät geworden. Ich vertrug nicht viel und brauchte das halbe Wochenende, um wieder fit zu werden. Zudem wurde ich mit Fragen wie »Wer ist denn dieser Sam?« malträtiert, weil Leo und Nova gestern unbedingt eine große Sache daraus hatten machen müssen. Es war nicht leicht gewesen, Em zu überzeugen, dass er nur ein flüchtiger Bekannter war.

»Nova und Leo sagen aber, dass er süß aussieht.«

Tat er, zweifelsohne, ich war ja nicht blind. Allerdings hatte er eine Freundin, und ich wollte mein Leben erst mal ordnen, hier fiel ja auch einiges an, da hatte ich keine Zeit, auch nur an eine neue Beziehung zu denken. Noch dazu sollte es spätestens mit dem Ende der Semesterferien nach Berlin zurückgehen. Doch ich ließ Em ihren Spaß, immerhin hatte sie eine schwere Zeit hinter sich. Und es war schön, wenn sie auf andere Gedanken kam. Aber als Leo und Nova noch kurz rumkamen, um sich zu verabschieden, bevor sie heimwärts fuhren, fingen sie erneut damit an. »Der war ja so süß!«, hieß es immer wieder, bevor wir vier uns gegenseitig in die Arme nahmen. »Ich wünschte, wir könnten länger bleiben«, gab Nova zu. »Aber wir sehen uns ja zum Jahresende, denkt an den Schwur«, heiterte Leo alle auf. Und darauf freuten wir uns.

Am Montagmorgen waren Mandy und Em voller Tatendrang.

Letztere hatte uns ein wunderbares Frühstück gezaubert, und Erstere war früh ins Büro ihres Vaters aufgebrochen, um mit diesem über einen Fachmann für unsere Situation zu sprechen. Sie kehrte bereits am frühen Vormittag zu uns zurück.

»Mein Vater hat gleich herumtelefoniert, schon Mittwoch kann jemand zu euch kommen. Er schiebt euch dazwischen, normalerweise muss man länger auf Termine warten. Ist das nicht toll?«

Das war in der Tat nicht schlecht, ich nickte Mandy anerkennend zu. »Wann will der Mann hier sein?«

»Herr Jürgens kommt um zehn.«

»Klingt gut«, sagte ich.

»Ich hoffe, es hilft euch. Ich muss zurück ins Büro, bei uns herrscht da auch gerade Chaos. Montage ... Echt viele Aufträge, das ist irgendwie jedes Jahr rund um den Frühling so, da kommen die Leute auf die Idee, statt Frühjahrsputz gleich alles komplett neu einzurichten.«

Was ja nicht das Schlechteste war, wenn man Innenarchitekt war.

»Danke, dass du extra noch mal aus dem Büro hergekommen bist«, sagte Emilie und schlang zärtlich die Arme um sie.

»Ich hätte auch anrufen können, aber dann hätte ich mir doch das hier entgehen lassen«, sagte Mandy und küsste Em zärtlich.

»Ja, danke, das war wirklich sehr hilfsbereit«, sagte auch ich, nachdem die beiden wieder voneinander abgelassen hatten, was zugegebenermaßen ein Weilchen gedauert hatte.

Bis Mittwoch mussten wir also noch geschlossen bleiben, was nicht gut fürs Geschäft, aber wohl unumgänglich war. Das Rollgitter blieb unten.

»Am besten räumt ihr auch die anderen Regale aus, die an den Wänden stehen, damit wir sie vorziehen können und Herr Jürgens die Proben entnehmen kann.«

Das setzten wir in die Tat um. Die nächsten zwei Tage trugen wir alle Objekte in den Keller runter, stapelten sie dort überall, um dann gemeinsam mit Mandy die Regale ein gutes Stück von der Wand zu ziehen, damit Herr Jürgens freien Blick hatte.

Mittwochmorgen verzichteten Emilie und ich auf ein ausführliches Frühstück. Uns genügte ein Sandwich, und nachdem wir gegessen hatten, bereiteten wir uns auf den Besuch des Fachmanns vor, gingen noch mal unsere Liste an Fragen durch, die wir gestern Abend zusammengestellt hatten. Mandy, die heute noch früher aufgestanden war, um noch eine Runde zu joggen, half uns dabei. »Hakt unbedingt noch nach, wann sie gegebenenfalls sanieren könnten. Oft muss man mit langen Wartezeiten rechnen.«

Den Punkt schrieb ich auch noch auf die Liste.

Gegen zehn traf der Mann von der Firma Jürgens wie verabredet ein.

»Moin, Moin! Dann wolln wa uns die Bude mal ansehn«, sagte Herr Jürgens, ein properer Mann in Latzhose und mit einer dicken Tasche unter dem Arm. Seine Wangen waren gerundet und schimmerten in einem sanften Rot. Er wirkte etwas ruppig, aber doch sympathisch.

»Ich bin Stella Krämer, das ist meine Schwester Emilie«, erwiderte ich und schüttelte ihm die kräftige Hand. »Und Amanda Bauer kennen Sie vermutlich schon?«

»Klar doch, die Mandy.« Er gab auch ihr die Hand.

Mandys Papa hatte ihr für den Vormittag freigegeben, damit sie uns hier helfen konnte.

Herr Jürgens stapfte in den Verkaufsraum, den er durch die Hintertür betrat.

»Dann schaun wir mal, was Sie hier haben«, sagte er, setzte sich eine Spezialbrille sowie eine Maske zum Schutz auf und untersuchte die Flecken an der Wand, nahm eine Probe, die in einer Petrischale landete und dann verschlossen wurde. Das wiederholte er an anderen Stellen, bis er von jedem Fleck eine Probe hatte. Wir anderen folgten ihm auf Schritt und Tritt, beobachteten genau, was er da machte.

»Was denken Sie? Ist es wirklich Schimmel?«, hakte ich nach und knetete nervös meine Hände.

»Das kann man erst nach einer Laboruntersuchung genau sagen, aber um ehrlich zu sein, es schaut schon danach aus.«

Ich ließ unwillkürlich die Schultern hängen.

»Die anderen Räume sollte ich mir ebenso ansehen«, meinte er.

»Sicher.«

Wir führten ihn durch den unteren Bereich und danach noch in die Wohnetage. Aber dort war zum Glück alles in Ordnung. Nur der Verkaufsraum war betroffen, dafür aber richtig.

Ich schaute auf meine Fragenliste, um nichts zu vergessen. »Wir wollten ohnehin renovieren, also den Laden«, sagte ich, als wir im Flur standen, in der Hoffnung, dass sich das Problem dadurch vielleicht von selbst löste, aber Herr Jürgens schüttelte den Kopf.

»Wenn eine Renovierung ansteht, muss der Putz vorher gesäubert, vielleicht teilweise entfernt und neu gemacht werden. Sonst werden Sie den Schimmel nicht los, und wenn Sie die Sporen freisetzen und einatmen, ist das überaus gefährlich. Ich rate Ihnen, unbedingt die Testergebnisse abzuwarten und dann entsprechend zu handeln.«

»In Ordnung. Wie lange wird es dauern, bis das Ergebnis vorliegt?«

»Zwei bis drei Werktage.«

»Alles klar …« Das wäre ja zumindest einigermaßen zeitnah.

Wir verabschiedeten Herrn Jürgens, danach warteten wir wie auf glühenden Kohlen auf die Ergebnisse. Es war kaum an etwas anderes zu denken. Doch bis wir Klarheit hatten, blieb der Laden erst mal dicht. Schließlich wollten wir keine gesundheitlichen Beschwerden bei der Kundschaft riskieren. Es war schon schlimm genug, dass diese eine Zeit lang dem Schimmel ausgesetzt gewesen war, ohne dass wir es bemerkt hatten. Doch die Tatsache, dass die Regale vor den Flecken gestanden hatten, hatte zumindest geringfügigen Schutz geboten.

Und dann erhielten wir am Freitag den Anruf von Herrn Jürgens. Um Punkt zehn Uhr ging ich ran.

»Ich habe die Ergebnisse für Sie«, verkündete er und klang dabei so, als wollte er uns eine Urkunde verleihen. »Unser Labor hat in allen Proben recht hohe Schimmelwerte ermittelt, und zwar vom Typus Aspergillus, der leider besonders gesundheitsgefährdend ist. Deswegen werden Sie um eine Sanierung nicht herumkommen, Frau Krämer.«

»Sie meinen also, wir müssen den Laden wirklich schließen?« Für länger. Denn das war ja die Quintessenz.

»Davon können Sie ausgehen, Frau Krämer«, erwiderte er.

Das klang nicht gut. Das würde noch viel größere Einbußen mit sich bringen.

»Ich sage es Ihnen ganz offen, idealerweise entfernen Sie alles, was sich in den Räumlichkeiten befindet. Denn sonst besteht trotz größter Vorsicht und der Abdeckung mit Folien die Gefahr einer Kontamination bei den Arbeiten. Das will keiner.«

Ich war einfach nur sprachlos. Das hieß zu allem Überfluss auch noch, dass wir unsere ganze Habe entfernen mussten? Wohin denn? Der Keller war schon proppenvoll.

»Tut mir leid, dass ich keine besseren Nachrichten für Sie habe.«

»Wie viel würde das denn alles kosten?«, fragte ich und fuhr mir über die Stirn.

Ich war so geschockt, dass meine eigene Stimme fremd in meinen Ohren klang. Vor meinem geistigen Auge sah ich das

Chaos, das auf uns zukam. Oma hatte ihren Laden sehr geliebt, aber Ordnung war nicht immer ihr oberstes Gebot gewesen, weswegen er in weiten Teilen einer Rumpelkammer glich.

Herr Jürgens nannte mir einen ungefähren Preis, und mir schlackerten die Ohren.

»Sie müssen bedenken, es geht nicht allein darum, den Schimmel zu entfernen, sondern auch darum, ihn fernzuhalten. Eine Dämmung der Wände wäre notwendig für ein langfristiges Ergebnis, sonst wird das eine Geschichte ohne Ende.«

Was er sagte, hatte sicher Hand und Fuß.

»Könnten Sie mir einen genauen Kostenvorschlag schriftlich zukommen lassen?«, fragte ich.

»Natürlich. Haben Sie eine E-Mail-Adresse? Ich maile Ihnen diesen zu. Das geht am schnellsten.«

Ich gab sie ihm durch. Nach dem Telefonat klärte ich Emilie über die Sachlage auf. Wir setzten uns mit einer Tasse Kaffee in die Stube und besprachen alles.

Und als wir kurz darauf die Mail von Herrn Jürgens erhielten, bekamen wir den nächsten Dämpfer, denn die Summe war sogar noch etwas höher, als er es am Telefon gesagt hatte, da er wohl noch ein paar Posten hinzugefügt hatte. Als gleich darauf das Telefon nochmals klingelte, war Leo dran, die inzwischen wieder in Hamburg war und wissen wollte, ob wir schon das Test-Ergebnis hatten.

»Leider ja – es ist Schimmel …«, sagte ich bedrückt.

»So ein Mist. Das tut mir leid.«

Und gleich darauf hatte ich noch Bremen an der Strippe, denn Nova wollte genau dasselbe wissen. Unsere beiden Freundinnen boten Unterstützung an, aber sie hatten selbst nicht viel auf der hohen Kante, daher kam das nicht infrage für Em und mich. Aber es war ein gutes Gefühl, dass man sich auf die beiden wirklich verlassen konnte.

Wir rechneten mehrfach hin und her, doch das Ergebnis blieb das gleiche. Und es gab eigentlich nur eine Lösung.

»Da gehen Omas Ersparnisse dahin, und unser Plan, den Laden aufzupolieren, ebenfalls«, sagte Em traurig.

Das Geld, das eigentlich für die Neuerungen im Geschäft vorgesehen waren, würde nun stattdessen für die Schimmelentfernung verwendet werden.

»Aber wir haben keine andere Wahl.« Wenn der Schimmel entfernt war, konnten wir das Geschäft zumindest wieder öffnen, erklärte ich Em und rutschte ein Stück auf der Couch auf, um den Arm um sie legen zu können.

»Ich weiß. Aber das ist nicht dasselbe, es geht doch um Omas letzten Wunsch. Dafür waren all ihre Ersparnisse gedacht. Nicht für Schimmelbeseitigung! Ich hatte mir alles so schön vorgestellt, die neue Theke, die Oma ausgesucht hatte, die adretten Regale … ein strahlend neuer Boden.«

»Ich weiß …« Leider war das ja nicht alles. Der Laden war in letzter Zeit nicht besonders gut gelaufen. Mit dem Umbau hatten wir uns erhofft, dies ändern zu können. Wenn nun aber kein Umbau stattfand, blieb alles beim Alten. Und die Frage war, ob der Laden dann überhaupt noch eine Chance hatte. »Und wenn wir einen Kredit aufnehmen, mit dem wir die Renovierungskosten decken könnten?«, schlug Em vor, die vielleicht gerade auf denselben Gedanken gekommen war. Denn wenn der Laden sich nach der Sanierung nicht erholte, was blieb uns dann? Nur ein Verkauf?

Ein Kredit für die Renovierung war vielleicht noch eine Möglichkeit. Wenn wir einen guten Businessplan vorlegten, hatten wir womöglich eine Chance. Es war zumindest einen Versuch wert.

»Das würde aber auch Schulden für uns bedeuten. Und ein unternehmerisches Risiko«, gab ich zu bedenken. Denn auch nach dem Umbau war nicht garantiert, dass sich das Geschäft erholte. Im schlimmsten Fall saßen wir dann auf einem Berg

Schulden und hatten einen neu möblierten Laden, der trotzdem nichts abwarf. Ich wollte, dass Em das verstand.

»Das nehme ich in Kauf. Ich weiß, im schlimmsten Fall ist das Geschäft nicht zu retten. Aber ich will es zumindest versucht haben. Ich liebe unser Haus. Der Gedanke, Omas letzten Wunsch zu erfüllen, ist mir wichtig. Ich will alles tun, damit es so wird, wie sie es sich erträumt hat. Und sollten wir trotzdem scheitern, ist es wohl einfach Schicksal. Doch ich will die Flinte nicht vorher ins Korn werfen. Siehst du das auch so? Ach weißt du, vielleicht hattest du recht. Vielleicht bin ich doch mit allem überfordert ...«

»Sag das nicht. Es ist doch wirklich ein Desaster, für das niemand etwas kann. Mit dem Schimmel konnten wir nicht rechnen. Ich sage dir was, ich mache einen Termin bei der Bank aus. Und ich bleibe auch so lange in Lübeck, bis das alles ausgestanden ist. Zu zweit kriegen wir das hin«, versprach ich ihr, schließlich konnte ich Em nicht in dem Schlamassel hängen lassen.

»Danke, Stella«, sagte sie und drückte mich an sich. »Tut mir leid, dass ich neulich so unleidlich war. Ohne dich wäre ich aufgeschmissen.«

»Ach was. Wozu hat man große Schwestern?«

19. Kapitel

Wir wollten direkt loslegen, ich machte einen Termin bei der Bank für Montag aus und bestätigte Herrn Jürgens den Auftrag.

Anschließend gab ich Jørgunn per Textnachricht Bescheid, dass ich wohl tatsächlich die gesamten Semesterferien hier verbringen würde. Danach besorgten wir Masken aus dem Baumarkt zur Sicherheit, immerhin würden wir bei den Räumungsarbeiten längere Zeit im Laden stehen müssen und wollten keine Sporen einatmen. Dazu nahmen wir uns Handschuhe mit, sodass wir ebendiese Sporen nicht mit uns herumtrugen, wenn wir Regale bewegten. Aber vor allem kauften wir Kartons, sehr viele Kartons, die man sonst für Umzüge gebrauchte. Eine Art Umzug war es ja auch, nur zogen eben nicht wir, sondern unser Inventar um.

Em hatte mich an die Lager-Container am Fischereihafen erinnert, von denen wir einen für unsere Sachen mieten könnten.

Ich recherchierte deswegen im Internet, wie die Bedingungen waren, und fand heraus, dass man vierundzwanzig Stunden am Tag Zugang zum angemieteten Lager hatte, zudem war es leicht erreichbar und erschwinglich, fünf Quadratmeter kosteten hundertfünfzig Euro im Monat. Somit war ein Container für unsere Zwecke perfekt.

Mit Herrn Jürgens hatten wir vereinbart, dass die Arbeiten in vier Wochen beginnen und voraussichtlich nicht länger als sieben Tage andauern würden. Dies sei bereits ein sehr schneller Termin. Ich ahnte, dass es auch dank unseres Vitamin Bs in Form von Mandys Papa so rasch ging. So würde alles sehr schnell ins Rollen kommen. Schließlich wollte ich, wenn ich nach Berlin zurückkehrte, alles Wichtige hier geregelt haben.

Am Nachmittag konnten wir also mit dem Einräumen der Kisten loslegen.

Ich brachte die Blumen, die noch teilweise hier herumstanden, in die Teeküche. Danach widmeten wir uns dem Verkaufsraum, der einem wahren Labyrinth glich, weil nicht nur an den Wänden Regale standen, sondern auch mitten im Raum. Sie bildeten Gänge, die sich von rechts nach links schlängelten. Und in jedem Regalfach stapelten sich etliche Dinge. Wir hatten vier Wochen Zeit, alles leer zu kriegen. Aber das war zu schaffen.

Ich dachte an Oma, daran, dass sie die Situation genau so gehandhabt hätte, wie wir es gerade taten, und fühlte mich darin bestärkt, dass es richtig war, das alte Haus und den Trödelladen zu retten.

Mit all unserer Energie und Kraft verfolgten wir den Plan, packten und packten, und es nahm doch nie wirklich ein Ende, weil die Regale so voll waren mit Omas Klimbim.

Tags darauf ging es so weiter bis zum Abend. Unermüdlich verschwanden alte Töpfe, Schallplatten aus den Sechzigern oder verzierte Buchstützen in den Kartons, die je nach Inhalt mit Markierungen versehen waren.

»Wir brauchen jetzt wirklich eine Pause«, sagte Em. Mandy schlug einen Kinoabend vor, aber ich hatte noch Energie. »Geht ihr ruhig allein, ich arbeite weiter.«

»Willst du einen Rekord aufstellen?«, feixte Em, doch ich schüttelte den Kopf. Wenn ich den Berg an Trödel sah, konnte ich nicht anders.

»Na schön, aber ruh dich bitte auch mal aus«, bat Em, worauf ich ihr mein Wort gab. Und nachdem die beiden losgezogen waren, setzte ich mich einen Moment nach draußen auf die Bank vor dem Laden, um frische Luft zu schnappen.

Ich schaute die Straße herunter und entdeckte eine Katze, die gemächlich in Richtung Pension lief. Es war die flotte Dotti, die ich an ihrem Kuhfleckenmuster erkannte und die alles, aber nicht besonders schnell war. Fünfundsiebzig Menschenjahre, ging es mir durch den Kopf. Das war ein stolzes Alter.

Ich gab einen leisen Pfeifton von mir, um auf mich aufmerksam zu machen. Sie drehte sich kurz um, musterte mich und zuckte mit den Ohren. Da sie aber schnell erkannte, dass es bei mir kein Leckerli zu holen gab, huschte sie unter dem Zaun zum Gasthaus hindurch und verschwand im Innern des Hauses.

Ich lehnte mich zurück, schloss einen Moment die Augen und hörte auf die Geräusche um mich herum. Der Löwensteg war zu weit weg, um das Meer zu hören, immerhin konnte man die See riechen mit ihrem kräftigen, frischen Aroma.

Da tauchte Gideon Jansen vom Dreizack neben mir auf und schreckte mich aus der Entspannung.

»Was ist denn bei Ihnen los?«, hakte er in seiner schmierigen Art nach. Vermutlich hatte er uns bereits mit Argusaugen beobachtet.

»Wonach sieht es denn aus, Herr Jansen?«, gab ich zurück.

»Sie ziehen um?«

Ich verengte die Augen. Klar, das hätte er gerne.

»Sehr witzig.«

Ich wollte ihm besser nicht vom Schimmelproblem erzählen, denn ich wusste, er würde Gerüchte verbreiten.

»Wir machen einiges neu«, sagte ich also diplomatisch. »Dafür räumen wir erst mal um.«

Keine Ahnung, wie unser Straßen-Stinkstiefel es hinbekam, aber seine bloßen Blicke sorgten für schlechte Laune.

»Lohnt sich das denn überhaupt noch? Das kostet doch alles … Ich mache mir nur Sorgen um Ihre Schwester und Sie.«

Genau, das klang überaus glaubwürdig, dachte ich ironisch. Gideon war ja bisher nur durch Fürsorge aufgefallen, nicht etwa dadurch, dass er nicht mal versuchte, seine Abneigung gegen uns und unseren Laden zu verbergen. Verärgert richtete ich mich auf.

»Tut mir leid, Gideon, ich habe leider keine Zeit für Ihre Spielchen, ich bin beschäftigt«, knurrte ich.

»Ich freue mich nur, dass Sie endlich meinem Rat folgen, das Haus zu sanieren. Es verschandelt schon viel zu lange den Ausblick. Meine Gäste schauen die Straße runter, und ihre Blicke bleiben an diesem krummen Etwas hängen. Das ist nicht schön, passt nicht zu uns und nicht zum Löwensteg.«

»Ihrem Rat folgen? Ich erinnere mich, dass Sie vor nicht allzu langer Zeit sogar Unterschriften gegen uns gesammelt haben!« So hatte er für die Schließung des Trödelladens sorgen wollen.

»Es war nur eine gut gemeinte Unterstützung.«

Hielt der mich für blöde? Er hatte uns loswerden wollen. Jeder wusste das.

»Gibt es hier ein Problem?«, fragte plötzlich eine vertraute Stimme hinter mir. Ich wandte den Kopf und erblickte Sam, der die Hände in die Seiten stemmte und Gideon argwöhnisch musterte.

Ich hatte sicher mit allem gerechnet, nur nicht mit Sam! Langsam kam er näher.

Mir fiel dabei auf, wie breit seine Schultern eigentlich waren. Betont wurden sie durch die legere Übergangsjacke, die er trug.

»Aber nicht doch, nur eine Plauderei unter Nachbarn«, schnaubte Gideon verächtlich und wich zwei Schritte zurück.

»Ich glaube, das Gespräch ist beendet«, sagte Sam nur, worauf Gideon ihm vorbehaltlos zustimmte und sich von dannen machte, um seine Gäste zu bedienen. Ich sah dem Schnösel nach, bis er in seinem Lokal verschwunden war, dann blickte ich zu Sam hoch, der mir in diesem Moment wie ein Beschützer vorkam und mich mit seinen samtenen Augen fixierte. Innerlich atmete ich auf.

20. Kapitel

»Was war das denn für einer?«, fragte Sam und strich über die Ärmel seiner Jacke, die ihm wirklich sehr gut stand. Darin wirkte er noch ein wenig athletischer als sonst. Ich lachte erleichtert auf, war ehrlich froh, ihn zu sehen, wunderte mich aber auch, woher er überhaupt wusste, dass ich im Löwensteg wohnte, bis mir wieder einfiel, dass er mich ja hergefahren hatte.

»Nicht so wichtig. Aber sag, was machst du denn hier?«

Er kratzte sich mit einer Hand verlegen am Hinterkopf und lachte leise. Dabei erschienen mir seine dunklen Augen so unendlich warm, dass ich glaubte, diese Wärme in meiner Brust spüren zu können.

»Ich wollte mich mit Bine in dieser neuen Bar in der Vorderreihe treffen, wir haben sogar Coupons für zwei Freigetränke. Aber sie hat mir eben getextet, dass sie sich verspätet.« Er seufzte und wirkte ein bisschen genervt. »Passiert in letzter Zeit öfter … Und dann hab ich mich in der Gegend umgesehen, schließlich hat es mich in diese Straße geführt. Ehrlich gesagt weiß ich selbst nicht so genau, wie ich hergekommen bin. Ich war so in Gedanken vertieft, dass ich den Weg automatisch gelaufen bin. Als ich dann den schmierigen Kerl bei dir gesehen habe, musste ich unbedingt einschreiten.«

»Das war auch sehr nett. Danke dir.«

Ich wäre zwar mit Gideon fertig geworden, aber durch Sams Einschreiten war es schneller gegangen. Außerdem war es irgendwie befriedigend gewesen, Gideon Jansen auch einmal kleinlaut zu sehen.

»Gerne. Und was ist hier los?«, er deutete zum Trödelladen.

Ich drehte mich um und bemerkte, dass man auch von außen erkennen konnte, dass die Regale leergeräumt waren. Trotz des Gitters. Man konnte sogar ein paar gestapelte Umzugskartons sehen.

Besorgt sah er mich an. »Als ich das letzte Mal hier war, hat das anders ausgesehen. Da lag noch Ware aus. Zieht ihr um?«

»Nein …« Ich atmete tief ein. Eigentlich wollte ich Sam damit nicht belasten. »Es ist … eine einzige Katastrophe«, rutschte es mir dennoch raus, aber ich empfand es so.

»Oje … so schlimm?«

»Na ja, wir betreiben Schadensbegrenzung …«

Er reckte den Hals, um das Innere des Ladens besser erkennen zu können.

»Kann ich euch irgendwie helfen?«

Das Angebot erstaunte mich. »Wieso?«, wunderte ich mich.

»Na, es ist doch der Laden deiner Oma, und ich weiß, wie viel er dir bedeutet. Wenn ich also irgendetwas tun kann …«

Das warme Gefühl in meiner Brust nahm sogar noch zu.

»Wenn du noch ein paar Minuten hast, sieh es dir erst mal an«, schlug ich vor. »Denn hier ist so viel zu tun, dafür reicht ein Abend nicht aus.«

»Ja, wenn du es mir zeigen magst?«

Wieso nicht, dachte ich und führte ihn den Weg am kleinen Vorgarten vorbei zum seitlichen Eingang.

Ich sah Sam inzwischen als Freund an. Als guten Freund sogar, war er doch immer zur Stelle gewesen, wenn ich ihn gebraucht hatte. Noch dazu schien er ehrlich Anteil an meinem Leben zu nehmen. Und irgendwie war ich auch froh, ihn wiederzusehen. Seine lockere Art steckte mich meistens an.

Gemeinsam betraten wir das alte Geschäft. Unverkennbar

waren die Schimmelflecken zu sehen, genauso wie die teilweise schon leeren Regale und vollgepackten Kisten.

»Wow«, entwich es Sam, während er sich einmal um sich selbst drehte und sich das Innenleben des Ladens von allen Seiten ansah. »Das sieht wirklich ... übel aus. Entschuldige, wenn ich das so direkt sage.«

»Es ist die Wahrheit«, gestand ich und erklärte ihm, was unser Plan war. Dabei setzte ich mir einen Mundschutz auf, reichte auch Sam einen und fing an, ein paar Dinge aus einem der Regale zu räumen, das ich heute noch fertig bekommen wollte. Ein bisschen war ich froh, dass Oma diesen Zustand nicht mehr sehen konnte.

»Du hast wohl recht, das wird sehr zeitaufwendig, hier aufzuräumen. Und ich erwarte jeden Moment einen Anruf von Bine.«

»Mach dir keinen Stress, ehrlich. Wir kommen schon zurecht.« Beherzt griff ich in eines der Regalfächer. Ein alter Fotoapparat landete von einem der Regalböden direkt in der Kiste, die neben mir stand. So ein richtig altes Teil, wo man noch einen Film einlegen und eindrehen musste.

»Du ahnst nicht, was es hier für verrückte Dinge gibt. Man kommt sich ein bisschen wie auf Schatzsuche vor. Meine Oma hat Buch über all diese Sachen geführt, und trotzdem bin ich überrascht über die Funde. Ist eben was anderes als auf dem Papier.« Und ein bestimmtes Ordnungsprinzip gab es auch nicht, was typisch für Oma war.

»Sieh dir das hier mal an.« Ich zeigte ihm eine kleine Trompete, die wohl ein Kinderspielzeug, aber versehentlich nicht in der Grabbelkiste gelandet war.

Sam nahm sie mir ab und betrachtete sie mit einem sanften Lächeln, seinen Mundschutz trug er unter dem Kinn. Ich beobachtete, wie sich winzige Lachfältchen an seinen Mundwinkeln und um seine Augen bildeten. Ein bisschen wirkte es so, als würde sein ganzes Gesicht strahlen.

»So was in der Art hatte ich auch mal. Ging meinen Eltern ziemlich auf die Nerven, das Getröte.«

Ich lachte unter meinem Mundschutz. Konnte ich mir gut vorstellen, so ein kleiner Junge mit Tröte, der pausenlos auf dieser spielte und die Ohren von Mama und Papa malträtierte.

Just in dem Moment klingelte sein Handy. »Das ist Bine«, meinte er und reichte mir die Trompete zurück, dann wandte er sich ab und ging ran.

Ich verstaute das Instrument in einer anderen Kiste und räumte das Regal weiter aus. Eine Schneekugel fiel mir in die Hände, interessiert musterte ich ihr Innenleben, das Paris zeigte. Sie war ziemlich eingestaubt und bestimmt richtig alt. Wahrscheinlich ein Souvenir aus der Stadt der Liebe.

»Ist das dein Ernst, Bine? Ich dachte, wir wollten den Abend gemeinsam verbringen?«, hörte ich Sam enttäuscht sagen. Ich wollte nicht lauschen, aber ich bekam es mit, weil er laut genug sprach. Ich wickelte die Kugel in Zeitungspapier, das ich im unteren Fach des Regals gelagert hatte.

»Das tut mir auch leid, dass es Didi nicht gut geht, aber hat Didi niemand anderes, der sich um sie kümmert? Ich hatte mich auf den Barbesuch gefreut … verstehe … na schön …«

Klang nach Ärger im Paradies. Die Kugel verschwand in der Kiste zu meinen Füßen.

Verärgert legte Sam auf und kam zu mir zurück. »Sieht so aus, als hätte ich genügend Zeit, dir hier zu helfen. Falls du mich lässt … Bine hat mich wieder mal versetzt.« Seine Brauen waren zusammengezogen, die Enttäuschung stand ihm ins Gesicht geschrieben.

»Tut mir leid …«

»Schon gut … Didi braucht sie.« Er zog den Mundschutz hoch.

»Es ist einfach … dass sie ständig mit Didi abhängt …«,

fügte er hinzu, um sich zu erklären. Ich konnte verstehen, dass ihn das mit der Zeit störte.

Dann klatschte er jedoch in die Hände. »Was kann ich tun?«

»Sam, du musst uns nicht helfen. Es ist so ein schöner Abend, den will ich dir nicht mit unseren staubverhangenen Regalen verderben.«

»Tust du nicht«, versprach er sanft. »Ich helfe gerne, ehrlich.«

»Na ja, wenn du wirklich willst, kannst du die unteren Fächer des Regals hier ausräumen und den Inhalt in eine der beiden Kisten sortieren.«

Ich zeigte ihm, was wohin gehörte. Es war nicht allzu kompliziert, nur anstrengend und zeitaufwendig. Doch es musste getan werden.

»Also dann!«

Er legte sofort los, ging neben mir in die Hocke. Ich gesellte mich zu ihm, merkte ihm an, dass er nicht gut drauf war, es aber zu verbergen versuchte. Ich überlegte, ihn noch mal anzusprechen, dachte dann aber, dass das vielleicht zu aufdringlich wäre. Stattdessen konzentrierte ich mich auf die Arbeit.

Die Kisten wurden nun sehr viel schneller voll. Ein alter Kerzenhalter landete genauso darin wie eine Taschenlampe zum Kurbeln.

»Das ist nett«, meinte Sam plötzlich neben mir, und ich bemerkte, dass er ein paar alte Postkarten in den Händen hielt. Solche, die noch aus richtig dicker Pappe waren. Sie mussten vom Anfang des letzten Jahrhunderts sein.

Interessiert las er die Nachrichten, die irgendjemand verfasst hatte, und schaute sich dann die Bilder auf der Vorderseite an.

Ich konnte beobachten, wie sich sein Mundschutz leicht verzog, weil sein Lächeln breiter wurde. Nun wollte ich auch genauer wissen, was ihm die schlechte Laune vertrieb.

»Die gehören zusammen«, meinte er. »Sie erzählen eine Geschichte.«

Sein warmer Blick fing meinen auf. Mir fiel auf, wie stark das Lächeln seiner Augen erst war, wenn man sich nur auf sie konzentrierte, da sein Mund verborgen war.

»Unglaublich«, meinte er und schüttelte den Kopf. »Auch das Datum verrät, dass sie kurz nacheinander verfasst worden sind.«

Mit diesem Phänomen war ich vertraut, hatte ich es doch schon selbst ganz oft erlebt: In diesem Laden konnte man alte Geschichten finden, von Menschen, die vor langer Zeit gelebt hatten. Ihre Spuren waren in Büchern festgehalten, in denen sie Notizen hinterlassen hatten, oder auf Postkarten wie diesen. Manches Mal fand man auch Gravuren in altem Schmuck. Eine Liebeserklärung oder eine Erinnerung an einen besonderen Menschen. Dann tat es mir leid, dass diese Dinge hier gelandet waren, weil sie doch irgendwann mal für jemanden von großer Bedeutung gewesen waren, und zugleich beseelte mich der Gedanke, für solch wertvolle Objekte ein neues Zuhause zu finden. Das war wohl der Gedanke hinter dem Trödelverkauf.

Aber dies hier schien ein besonderer Fund zu sein, weil gleich mehrere Gegenstände miteinander verknüpft waren.

»Dies ist die erste Karte«, sagte er und reichte mir das Stück Pappe. Ich schaute mir die Vorderseite an, auf der der Hafen von Kiel abgebildet war. Das Meer schien ruhig, ein paar Schiffe lagen an. Die Aufnahme war in Schwarz-Weiß gehalten, was ja nicht verwunderlich war, bedachte man die Zeit, aus der sie stammte. Ich drehte die Karte herum, um zu lesen, was der Absender geschrieben hatte.

Liebste Laura, ich bin in Kiel angekommen. Das Wetter ist gut. Wir besteigen heute Abend das Schiff. Ich freue mich auf die Fahrt, aber ich vermisse dich auch. In Liebe, dein Alois. Mai 1909.

Ich lächelte. Alois' Schrift war leicht verschnörkelt, aber trotzdem gut zu lesen. Wie auch die Machart der Karte verriet diese ihr Alter. Ich stellte mir unwillkürlich vor, wie er an einem Café am Hafen gesessen und diese Zeilen an seine Liebste geschrieben hatte, den Wind der See im Gesicht, das Rauschen der Wellen im Hintergrund.

Die zweite Postkarte erzählte davon, dass er in Kopenhagen angekommen war, aber noch weiter reisen wollte, nämlich nach Malmö, wo sein kranker Bruder lebte, den er zu besuchen gedachte.

Ich wünschte, du hättest mit mir kommen können, Laura. Du solltest die Schönheit des Meeres sehen. Wir sind abends losgefahren, und über uns leuchtete das Frühlingsdreieck.

»Oh«, sagte ich und hielt inne, denn das Frühlingsdreieck hatte mir Sam doch auch neulich gezeigt. Die drei Sterne, die es bildeten, leuchteten im Frühjahr heller als die Nachbargestirne.

Was für ein Zufall. Sams Augen lächelten im selben Moment. Ihm war es wohl auch aufgefallen.

Es war schon faszinierend, wie die Sterne uns begleiteten, überlegte ich, von einer Generation zur nächsten.

Grüße die Kinder von mir, meine Liebe. In tiefer Zuneigung, Dein Alois, endete die Karte und verriet so auch, warum Laura nicht mitgereist war, hatte sie sich doch um die Familie daheim gekümmert.

Die Vorderseite der Karte zeigte ein altes Kopenhagen. Die Aufnahme war, genauso wie die erste, leicht verschwommen, wirkte ein bisschen unwirklich, als schaute man sie durch eine Dunstglocke an. Doch ich wusste, sie war real, vor über hundert Jahren hatte Alois diese Karte gekauft und an seine Laura verschickt. Es war eine Ewigkeit her, und doch schien es mir gerade ganz nah.

Eine Karte aus Malmö hatte er ebenso geschrieben, es war die letzte in der Sammlung, die Sam gefunden hatte.

Nun, da wir zwei Monate voneinander getrennt sind, merke ich erst, wie sehr ich dich liebe. Auf bald, meine Laura. In ewiger Liebe, Dein Alois. Juli 1909.

Ich seufzte leise. So viel Romantik in so wenigen Zeilen. Das war wirklich ein besonders schöner Fund. Und Sam hatte recht, die Karten erzählten eine Geschichte. Zwar wussten wir nicht, was nach Alois' Heimkehr geschehen war, aber zumindest war offensichtlich, dass Alois und Laura sich sehr geliebt hatten.

Sams Leuchten in den Augen verriet mir, dass er es genauso aufnahm wie ich, dass auch ihm diese Geschichte zu Herzen ging.

»Ich glaube fest, als er heimgekehrt ist, hat ihn Laura ihn voller Sehnsucht erwartet, und die ersten Tage und Wochen war ihr Wiedersehensglück perfekt. Danach sind sie in ihr gewohntes Leben zurückgekehrt, nur wussten sie ihr Miteinander viel mehr zu schätzen als zuvor«, führte er die Geschichte fort. Und ja, vielleicht war es genau so gewesen. Ich stellte es mir gerne so vor.

»Möchtest du die Karten behalten?«, fragte ich.

Erstaunt hob er eine Braue. »Ich … ja, gerne … aber die bringen doch sicher etwas ein, wenn man sie verkauft?«

»Nicht wirklich. Höchstens Sammler wären vermutlich daran interessiert. Sieh es doch als kleine Aufwandsentschädigung für deine Hilfe.« Ich zwinkerte.

Sam lachte leise. »Okay … danke.« Er steckte die Karten sorgsam weg. »Machen wir weiter? Wir haben dieses Regal ja schon fast fertig«, sagte er dann und räumte es weiter aus. Ich schloss mich ihm an. Mit seiner Unterstützung wurden wir doch recht schnell fertig.

»Nochmals danke für deine Hilfe«, sagte ich, als wir unser Werk schließlich betrachteten. Ein weiteres leeres Regal.

»Du hast ja da noch einiges vor dir«, meinte er in Hinblick

auf die zahlreichen Regale, die eben noch nicht ausgeräumt waren.

»O ja ...« Aber zum Glück hatten wir ja auch noch Zeit, bevor Herr Jürgens mit seinen Mitarbeitern hier aufschlagen wollte.

»Hör mal ... ich glaube, die Coupons brauche ich nicht mehr, willst du sie vielleicht haben?«, sagte er plötzlich und reichte mir die Gutscheine für je ein Freigetränk in der neuen Bar in der Vorderreihe.

»Aber du ... wolltest doch mit Bine dahin«, entgegnete ich und musterte die bunt bedruckten Coupons, die die hell erleuchtete Vorderreihe bei Nacht zeigten.

Er zuckte mit den Schultern. »Ich denke, sie hat im Augenblick keine Zeit dafür. Mach dir doch mit deiner Schwester einen schönen Abend«, schlug er vor.

»Ehrlich?«

Er nickte. »Mein Dankeschön für die tollen Postkarten.«

Ich nahm die Gutscheine zögernd an. Glaubte er wirklich, dass Bine und er nicht mehr dorthin gehen würden?

»Ich muss jetzt auch los«, meinte er und streifte den Mundschutz ab.

»Klar ... danke für die Hilfe.« Ich brachte ihn zur Tür.

Dort angekommen, drehte er sich noch mal zu mir um und lächelte sanft. »Das war ... so verrückt es klingt ... ein echt schöner Abend. Auch wenn er völlig anders verlaufen ist, als ich erwartet habe.«

Ich lachte leise. »Findest du?« Eigentlich sah ich es genauso. Es hatte Spaß gemacht, und die eigentlich anstrengende Arbeit war in Sams Gegenwart leicht von den Händen gegangen.

»Ja, ich hab es genossen. Und diese Karten sind zauberhaft.«

Auch das sah ich genauso.

»Freut mich, dass wir dich ein bisschen aufheitern konnten.«

»Das haben der Laden und du auf jeden Fall geschafft.«

21. Kapitel

Ich wachte am nächsten Morgen mit klopfendem Herzen auf. Ich war nicht nervös. Es klopfte schneller, als wäre ich verliebt in dieses Haus, in den Löwensteg. Ein Gefühl von angenehmer Aufgeregtheit, wie ich es schon lange nicht mehr verspürt hatte.

Ich richtete mich auf und öffnete das Fenster, konnte sehen, dass Agnes bereits in der Konditorei zugange war.

Vorsichtig beugte ich mich etwas raus und konnte den Löwensteg in beide Richtungen runterblicken, auch ein Stück weit über die Rosenkreuzung hinweg. Überall erwachte gerade das Leben. Und ich merkte, wie sehr ich mich mit den Leuten hier und dem Löwensteg verbunden fühlte. Es motivierte mich für den Tag.

Nach dem Frühstück machten meine Schwester und ich uns auf den Weg, um unserer Hausbank einen Besuch abzustatten und die Lage zu besprechen. Ich legte dem Bankangestellten unseren Businessplan vor, den Em und ich die letzten Tage ausgearbeitet hatten. Allerdings war es ein ernüchterndes Gespräch, man befand, dass Trödelhandel nicht mehr zeitgemäß und nicht erfolgversprechend wäre, daher gab es keinen Kredit für das Konzept. Die Lage war also vertrackt.

»Der war total unfreundlich«, sagte Em enttäuscht, als wir die Filiale verließen. »Ich glaube, der hat nicht mal richtig zugehört. Oder es interessiert ihn nicht, wie wichtig uns das Geschäft ist.«

»Sieht so aus, als müssten wir die neue Einrichtung und die Renovierung erst mal ad acta legen.« So leid es mir tat.

Denn die Schimmelsanierung hatte Vorrang, und für beides reichte das Geld nicht aus.

Em spazierte zu der Kaimauer, setzte sich auf diese und schaute auf die Trave hinaus. »Nein, das kann ich nicht, Stella. Omas letzten Wunsch in zehn Jahren oder weiß ich wann zu erfüllen, das geht nicht. Welchen Sinn hätte das dann überhaupt?«

Ich stützte mich mit den Armen auf die Mauer und schaute ebenso aufs Wasser. Ein Segelboot schipperte vorbei.

»Aber was willst du machen, Emilie?«

Sie zuckte hilflos mit den Schultern. »Ich weiß es noch nicht. Aber mir wird etwas einfallen«, sagte sie entschlossen.

»Ach, Em …«

»Du hast nicht miterlebt, wie sehr sich Oma auf diese Theke gefreut hat, die, die sie in dem Katalog angekreuzt hat. Sie hat sich alles so schön ausgemalt. Alles war geklärt … alles in trockenen Tüchern. Und dann …«

Sie fuhr sich übers Gesicht. Die Sache schien sie sehr zu belasten.

Ich konnte es verstehen. Unser Plan, den Laden nach der Schimmelsanierung neu einzurichten, hatte auch mich motiviert. Aber woher sollten wir das Geld nehmen, wenn nicht stehlen? Wobei der Gedanke, diesen unfreundlichen Bankangestellten zu überfallen, etwas für sich hatte.

»Mir fällt etwas ein«, murmelte Em noch einmal, diesmal jedoch mehr zu sich selbst. Im Laufe des Tages googelte ich spaßeshalber und ohne allzu ernste Absichten nach einem Uni-Wechsel. Ob dieser rein theoretisch möglich wäre, welche Unterlagen man brauchte und ob die bisherigen Leistungen anerkannt würden. Es war nur ein Gedankenspiel, aber eines, das mit zusehends besser gefiel. Was, wenn ich in den Löwensteg zurückkäme und mit Em den Laden führte, während ich hier das Master-Studium fortsetzte? Nach dem Abendbrot arbeitete ich noch etwas im Garten, das entspannte mich. Ein

Blick rüber zur Pension verriet, dass dort ein paar Gäste den Abend genossen und Dotti mit kleinen Leckereien verwöhnten, die sie dazu animierten, den Leuten um die Beine zu streifen. Gundi servierte ihnen Getränke, kam dann zum Zaun herüber und grüßte mich. »Das sieht doch schon toll aus, dein Beet.«

»Ach na ja«, ich winkte ab. »Ich glaube nicht, dass da was wächst.«

»Ist ja auch noch lange nicht Sommer, gib der Sache Zeit«, meinte sie.

»Das mit dem Beet wird schon. Und alles andere auch.« Sie nickte zum Haus rüber. »Da bin ich sicher.«

Ihr Wort in Gottes Ohr ...

Ein Gast hatte noch einen Wunsch, und Gundi verabschiedete sich von mir, um ihn zu bedienen.

Als ich kurz darauf nach oben kam, waren Em und Mandy eifrig am Diskutieren. Sie saßen im Wohnzimmer, hatten einen Laptop vor sich aufgebaut und schienen ein paar Webseiten zu studieren.

»Siehst du ... das sind die Geschäftsbedingungen, und man kann damit durchaus was reißen«, hörte ich Mandy sagen.

»Was macht ihr denn da?«, unterbrach ich die beiden.

»Stella, setz dich zu uns. Mandy hat eine Idee!«, verkündete Em, und ihre Augen strahlten vor Begeisterung. »Die wird hoffentlich all unsere Probleme einfach wegfegen!«

»Was denn für eine Idee?«, hakte ich nach und nahm auf der Couch Platz.

»Wegen der Renovierung eures Ladens.«

»Die muss leider hintanstehen, erst kommt der Schimmel weg«, sagte ich. Und darauf mussten wir ja noch ein paar Wochen warten ...

»Ja, das ist mir bewusst. Nur wollt ihr doch bestimmt gerne so schnell wie möglich danach mit der Neueinrichtung beginnen. Und da hätte ich einen Vorschlag.«

»Ach ja?«

Sie richtete den Bildschirm des Laptops in meine Richtung aus.

»Na ja, es ist sicher nicht die Mutter aller Lösungen, aber einen Versuch ist es wert.«

»Jetzt mach es bitte nicht so spannend, was schwebt dir vor?«, wollte ich wissen.

»Ich habe mir überlegt, dass ihr eure Trödelware im Internet versteigern könntet. Es gibt ja genügend Portale, wo man das machen kann. Und anstatt zu warten, bis der Schimmel entfernt und die Regale wieder aufgebaut sind, um dann zu hoffen, dass viele Kunden kommen, könntet ihr die Sachen schon jetzt anbieten. Fotografiert sie, stellt sie online und versteigert sie.« Mandy zeigte mir ein paar Beispiele, wie andere Leute es handhabten, und schaute mich dann neugierig an.

Ich fand die Idee großartig! Dass wir da nicht selbst draufgekommen waren. Wir hatten so viel Klimbim, da fand sich doch sicher jemand im Netz, der genau das suchte, was wir hatten! Ein paar Sachen waren vielleicht sogar wertvoll, sodass man auf einen guten Preis kam, wenn genügend Leute ein Gebot abgaben. Jedenfalls schienen die Leute auf dieser Beispielseite durchaus bereit, einiges für einen alten Zylinderhut zu zahlen. Davon hatten wir fünf im Sortiment!

»Mandy! Das ist genial«, freute ich mich.

»Oh, wow … Schauen wir erst mal, wie es angenommen wird. Ich möchte nicht, dass ihr später enttäuscht seid«, lenkte Mandy ein.

»Keine Sorge, ich habe keine zu hohen Erwartungen«, versicherte ich. Doch ich sah auch die Hoffnung in Ems Augen, das allein brachte mich dazu, der Sache unbedingt eine Chance zu geben!

22. Kapitel

Am nächsten Tag durchsuchten Em und ich das Geschäft nach passenden Objekten für eine Online-Versteigerung. Ich erinnerte mich, dass in einigen der bereits gepackten Kisten recht schöne Dinge waren, die vielleicht auch einen gewissen Wert hatten.

Mandys Idee hatte uns beide beflügelt. Es war erstaunlich, doch Mandy war inzwischen wie Familie für mich. Und dass sie uns so sehr unterstützte, verstärkte das Gefühl noch.

Wir entnahmen alte Kaminuhren, noch ältere Bilderrahmen, Brieföffner und andere Dinge, die schon einiges an Jahren auf dem Buckel hatten. Es waren Gegenstände, die sich vom gewöhnlichen Trödel unterschieden, da sie etwas wertvoller erschienen. Zumindest hatte Oma für solche Waren höhere Preise angesetzt.

»Ich denke, diese Dinge könnten für Bieter am interessantesten sein«, sagte ich und griff nach einer verzierten Buchstütze. Diese war aus Holz geschnitzt und stellte ein Einhorn und einen Löwen dar, wodurch sie ein wenig königlich wirkte. Fast als käme sie aus der Zeit von Heinrich dem Löwen.

»Sind das eigentlich Originale?«, fragte meine Schwester.

Sie antik zu nennen wäre arg übertrieben gewesen, aber das Objekt sah aus, als könnte es wirklich alt sein.

»Ich weiß es nicht, da müssten wir in Omas Preisliste gucken. Du weißt ja, sie hat sich einiges an Wissen über alte Dinge angeeignet.« Ich ging kurz in ihr Büro und holte einen dicken Ordner, den ich auf der Theke aufklappte. Sie hatte Aufzeichnungen über besondere Gegenstände geführt, leider nicht besonders gut geordnet, doch tatsächlich fand ich rasch

Informationen zu der Kaminuhr und der Buchstütze, als ich darin blätterte. Omas Handschrift war bemerkenswert, sehr akkurat und sauber.

»Beide Gegenstände stammen aus dem frühen 20. Jahrhundert, und Oma hat ihren Wert auf je fünfundsiebzig Euro geschätzt. Das könnte dann unser Startgebot sein.«

Em nickte. »Klingt vielversprechend. Insbesondere, wenn mehrere Leute bieten, dann steigert sich der Wert.«

»Genau, nehmen wir also die Kaminuhr und die Buchstütze als unsere Testballons.«

»Einverstanden.«

Ich legte beide Dinge zur Seite und machte die Kiste wieder zu, räumte sie in den Stapel zurück. Wie es mich freute, dass meine Schwester wieder so motiviert war.

Em schnappte sich die Kaminuhr und lächelte. »Ich kann mir wirklich vorstellen, wie die auf irgendeinem Kamin stand, der vielleicht einer einfachen Familie gehört hat.«

»Bestimmt war es eher eine wohlhabende Familie, solche Dinge konnten sich früher nicht alle leisten.«

Sie nickte. »Eine dieser Uhren, die man per Hand aufziehen muss. Wer das wohl täglich gemacht hat?«

Man konnte sich in solchen Gedanken verlieren. Ich setzte mich neben sie, hörte ihr zu, wie sie ihrer Fantasie freien Lauf ließ. All unsere Sachen hatten irgendwann irgendwem gehört und diesem Jemand etwas bedeutet. Diese Uhr bildete vermutlich keine Ausnahme.

»Hör mal, ich denke, wir sollten von jetzt an alle Dinge, die alt und wertvoll erscheinen, gesondert lagern, wenn wir die Regale weiter ausräumen. Also alles, was für eine Online-Versteigerung geeignet ist, in eine extra Kiste tun.«

So konnten wir zumindest etwas Überblick in diesem Chaos behalten.

»Da bin ich ganz bei dir, Stella.«

Danach platzierten wir die beiden Stücke im Garten auf einen Tisch.

Em machte ein paar Bilder mit ihrem Handy, die recht gut wurden und für einen ersten Versuch im Online-Auktionshaus definitiv ausreichten.

Es machte richtig Spaß, gemeinsam mit ihr den besten Winkel zu finden, auf Schatten und Lichtwirkung zu achten.

»An dir ist aber eine Profifotografin verloren gegangen«, sagte ich lachend.

»Ich habe viele noch unentdeckte Qualitäten.«

Ich grinste. »Zweifelsohne.«

»Wir sollten dann auch gleich die Fotos auf den Laptop laden und sichten«, überlegte sie. »Dann können wir auch einen Account anlegen und den ersten Versuch starten. Ich kann es gar nicht erwarten.« Ihr Optimismus riss mich mit.

Ich nickte. »Klingt nach einer tollen Idee.«

Es dauerte gar nicht lange, da hatten wir unsere Kaminuhr zum Bieten im Online-Auktionshaus eingestellt. Drei Tage sollte die Versteigerung dauern. Ich war ziemlich gespannt, ob und wenn ja wie viele Interessenten mitbieten würden. Ein bisschen sorgte ich mich aber auch um Emilie, wie sie reagieren würde, wenn der erhoffte Erfolg ausblieb.

Nein, das durfte nicht passieren. Die Neueinrichtung war ihr wichtig. Wichtiger als alles andere.

Und zu meiner Freude hatten wir am Abend bereits vier Bieter, das Gebot war nun bei hundertfünfzig Euro, was ich unglaublich fand!

Ems Wangen glühten vor Aufregung. »Das ist ja toll! Und hoffentlich nur der Anfang.«

Es war ein Erfolg, aber wir mussten zwanzigtausend Euro zusammenbekommen, wenn wir die Einrichtung erstehen wollten, die Oma sich ausgesucht hatte. Das war kein Pappenstiel. Und als die Auktion schließlich Freitagabend endete, war der Preis immerhin auf zweihundertfünfzig Euro angestiegen.

Em war begeistert und fest überzeugt, dass nun jede unserer Auktionen so gut laufen würde. Sie hatte sogar ein eigenes Buch für die Einnahmen angelegt, um errechnen zu können, wie viel uns noch für die zwanzigtausend fehlte. Ich hatte Sorge, dass es ein einmaliger Glücksfall gewesen war und Ems Hoffnung wie eine Seifenblase zerplatzte.

»Wir schauen mal, wie es sich entwickelt«, versuchte ich uns ein bisschen auf den Boden zurückzuholen. Schließlich kam es nicht nur darauf an, was man im Internet-Auktionshaus anbot, sondern auch, ob ein Interessent die Sachen überhaupt entdeckte.

»Ja, du hast recht. Aber wir legen einen guten Start hin, das ist ja schon mal etwas«, sagte Em und begrüßte Mandy, die gerade vom Büro heimkam.

»Was für eine Woche! Ich glaube, ich strecke jetzt einfach alle viere von mir und schlafe direkt ein«, sagte diese. Bei sich trug sie eine Tasche über der Schulter. »Ich war noch mal zu Hause und hab mir frische Sachen geholt«, erklärte sie.

»Ich finde, du solltest deine Wohnung aufgeben und herziehen. Dieses Haus ist doch inzwischen dein Zuhause«, meinte Em und küsste sie zärtlich.

»Du hast recht, ich liebe es hier. Wenn es niemanden stört, dass ich einziehe …« Sie warf mir einen Blick zu, als bräuchte sie meine Erlaubnis.

»Ich fände es toll«, musste ich zugeben. Mandy gehörte zur Familie, ohne Zweifel. Und ein bisschen beneidete ich sie auch, sie zog immerhin in das schönste Haus der ganzen Straße. Wieder einmal merkte ich, wie wenig ich Berlin vermisste.

Mandy lächelte erfreut, brachte ihre Tasche in Ems Zimmer und kehrte zurück, um sich in den Sessel fallen zu lassen.

»Keine Ahnung, wie mein Vater es macht, aber er zieht täglich neue Kunden an Land. Ich glaube, er muss bald neue Leute einstellen.«

Em streichelte Mandys Schultern. »Und du willst den ganzen Abend verschlafen?«

»Ich spiele mit dem Gedanken.«

»Dabei gibt es was zu feiern. Wir haben nämlich die Kaminuhr für zweihundertfünfzig Euro verkauft!«

Mandy richtete sich auf. »Echt? Das ist aber schon ganz gut, oder?«

Ich nickte.

»Wie wäre es, wenn wir darauf einen trinken?«, schlug Em vor.

Da fiel mir etwas ein. »Zufällig kenne ich eine tolle neue Bar in der Nähe, für die ich außerdem zwei Coupons für Freigetränke habe. Die sollten wir mal ausprobieren«, brachte ich mich ein.

»Coupons? Wo hast du die denn her?«, hakt Em nach.

»Aus dem Briefkasten?«, mutmaßte Mandy.

»Von Sam«, verplapperte ich mich.

Beide sahen mich plötzlich mit einem breiten Grinsen an.

»*Der* Sam?«, hakte Em nach.

»Ja ... *der* Sam ...«

Mandy grinste. »Na, wenn das so ist, muss ich mitkommen. Wir haben wohl einiges zu besprechen.«

23. Kapitel

»Wann hast du ihn gesehen? Wo habt ihr euch getroffen? Seht ihr euch wieder?«

Ich fühlte mich ein bisschen, als wäre ich wieder ein Teenager, als Mandy und Em mir das Ohr auf dem Weg zur Bar abkauten. Widerwillig beantwortete ich ihre Fragen und war froh, als wir dort ankamen, denn ich brauchte jetzt dringend etwas Alkoholisches, wenn ich diese Fragestunde überstehen wollte. Denn gewiss wollten die beiden noch mehr wissen.

Wir setzten uns an das große Fenster, das einen Blick auf die Prinzenbrücke erlaubte. Leise Musik drang aus den Boxen. Die Bar war gut besucht, tropische Deko stimmte bereits auf den Sommer ein. Die ersten Sterne funkelten am Himmel. Obwohl es spät und somit ein bisschen frisch war, verzichteten bereits die ersten Leute auf ihre Jacken.

»Wirklich eine nette Bar. Hab gar nicht gewusst, dass die hier eröffnet hat«, meinte Em, schob ihren Stuhl zurecht und musterte den Pappaufsteller mit den Cocktails.

»War mir vorher auch nicht bekannt«, gab ich zu.

»Und wie hast du sie entdeckt, Stella? Durch Sam!«, kam Mandy aufs Thema zurück.

»Leute … ich habe es verstanden, ihr meint, ich sollte nicht länger Single sein. Aber es gibt ein Problem. Ich genieße diesen Umstand und will ihn nicht ändern. Außerdem, Sam ist vergeben. Er und ich sind nur Freunde.«

»Aber er hat dir beim Ausräumen im Laden geholfen«, erinnerte mich Em. »Das macht man doch nicht einfach mal so, wenn man sich noch nicht so lange kennt.«

»Ja, weil seine Freundin«, ich betonte das Wort ›Freundin‹, »ihn versetzt hat.«

»Ach, Stella, wir machen doch nur Spaß und ziehen dich ein bisschen auf«, sagte Mandy.

»Ich tu das nicht. Ich finde wirklich, dass du nicht länger Marius nachweinen solltest und dich ruhig umorientieren könntest. Denk doch mal nach, wie oft du Sam schon begegnet bist. Das kann kein Zufall sein …«

»Ich trauere Marius nicht mehr nach und wäre euch dankbar, wenn wir das Thema lassen könnten … Ich bin zufrieden, wie es ist.« Ich war ein wenig ruppiger geworden, als ich es gewollt hatte. Doch das Thema strapazierte mich ein wenig.

»Tut mir leid«, sagte Em. »Wir wollten dich nicht nerven. Und du hast ja auch recht …«

»Von mir auch sorry.«

»Schon vergessen«, gab ich nach.

Ich dachte nun dennoch an Sam, nachdem er so beharrlich unser Thema gewesen war. Auch an unseren besonderen Fund mit den Postkarten und daran, was für ein schöner Abend das gewesen war. Zugeben musste ich es, ich hatte seine Gesellschaft genossen. Und ich mochte seine lachenden Augen.

Ich konnte ja auch verstehen, dass Mandy und Em sich Gedanken machten, schließlich liefen Sam und ich uns dauernd über den Weg, was ja tatsächlich ein komischer Zufall war. Aber das musste noch lange nichts bedeuten.

»Ihr müsst den Blue Ocean bestellen, der ist ein Traum, das verspreche ich euch«, erklärte uns eine Kellnerin.

Mandy und Em lächelten. »Können wir den mit den Coupons bestellen?«

»Ja, das geht.«

»Na gut, einen Versuch ist es wert!«, sagte meine Schwester. »Und für den dritten Cocktail legen wir dann einfach zusammen.«

Unsere Cocktails ließen nicht lange auf sich warten. Und zu meinem Glück war das Thema Sam auch erst mal erledigt. Mandy hob ihr Glas, als wollte sie einen Trinkspruch anbringen.

»Auf unseren ersten Online-Verkauf«, sagte sie dann auch. Unsere Gläser klirrten aneinander.

»Mmh, die sind ja wirklich großartig«, befand sie dann, nachdem sie einen Schluck probiert hatte.

Em und ich konnten ihr nur recht geben. Er war frisch, ein wenig süß und ziemlich bunt, leuchtete in blauen bis grünen Tönen.

Wir genossen den Abend in vollen Zügen, lachten viel und tranken noch weitere Cocktails, irgendwann wollten Mandy und Em allerdings aufbrechen, es war schon kurz vor Mitternacht. Ich überlegte, mich ihnen anzuschließen, als mir ein Mann an der Bar auffiel, der mir überaus bekannt vorkam. Dunkle Haare, ein dünner Norwegerpulli, Jeans. Er sah aus wie Sam. Zuerst dachte ich, ich würde mir die Ähnlichkeit nur einbilden, weil das Thema Sam heute Abend so dominant gewesen war. Doch es war bei näherem Hinsehen tatsächlich Sam, der ein wenig niedergeschlagen wirkte, was mich mindestens genauso irritierte wie der Umstand, dass wir am selben Abend in derselben Bar saßen. Schon wieder so ein Zufall? Allmählich war das ja wirklich komisch.

Er sah nicht gerade glücklich aus, vielmehr hing er wie ein Schluck Wasser über der Theke.

Was war nur mit ihm los? Er war doch sonst immer eine Frohnatur. Das machte ihn aus, ein Sam ohne Lächeln im Gesicht war kein Sam!

Irgendetwas stimmte da nicht. Und schon wieder war er allein, wie in letzter Zeit immer, wenn ich ihn traf. Wo steckte Bine? Warum war sie nicht für ihn da? Sie hatten die Bar doch zusammen ausprobieren wollen.

»Geht ihr nur vor, ich bleibe noch einen Moment«, sagte

ich und schickte Em und Mandy los, die sogleich Arm in Arm fortzogen.

Ich hingegen schnappte mir mein Glas und schlenderte zur Theke rüber. »Ist hier noch frei?«, fragte ich.

Sam hob den Blick, seine Augen wirkten müde und etwas glanzlos. Aber dann erkannte er mich und nickte.

»Klar«, sagte er und spielte mit dem Glas in seinen Händen. Ein Seufzen kam ihm über die Lippen. Immer noch kein Sam-Lächeln, verdächtig!

»Alles okay?«, hakte ich nach.

Er zuckte lustlos mit den Schultern und deutete dann dem Barkeeper an, ihm den Drink nachzufüllen. Dabei wirkte er eigentlich, als hätte er bereits genug getrunken. Ich bildete mir jedenfalls ein, eine kleine Fahne zu bemerken.

»Was ist los?«, forderte ich zu erfahren. Zwar kannte ich Sam nicht so gut, aber immerhin gut genug, um zu erkennen, dass er nicht er selbst war.

»Weißt du, ich hab's … mir überlegt … ich will doch lieber allein sein.«

Es tat ein bisschen weh, dass er das sagte.

»Warum gehst du nicht … zu deinen Freundinnen?« Seine Aussprache war etwas undeutlich. Er sah auch ziemlich fertig aus.

Offenbar meinte er Em und Mandy, die ja längst gegangen waren, was aber auch hieß, dass er mich bereits bemerkt haben musste, bevor ich ihn entdeckt hatte. Doch er war nicht zu uns an den Tisch gekommen, hatte sich hierhin verkrümelt, was mir nur noch mehr Sorgen machte.

»Ich will dir doch nur helfen«, sagte ich sanft.

»Kannst du nicht …«

»Wenn du mir nicht sagst, was los ist …«

»Bine«, meinte er und zuckte abermals mit den Schultern. Nachdem sein Glas nachgefüllt worden war, kippte er es in einem Zug runter.

»Was ist mit ihr?«

»Als ich … gestern Abend heimgekommen bin, war sie nicht da. Ich habe mir erst … nichts bei gedacht, dachte, sie übernachtet wieder mal bei Didi, wie so oft in letzter Zeit.« Er lachte bitter.

»Ich konnte ja nicht ahnen, was … wirklich abläuft.« Er straffte die Schultern, bemühte sich um eine klare Aussprache. »Dass Didi gar keine Frau, sondern ein Kerl ist! Dann hab ich ihren Abschiedsbrief oder vielmehr Zettel an der Kühl-schranktür gefunden. Sie steht mehr auf Abenteurer. Deswe-gen ist sie mit Didi auf dessen Boot davongesegelt … in den Sonnenuntergang!«

»Was?« Das konnte ich nicht glauben.

»Sie hat mich betrogen. Die ganze Zeit schon. Keine Ah-nung wie lange. Sie ist ja weg, ich … kann sie nicht fragen. Sie soll ruhig bleiben, wo der Pfeffer wächst.«

Das musste wirklich ein Schock für ihn sein. Kein Wun-der, dass er fertig aussah.

»Das ist bitter.« Ich strich ihm mit der Hand über den Rü-cken. Derart abserviert zu werden hatte niemand verdient.

Außerdem, die beiden hatten doch recht glücklich gewirkt. Aber das täuschte eben manchmal. Ich hatte sie ja nur einmal zusammen erlebt.

Sam winkte ab. »Schon okay. Ich komm … klar.«

Er wollte noch einen Drink. Der Barkeeper zögerte und warf ihm einen Blick zu, als wollte er sagen: Das ist aber der letzte. Dann füllte er ihm nach.

Ohne zu zögern kippte Sam seinen Drink erneut in einem runter.

»Noch einen, bitte!«

»Ich glaube, das reicht jetzt«, sagte ich zu Sam. »Vielleicht rufe ich dir lieber ein Taxi.«

»Ich will aber hierbleiben und mich betrinken, das ist mein gutes Recht.«

»Sie hatten wirklich schon ein paar Drinks zu viel«, half mir der Barkeeper.

Sam seufzte. »Ihr seid ... Spielverderber.«

Ich hatte schon das Smartphone in der Hand und bestellte einen Wagen zur Bar.

»Ist alles Scheiße«, murmelte er.

»Ja, ich weiß.« Genauer gesagt, niemand wusste es besser als ich, schließlich war ich auch erst vor kurzem abserviert worden. Man fühlte sich danach wie durchgekaut und ausgespuckt. Ehrlich gesagt sah Sam auch gerade genau so aus.

Ich half ihm erst mal hoch, er konnte jedoch allein stehen.

»Ihr müsst durch den Hinterausgang, die Vorderreihe ist wie immer zu dieser Jahreszeit autofrei. Das Taxi hält also in der Kurgartenstraße«, gab mir der Barkeeper einen Tipp und deutete den Gang runter, der rückseitig nach draußen führte.

»Danke.«

Ich bezahlte die Drinks und brachte Sam raus, wo wir uns über eine Art Hinterhof zur Kurgartenstraße bewegten, an der wir uns auf den Bürgersteig setzten. Es war spät und entsprechend dunkel, doch wir saßen genau im Kegel einer Straßenlaterne, weswegen ich nur zu gut erkennen konnte, dass seine Augen leicht gerötet waren.

»Alles okay?«, fragte ich Sam, weil er um die Nase wiederum ein bisschen blass wirkte.

»Klar doch ...«

Aber so klar fand ich das gar nicht. Ich hoffte nur, dass ihm nicht auch noch übel wurde nach so vielen Drinks.

»Tut mir echt leid, dass dir das passiert ist.«

»Kannst du doch nichts für.«

Ich sah ihn an, musterte seine traurigen Augen und vermisste das Lächeln, das sonst in ihnen lag. Ich war ehrlich wütend auf Bine. So machte man nicht Schluss. Mit einem Zettel am Kühlschrank? Also ehrlich!

Ein helles Auto hielt vor uns, blinkte, weil es in zweiter

Reihe parkte. »Da ist dein Taxi«, rief ich, half ihm hoch, um ihn auf den Rücksitz des Wagens zu bugsieren. Vergeblich versuchte er sich anzuschnallen, weswegen ich spontan zu ihm stieg und ihm half, den Gurt festzumachen.

Besser, ich brachte ihn bis nach Hause, überlegte ich. Sicher war sicher. Und Sam war gerade in jedem, nur keinem guten Zustand.

»Wohin soll's denn gehen?«, fragte der Fahrer.

Sam nannte ihm die Adresse und schaute mich verblüfft an, dass ich noch bei ihm saß. »Musst du nicht aussteigen?«

Ich schnallte mich auch an. »Eigentlich schon, aber ich hab keine ruhige Minute, wenn ich nicht weiß, dass du sicher zu Hause angekommen bist.«

Sam lächelte … erst zaghaft, dann immer breiter. »Das ist nett.« Dann lehnte er den Kopf auf die Polsterung der Rückbank und schloss die Augen.

Sam lebte in einer Wohnung im Viertel St. Lorenz Nord. Nachdem wir dort angekommen waren, hatte er mich gefragt, ob ich noch einen Kaffee trinken wolle. Inzwischen war er wieder etwas klarer im Kopf, wie er sagte, und es war ihm unangenehm, dass er mir Mühe gemacht hatte.

Spontan hatte ich zugesagt, stand nun also in seiner Wohnung und schaute mich um.

In dem Regal gegenüber der Tür fanden sich Hunderte von DVDs. Außerdem entdeckte ich zwei Stargate-Universe-Poster an der Wand, dazu noch ein weiteres, das einen Ausschnitt des Universums und ein paar astronomische Geräte zeigte, die historisch aussahen. Ich war mir nicht ganz sicher, ob die Abbildungen echte Werkzeuge darstellten oder ob das auch in den Bereich Science-Fiction einzuordnen war.

»Tut mir leid … ist nicht aufgeräumt«, sagte er und bot mir einen Platz auf der Couch an. Ehrlich gesagt, so schlimm sah es gar nicht aus. Dann verschwand er in einer Seitentür am Ende des Raums, kurz darauf hörte ich den Wasserkocher blubbern.

»Geht auch Instant-Kaffee? Ich habe leider nichts anderes da.«

»Ja, klar.«

Mein Blick wanderte erneut zu dem Regal, in dem ich auch kleine Skulpturen von Star-Trek-Figuren ausmachte. Und unsere Postkarten. Er hatte sie vorsichtig aufgestellt, mit den Bildern nach vorne. Es rührte mich, dass sie ihm etwas zu bedeuten schienen.

Sam kam zurück und reichte mir eine dampfende Tasse.

»Ich kann mich nur entschuldigen«, meinte er und sah mich aus seinen dunklen Augen sanft an, bevor er sich neben mich setzte. »Ich habe mich selten so blamiert.«

»Ach, das war doch keine Blamage«, versicherte ich ihm und winkte ab, nahm dann einen kleinen Schluck. »Ich hätte fast meinen Ex geküsst, obwohl der es gar nicht wollte. Aber ich war überzeugt, dass er noch Gefühle für mich hätte. Irrtum. Das ist peinlich.«

»Autsch«, musste er grinsend zugeben.

Wenigstens lächelte er.

»Tut mir leid, du hast wohl auch keine rosigen Zeiten hinter dir?«, meinte er dann.

»Sicher nicht.«

Er legte den Kopf in den Nacken und schaute zur Decke hoch. »Ich verstehe nicht, wieso ich es nicht kommen gesehen habe ... ich komme mir echt ein bisschen blöd vor. Das lief alles direkt vor meiner Nase ab ... Sie hat Didi, ihre neue beste ›Freundin‹, dauernd erwähnt ...« Sam fuhr sich mit beiden Händen über die Stirn, er tat mir leid, erneut wirkte er niedergeschlagen, was ich nur zu gut nachempfinden konnte. Bine hatte sich auf eine Weise verabschiedet, die ich ihr krummnahm. Gerade Sam schien doch ein feiner Kerl zu sein, hätte sie das nicht anders handhaben können, anstatt ihm jetzt auch noch das Gefühl zu geben, ein Dummkopf zu sein? Was er definitiv nicht war. Wenn man liebte, vertraute man eben.

»Gib mir mal dein Handy«, sagte ich spontan und hielt die Hand auf.

»Wieso ...?«

»Gib es mir einfach«, meinte ich zwinkernd. Er zog es aus seiner Hosentasche und reichte es mir, schaltete es frei.

Ich gab etwas ein und ihm danach das Gerät zurück. Dabei berührten sich unsere Hände, nur ganz kurz, aber ein kleines Knistern war zu spüren, als wären wir elektrisch aufgeladen.

Ich atmete geräuschvoll ein, bemerkte seinen sanften Blick und lächelte ihn an.

»Jetzt hast du meine Nummer. Falls was ist, du jemanden zum Reden brauchst oder einfach noch mal Lust auf einen Drink hast ...«

Er lächelte zurück. »Danke, Stella. Aber das war vielleicht ein Fehler. Ich komme womöglich darauf zurück.«

»Kein Fehler. Deswegen habe ich es ja gemacht«, sagte ich. Er hatte sich so nett um mich gekümmert, es war nur fair, es ihm gleichzutun, außerdem machte es mir Spaß mit ihm. Gut, wenn er besser drauf war, war es viel lustiger. Aber selbst in Situationen wie diesen schien er seinen Humor nicht ganz zu verlieren.

Ein Blick auf die Uhr verriet allerdings, dass es nun doch recht spät war.

»Ich sollte gehen. Kommst du klar?«

Er nickte.

Ich trank rasch meinen Kaffee aus und verabschiedete mich.

»Danke, dass du für mich da warst«, meinte Sam, als er mich zur Tür brachte.

Dabei war das doch selbstverständlich. Es war trotz allem ein wirklich netter Abend gewesen. Und als ich durch den

Hausflur die Treppen runterging, hatte ich das Gefühl, dass Sams angenehmer Duft mich noch umwehte.

24. Kapitel

In den folgenden Tagen räumten wir den Laden leer. Die Regale, die wir wegen der Geldproblematik weiter verwenden wollten, wurden von Gundis Mann Bernd auseinandergeschraubt, weil sie so leichter zu transportieren waren. Anschließend beluden wir mit der Hilfe von Bernd, Gundi und Agnes einen gemieteten Transporter mit all den Kisten und verbliebenen Möbeln, bis sie sich in dem Anhänger bis zur Decke stapelten. Untergebracht wurde unser Inventar in dem am Fischerei-Hafen gemieteten Container. Lediglich die Kisten mit dem Trödel, den wir online verkaufen wollten, blieben im Keller und somit griffbereit. Es dauerte den ganzen Tag, alles in den Container zu laden. Abends kehrten wir drei schließlich ins leergeräumte Geschäft zurück. Meine Arme fühlten sich genauso taub an wie meine Beine, zugleich schwer wie Blei. Ich hatte mich total verausgabt, und die anderen hatten es auch.

»Richtig unheimlich«, meinte Mandy, als wir unser Werk begutachteten. »Habt ihr gewusst, dass das Geschäft so groß ist?«

Sie hatte recht. Die Fläche wirkte plötzlich riesig. Und die Flecken an der Wand taten es auch, da wurde einem direkt ganz anders.

Irgendwann, kurz nachdem das Haus erbaut worden war, mussten die Inhaber auch an dieser Stelle gestanden haben, zu einem Zeitpunkt, als der Verkaufsraum noch jungfräulich gewesen war. Ich wusste, dass Opa das Haus einer Familie abgekauft hatte, die zuvor hier gewohnt und gearbeitet hatte, doch ich wusste nicht, was für ein Geschäft die Leute vor uns betrieben hatten.

»Es ist plötzlich, als wäre nicht nur Oma nicht mehr da, sondern auch der Laden verschwunden«, sagte Em leise. Sie stand etwas abseits, die Arme um ihren zarten Körper geschlungen. Als wäre sie in ihrer eigenen Welt.

Mir brach es fast das Herz, sie so zu sehen. Ich wusste, wie sehr es sie mitnahm, dass unsere Neueinrichtungspläne nun erst einmal auf Eis gelegt waren. Doch gerade wirkte sie noch viel blasser als sonst, was durch ihre dunklen Haare betont wurde.

Ihre Hoffnung lag auf den Online-Verkäufen.

Aber dann brach genau da die erste Flaute über uns herein. Gleich drei Objekte fanden gar keinen Interessenten. Andere fanden nur wenige Bieter, sodass wir kaum mehr als den angegebenen Startpreis einnahmen. Allmählich breitete sich etwas Frust aus, und die Hoffnung auf eine baldige Neueinrichtung schwand mehr und mehr, was Em jedoch nur noch besessener machte.

»Wieso bieten die denn plötzlich nicht mehr, was ist denn da los?«, fluchte sie beinahe täglich.

»Ich glaube, wir alle brauchen mal eine kleine Pause«, überlegte sich Mandy schließlich und schlug einen Labskaus-Abend mit DVD gucken und gemeinsamem Kochen vor. »Das nimmt den Druck raus und bringt uns auf andere Gedanken. Außerdem hat mein Vater mir heute freigegeben, das muss ich doch ausnutzen.«

Ich war sofort dafür.

»Machen wir es direkt heute Abend! Ich kaufe die Zutaten ein.«

»Das finde ich super, Stella.« Mandy zeigte mir den gehobenen Daumen.

Nur Em kaute etwas missmutig auf ihrer Unterlippe.

»Ja, schön für euch, dass ihr einfach abschalten könnt.

Aber ich kann das nicht.« Sie ließ sich ärgerlich in den Sessel fallen und schaute noch mal auf dem Laptop nach, ob doch jemand geboten hatte, was jedoch nicht der Fall war. Frustriert klappte sie den Laptop zu.

»Em … wir können es nicht erzwingen. Freuen wir uns doch, dass wir überhaupt ein paar Verkäufe haben.«

»Ich freue mich ja auch drüber, aber wir müssen das Geld für die Theke und die Regale zusammenbekommen und für die neuen Lampen, die Oma wollte.« Da hatte sie schon Malerkosten und die Installation des neuen Bodens abgezogen, denn wir waren zu dem Schluss gekommen, dass wir das selbst hinbekamen.

»Wir kriegen es ja zusammen, es dauert nur länger.«

Em stand wütend auf. »Und genau das ist doch das Problem!«, sagte sie und atmete tief durch. »Ich will Omas Wunsch erfüllen, aber nicht erst in fünf Jahren. Oma ist von uns gegangen, wie soll ich damit fertigwerden, wenn ich nicht mal das hinkriege? Und du weißt auch genau, wie schlecht es dem Laden in letzter Zeit ging und dass unsere Hoffnung, ihn wieder auf Vordermann zu bringen, auch auf der neuen Einrichtung mit neuen Konzepten basiert.«

Tränen standen ihr plötzlich in den Augen. Ich erschrak, hatte ich doch nicht geahnt, wie nah ihr die Sache ging. Und leider entwickelte sich nichts, wie es sollte.

»Süße, wir kriegen das hin«, versprach Mandy und zog Em in ihre Arme.

»Das kannst du nicht wissen. Am Ende müssen wir den Laden doch aufgeben oder sogar das Haus verkaufen. Das will ich auf keinen Fall.«

»Das lassen wir nicht zu. Wir tun alles, was in unserer Macht steht«, sagte ich und schloss sie ebenfalls in die Arme.

Em schluchzte leise.

»Dann nehmt es bitte ernst und schiebt es nicht auf die

lange Bank. Wenn das mit den Versteigerungen nichts wird, brauchen wir einen Plan B.«

»Wir überlegen uns was, versprochen. Aber nicht mehr heute. Heute wollen wir den lieben Gott einen guten Mann sein lassen. Einverstanden?«, schlug ich vor.

»Stella hat recht, es ist Freitag, das Wochenende steht vor der Tür«, sagte Mandy.

Em nickte. »Okay ... versuchen wir es. Immerhin mag ich Labskaus sehr gerne.«

»Ich mache mich auf den Weg und hole die Zutaten«, sagte ich motiviert und fuhr gleich zum Supermarkt, wo Corned Beef, Eier, Matjesfilets, Rote Beete, Kartoffeln und all die anderen Dinge, die wir fürs Labskaus benötigten, in meinem Einkaufswagen landeten. Ich hatte schon den imaginären Duft des Essens in der Nase, als ich noch an der Kasse stand und die Einkäufe aufs Band legte.

Nachdem ich alles verstaut hatte, machte ich mich auf den Heimweg. Dort angekommen, sortierte ich die Einkäufe in unsere Schränke ein. Den Rest des Tages kümmerte ich mich um den Garten. Dabei ging mir erneut durch den Kopf, wie wichtig Em dieses Unterfangen war. Mir war es das natürlich auch. Nur wusste ich eben, dass Oma für Emilie wie eine Mutter, die Bindung zu ihr also noch intensiver gewesen war, und das kam eben durch. Die neue Einrichtung war eng verknüpft mit der Rettung des Ladens, und wenn beides schiefging ... ich wollte es mir nicht ausmalen. Ich hasste es, Em leiden zu sehen. Aber was konnte ich tun, um das Geld zu beschaffen, das wir so dringend benötigten? Mir wollte nichts einfallen. Mein Blick glitt zu unserem Zaun, der den Garten von dem der Pension trennte. Hinter dem Maschendraht hockte die flotte Dotti und kniff die Augen ein wenig zusammen. Meine Arbeit an den Beeten schien ihre Aufmerksamkeit zu erregen. Nun gähnte sie jedoch, da es ihr wohl doch ein wenig zu langweilig geworden war. Katze müsste man sein, dachte ich. Dann hätte man weniger Sorgen. Ich säte ein paar Karotten aus und brachte die Utensilien dann in den Schuppen zurück. Als ich in den Wohnbereich zurückkam, um mir die Hände zu waschen, bemerkte ich, dass Mandy am Stubentisch vor dem Laptop hockte und ein Computerspiel zockte.

»Wo ist denn Em?«, wunderte ich mich. Die zwei sah man doch sonst nie getrennt.

Mandy drückte auf die Space-Taste, um das Spiel zu pausieren, und blickte zu mir hoch.

»Sie wollte ein Nickerchen machen.«

»Verstehe … vielleicht sehe ich besser nach ihr.«

»Ach, Stella, jetzt lass sie schlafen.« Sie hatte ja recht. »Lass uns lieber mit dem Kochen beginnen.« Sie nickte zur Uhr.

Wir holten alle Zutaten aus den Schränken, bereiteten Töpfe und Pfannen vor, als Em sich zu uns gesellte.

»Ich hab gar nicht mitbekommen, wie die Zeit verfliegt.«

»Kein Wunder, Schlafmütze«, neckte Mandy sie und küsste ihre Schläfe.

Em wirkte so zerbrechlich, dass mein Großer-Schwester-Alarm losging. Ich wollte sie beschützen, wusste aber partout nicht wie und fühlte mich hilflos. Der Gedanke, bald nach Berlin zurückzukehren, schmeckte mir nicht. Aber wollte ich das überhaupt noch? Mandy aber band Em direkt in unsere Tätigkeit ein, was meine Schwester sichtlich ablenkte.

»Du kommst genau rechtzeitig, wir wollen loslegen.«

Schnell sortierte Mandy die Zutaten auf dem Tisch und drückte Em ein Schneidebrett in die Hand.

Ich beobachtete, wie sie gemeinsam Kartoffeln schälten, dabei lachten und Em sich in die alte Emilie zurückverwandelte.

Die Stimmung war wie verwandelt, da kam mir die Idee, Sam zu fragen, ob er nicht mitkochen wollte. Wir hatten seit jenem Abend, an dem er mich noch zum Kaffee zu sich eingeladen hatte, einige Male getextet. Es schien ihm inzwischen besser zu gehen. Würde sicher Spaß machen, wenn er sich uns anschloss. Und guttun würde es ihm sicher auch. Em und Mandy hatten auch keine Einwände, vor allem Em schien sogar regelrecht darauf erpicht, dass ich ihn einlud.

»Der niedliche Nerd von der Seebrücke mit den Cocktail-Coupons ist mir immer willkommen.«

Ich ahnte, sie hatte erneut einen Hintergedanken, zumal sie nebenbei mitbekommen hatte, dass er wieder Single war. Aber das störte mich diesmal nicht. Alles, was sie ablenkte, war mir recht.

»Äh ja … genau der.«

»Worauf wartest du? Lad ihn ein.«

Also rief ich ihn spontan an. »Lust auf einen Labskaus-Abend mit DVD gucken?«, bot ich ihm an.

»Das klingt wirklich verführerisch. Bin gerne dabei«, erwiderte er und machte sich direkt auf den Weg zu uns.

Als ich eine halbe Stunde später die Tür öffnete, hielt er mir eine Flasche Batida de Coco vor die Nase. »Hatte ich noch zu Hause.«

»Oh, das ist nett, aber komm doch erst mal rein.« Er war ein bisschen nass, draußen hatte es angefangen zu regnen. Und eben der Geruch von frischem Regen haftete nun an ihm. Ich sog ihn instinktiv ein, weil ich dieses Aroma einfach mochte.

»Ich habe von draußen gesehen, dass ihr gut mit dem Laden vorangekommen seid.«

»Durch den Regen konntest du etwas sehen?« Es schüttete nun wirklich wie aus Kübeln. Immerhin war er offenbar von der kurzen Strecke vom Wagen zu unserem Haus klitschnass geworden.

»Eure Schaufenster sind riesig.«

Auch wieder wahr, dachte ich schmunzelnd.

»Ja, wir haben inzwischen alles eingelagert und warten jetzt nur auf den Beginn der Schimmel-Sanierung.«

Er zog seine Jacke aus, die am meisten vom Regen abbekommen hatte. Da sie wirklich tropfte, entschied ich mich, sie lieber mit nach oben ins Bad zu nehmen, um sie da über der Wanne abtropfen zu lassen.

Ich führte ihn die Treppe hoch in den Wohnbereich, kümmerte mich rasch um die Jacke und stellte ihm dann Mandy und Em vor, die uns aus der Küche entgegenkamen.

»Sam ist ein Freund von Jørgunn. Er ist Astronom und arbeitet als wissenschaftlicher Mitarbeiter an der Technischen Hochschule hier.«

»Freut mich«, sagte Em, schüttelte ihm die Hand und nahm ihm dann die Flasche ab. »Brauchst du vielleicht ein Handtuch?«

»Wäre nicht verkehrt«, erwiderte er.

»Ich hole dir eins.«

Dabei flüsterte sie mir im Vorbeigehen ins Ohr: »Er ist wirklich süß, Leo hatte recht.«

»Wie bitte?«, fragte Sam.

»Oh, ich meinte nur, das wäre was für unsere Freundin Leo. Die leider nicht hier ist, um die mit uns zu genießen.« Em hob die Flasche hoch und stellte sie auf den Wohnzimmertisch, um dann Richtung Bad zu verschwinden.

Kurz darauf kam sie wieder, reichte Sam ein Handtuch, mit dem er sich die Haare abrubbelte.

Vielleicht bildete ich es mir nur ein, doch ich meinte, nun den angenehmen Ostsee-Regen noch stärker wahrzunehmen. Oder waren es seine Haare, die so gut dufteten?

Ich zeigte Sam noch den Wohnbereich, danach machten wir mit dem Kochen weiter, Sam erhielt die ehrenvolle Aufgabe, die Eier in die Pfanne zu schlagen. »Das kriege ich hin«, versicherte er. Konzentriert widmete er sich seiner Pfanne, während Em sich wieder an mich heranschlich.

»Ich finde den so was von sympathisch.«

Em strahlte mich vergnügt an, und ich konnte förmlich ihre Gedanken lesen. Sie fand, dass Sam und ich ein süßes Paar abgeben würden. Das Problem war nur, dass weder er noch ich das so sahen. Wir waren einfach nur Freunde, die zufällig beide von ihren Partnern verlassen worden waren. Das verband natürlich. Aber man musste daraus auch keine große Sache machen, wie es Em tat.

Nachdem das Essen fertig war, setzten wir uns mit unseren Tellern auf die Couch, Em stellte noch ein paar Schalen mit Knabbereien bereit, dann schauten wir *Thelma und Louise* und genossen unser Werk.

»Ich muss zugeben, ich habe bisher immer einen Bogen um Labskaus gemacht«, gab Sam zu und steckte sich eine Gabel in den Mund, dabei verzog er genussvoll das Gesicht. Die sympathischen Fältchen bildeten sich auch in diesem Moment um seine Augen. »Aber das war ein Fehler, wie ich nun merke.«

Labskaus war nicht jedermanns Geschmack, die Mischung aus gestampften Kartoffeln, Roter Beete und Corned Beef mit Matjes war sicher gewöhnungsbedürftig, aber hier im Norden liebten wir es.

Es war daher keine Überraschung, dass mit dem Ende des Films auch alle Teller leergegessen waren.

Beherzt goss Em uns Batida ein und reichte jedem ein Glas.

»Noch ein Filmchen?«, hakte Mandy nach. Das Angebot schlug niemand aus.

»Ich schaue mal, was wir noch dahaben.« Sie ging zu unserem DVD-Regal, das im Vergleich zu dem ins Sams Wohnung nur eine Miniaturausgabe war.

»Hier, nehmt ein paar Chips«, meinte Em und schob uns die Schüssel über den Tisch zu. Sam und ich griffen gleichzeitig hinein und berührten uns. Der kurze Moment, in dem unsere Finger übereinanderstrichen, löste zu meinem Erstaunen erneut ein leichtes Kribbeln aus, wie neulich in seiner Wohnung, was mich meine Hand irritiert zurückziehen ließ.

»Oh, entschuldige. Du zuerst«, sagte er und deutete auf die Schale.

Em zwinkerte mir zu, als hätte dieser Augenblick der Berührung eine tiefere Bedeutung, was mir nur ein weiteres Seufzen entlockte.

»Erzähl mal, Sam. Astronomie ist doch sicher ein aufregendes Gebiet, dafür muss man sicher sehr clever sein«, fing sie ein Gespräch an. Ich hatte das Gefühl, sie wollte versuchen, ihn mir schmackhaft zu machen.

»Man muss Interesse an den Sternen haben, das ist richtig. Ich beschäftige mich in einer Arbeitsgruppe mit der Entstehung von interstellaren Strukturen, die wir mithilfe von Videoastronomie erforschen. Ich helfe derzeit außerdem bei der Organisation der Projekt-Tage der Technischen Hochschule mit. Wir bieten Workshops an und wollen das Interesse der Leute für die Astronomie wecken, neue Studentinnen und Studenten gewinnen.«

»Das klingt doch toll«, meinte Em begeistert.

Das fand ich auch, ziemlich beeindruckend.

»Ihr könnt gerne teilnehmen, die Projekt-Tage stehen jedem offen und sind dazu noch kostenlos für alle Teilnehmenden. Es wird auf dem Campusgelände auch ein mobiles Planetarium geben, in dem meine Kollegen und ich eine simulierte Reise durch unser Sonnensystem vorstellen werden.«

»Du hältst den Vortrag?«, fragte ich überrascht.

Sam lächelte verlegen und nickte.

»Die Show sollten wir uns auf jeden Fall ansehen, nicht wahr, Stella?«, drängte Em.

»Sicher!« Schließlich mochte ich ihn und wollte ihn unterstützen. Noch dazu war ich mehr als neugierig, wie er sich als

Moderator einer Planetariums-Show machen würde! »Das wird bestimmt richtig gut.«

Bildete ich es mir nur ein, oder bekam Sam einen roten Schatten auf den Wangen? Was, ich musste es zugeben, einfach süß aussah.

»Noch stecken wir mitten in der Vorbereitung. Ich sage euch Bescheid, sobald es losgeht«, versprach er.

»Was haltet ihr von *Alice in Wonderland*?«, unterbrach uns Mandy und hielt eine DVD hoch.

»Klar, mach rein«, sagte Em.

Mandy legte die DVD in den Player und kuschelte sich wieder zu Em in den Sessel.

Es wurde noch ein toller Abend, den ich in vollen Zügen genoss. Sam sichtlich auch, er wirkte viel entspannter als noch vor kurzem, auch sein Sam-Lächeln war zurückgekehrt, das ich so mochte.

25. Kapitel

Das Erste, was ich an diesem Morgen machte, war, einen Blick auf den Kalender zu werfen, um abzuzählen, wann endlich die Sanierung losging. Jetzt war es nur noch etwas mehr als eine Woche hin. Ein Licht am Horizont. Nach einer herrlichen Dusche wollte ich mich ums Frühstück kümmern. Der Abend gestern hatte mir gutgetan, es hatte Spaß gemacht mit Em, Mandy und auch Sam. Mal wieder so ein richtig schöner Freitagabend mit Freunden …

»Ich denke, sie mag ihn«, hörte ich Em zu Mandy sagen. Beide standen bereits in der Küche, räumten dort nach unserem DVD-Abend auf und bereiteten das Frühstück zu. Das verriet mir der Geruch, der bis in die Wohnstube zog. Speck brutzelte in der Pfanne.

Ich hielt inne und zugleich den Atem an. Noch hatten sie mich nicht bemerkt.

Ja, es war gestern wirklich nett gewesen, und ich mochte Sam. Sehr sogar. Aber anders, als Em es meinte, denn ich hatte gerade eine Trennung hinter mir, und bei ihm war es sogar noch frischer. Wie kam Em also auf diese Idee, da könnte mehr sein? Wir hatten doch noch mit unseren alten Dämonen zu kämpfen. Jedenfalls war das bei mir so.

»Meinst du?«, wunderte sich auch Mandy.

»Hast du nicht gemerkt, wie die sich angesehen haben? Immer wieder.«

Mandy lachte. »Ich glaube, du übertreibst, Em.«

Danke, Mandy, sagte ich in Gedanken. Aber meine kleine Schwester ließ sich nicht von ihrem Glauben abbringen.

»Wir werden sehen. Ich finde, die beiden waren total harmonisch zusammen. Vorher habe ich ihn ja nicht gekannt, aber ehrlich, die zwei ... da stimmt die Chemie. Und immerhin hat er uns zu seiner Premiere im Planetarium eingeladen.«

»Spätestens da sehen sie sich also wieder«, schlussfolgerte Mandy.

»Ich glaube, sogar noch etwas früher. Ich habe nämlich heute Morgen das hier gefunden.«

»Sein Handy?«

»Es lag in der Ritze der Couch, hat er wohl vergessen und wird es abholen müssen.«

»Und du planst, dass Stella es ihm gibt und dann die Funken fliegen?«

Em lachte, ich rollte mit den Augen.

»Ich kenne doch Stella. Manchmal muss man bei ihr nachhelfen. Sie mag ihn«, beharrte Em.

»Morgen!«, unterbrach ich das konspirative Gespräch und marschierte in die Küche.

»Oh, Stella ... Moin«, stammelte Em.

Ich grinste, ging aber nicht auf das Gespräch, das ich mitangehört hatte, ein, sondern schnappte mir den Brötchenkorb, der schon auf der Arbeitsfläche bereitstand.

»Habt ihr gut geschlafen? Was steht heute an?«

»Ich schau mir gleich unsere Verkaufszahlen im Online-Auktionshaus an«, verkündete Em.

Mandy und ich tauschten besorgte Blicke aus. Wir wussten beide, wenn Em das Ergebnis nicht gefiel, würde das gehörig auf ihre Stimmung drücken.

»Ach ja, und hier ist Sams Handy, das hat er vergessen.« Em drückte es mir noch in die Hand, während Mandy Speck und Eier auf drei Teller tat. Wir nahmen diese mit.

Em hatte den Laptop auch schon an den Tisch mitgebracht und klappte ihn gerade auf. Ich hoffte inständig, dass wir etwas versteigert hatten. Ihre Finger huschten über die

Tastatur, gaben Passwörter ein, und schließlich hielten alle den Atem an.

Ems Miene wandelte sich, ihre Mundwinkel zuckten, glitten dann nach unten, und es war klar, dass wir keine oder nur wenige Gebote erhalten hatten. Langsam klappte sie den Laptop wieder zu.

»Tut mir leid, Em«, sagte ich mitfühlend.

»Du kannst doch nichts dafür.« Sie erhob sich langsam.

»Wo willst du denn jetzt hin?«, wunderte sich Mandy.

»Ich … setze mich an den Strand. Das Wetter ist heute gut.«

Sie sah dennoch unglaublich traurig aus, es zerriss mir das Herz. Ihre glänzenden Augen, die herabhängenden Schultern. Mein Blick glitt zu ihrer Narbe an der Wange, deren Anblick für einen Kloß im Hals sorgte. Ich hatte gedacht, ich hätte mich nach all den Jahren daran gewöhnt, aber gerade kamen wieder Schuldgefühle hoch.

»Aber du hast doch noch gar nichts gegessen«, sagte ich.

Em winkte ab. »Keinen Hunger.«

Sie tat tapfer, aber ich wusste, es machte ihr zu schaffen. Was wiederum mir zu schaffen machte.

»Ich komm mit«, entschied Mandy, in deren Blick ebenso große Sorge lag. Aber mir war es lieb, wenn jetzt jemand bei Em war.

Nachdem die beiden gegangen waren, fasste ich einen Entschluss. So konnte es nicht weitergehen. Was wäre ich für eine große Schwester, wenn ich nur dabei zusah, wie Em still vor sich hin litt?

Aber was konnte ich tun? Nachdenklich lief ich nun wie ein Tiger durch die Wohnetage. Erst das Klingeln an der Tür ließ mich innehalten. Ich schaute aus dem Fenster und erblickte Sam, der im selben Moment zu mir hochsah. Für den Bruchteil einer Sekunde vergaß ich alles andere, nahm nur seinen warmen Blick wahr. Mein Herz schlug schneller, unwillkürlich fragte ich mich, ob Em womöglich doch recht hatte? Doch ich verwarf den Gedanken gleich wieder. Mein Leben war nach der Trennung ein Chaos, das ich erst ordnen wollte, bevor ich auch nur einen Gedanken an eine neue Beziehung verschwenden wollte.

»Moin, Stella. Habt ihr zufällig mein Handy gefunden? Ich hab es schon überall gesucht, doch es ist wie vom Erdboden verschluckt.«

»Ja … haben wir. Warte, ich bin gleich bei dir.« Ich eilte in die Küche, schnappte mir sein Telefon vom Küchentisch, rannte dann die Treppe runter und öffnete ihm. Sam sah an diesem Morgen richtig frisch aus, das fiel mir gleich auf. Und er roch auch wieder angenehm Sam-typisch. Unser Abend hatte ihm wohl auch gutgetan, was mich sehr freute. Er war kein Häufchen Elend mehr, sondern verwandelte sich allmählich in den alten, fröhlichen Sam zurück. Im Vergleich fühlte ich mich elend, musste ich doch nur an Em und den Laden denken, den wir vielleicht nicht würden retten können …

»Hier«, sagte ich und drückte ihm das Handy in die Hand. »Es lag in der Couchritze.«

»Ah, vielen Dank. Ich hab … noch Frühstück mitgebracht«, erklärte er plötzlich und hielt mir schelmisch grinsend eine Papiertüte vor die Nase, die laut raschelte. »Als Dankeschön für gestern.«

Das war wirklich lieb. »Wir haben schon was gegessen.« Oder vielmehr, wir hatten es versucht. Doch ich konnte Sam nun auch nicht wegschicken, eigentlich fand ich es schön, dass er an uns gedacht hatte.

»Ich bin ehrlich gesagt allein«, erklärte ich, als wir gleich darauf die Treppe hochgingen und uns durch die Wohnetage zum Esstisch bewegten. Dort stellte er seine Einkäufe ab, und ich legte den Inhalt der Papiertüte zu den anderen Frühstücksutensilien.

»Das macht doch nichts, ich bin gerne mit dir zusammen«,

sagte er. Ich fand es schön, dass er so empfand. Mir ging es nicht anders.

»Es sei denn, ich störe?«

Ich schüttelte den Kopf, eigentlich war ich froh, nicht allein zu sein.

Wir setzten uns, und Sam bediente sich, doch mein Magen drückte immer wieder, weil ich Ems trauriges Gesicht nicht aus dem Kopf bekam. Was konnte ich nur tun, um unsere Situation zu verbessern?

»Alles okay, Stella?«, fragte Sam, der von seiner Brötchenhälfte abbiss. Er hatte sich richtig Mühe gegeben, daher fühlte ich mich etwas schlecht, dass ich nichts aß.

»Wie?«

»Willst du nicht doch etwas probieren?«, fragte er.

Ich schüttelte nur den Kopf.

»Was ist passiert?«, fragte er fürsorglich und sah mich dabei mit seinen sanften Augen an.

Ich konnte vor ihm nichts verbergen.

»Du kannst mit mir drüber sprechen, wir sind doch Freunde, oder nicht?«

Ich nickte. Ja, das waren wir.

Aber das, was mich bedrückte, war ein persönliches Thema, ich wusste nicht, ob ich mich öffnen sollte oder überhaupt konnte. Mein Blick glitt zu Ems leerem Stuhl. Letztlich ging es ja nicht nur um den Laden, sondern auch um ihr Zuhause, ging es mir durch den Kopf. Das einzige Zuhause, das sie kannte, weil ihre Erinnerung nicht weit genug zurückreichte. Und das war genau genommen auch gut … denn … ich brach den Gedanken ab, wollte ihn nicht zu Ende denken und spürte doch, dass mich das alles mehr und mehr bedrückte.

Ich schnitt nun doch ein Brötchen auf, versuchte den Anschein zu erwecken, dass alles normal und in Ordnung war.

Ja, genau das tat ich immer. Und es hing mir allmählich

zum Hals raus, doch welche Wahl blieb mir? Ich musste Emilie doch beschützen. Wieder sah ich ihr trauriges Gesicht vor mir, und es war, als würde ich mich davon anstecken lassen. Als überwältigte es mich in dem Moment. Klirrend fiel mir das Brotmesser auf den Teller.

Nicht nur ich erschrak durch das Geräusch. Sam sah zu mir, und mir war einfach nur zum Weinen zumute. Ich sprang von meinem Stuhl auf, öffnete das Fenster und schaute raus, wollte nicht, dass er mich so sah. Aber es war längst zu spät. Sam trat hinter mich. Sanft legte sich eine starke Hand auf meine Schulter.

»Stella, was ist denn nur los?«, fragte er leise. »Hat es mit dem Laden zu tun?«

Ich atmete tief ein. Ganz von selbst legte sich meine Hand auf seine. Ich schaute hinter mich zu ihm, denn er gab mir das Gefühl, dass er einfach nur zuhören und für mich da sein würde. Und vielleicht brauchte ich jetzt genau das?

Also erzählte ich ihm, dass ich mir große Sorgen um Em machte, weil all unsere Pläne den Laden betreffend nicht fruchten wollten. Dass ich mich in der Verantwortung sah, weil ich doch auch die Einzige war, die ihr geblieben war. Wir keine weitere Familie hatten ... nach dem schrecklichen Autounfall unserer Eltern und nun auch noch Omas Tod. Wer, wenn nicht ich, sollte sie nun beschützen?

»Ich kann nicht ertragen, wenn es Em schlecht geht«, endete ich schließlich. Etwas Feuchtes rann über meine Wange. Ich wischte es rasch weg.

Nach all den Schicksalsschlägen wollte ich einfach, dass sie glücklich war. Die Neueinrichtung des Ladens bedeutete ihr alles. Aber nichts funktionierte, wie wir es uns erhofften. Und ich sollte danebenstehen und zusehen, wie alles schiefging? Zusehen, wie sie noch dünner wurde, weil sie vor Kummer nichts aß? Am Ende verloren wir sogar noch das Haus, wenn sich das Geschäft nicht erholen konnte.

»Oh, Stella, das mit euren Eltern wusste ich nicht«, sagte er mitfühlend. »Tut mir sehr leid. Ich mag mir das gar nicht vorstellen, das muss schrecklich gewesen sein.« Er hielt inne, und ich sah ihm an, dass es ihn berührte. Einen Moment schwiegen wir, verdauten es. »Aber darf ich dich trotzdem was fragen?«

Ich nickte.

»Kann es sein, dass du glaubst, ganz allein für Ems Glück verantwortlich zu sein?«

Ich wandte mich ihm verdutzt zu, spürte nun die warmen Strahlen der Sonne durch das Fenster in meinem Rücken. »Wie meinst du das? Natürlich will ich, dass es ihr gut geht. Sie ist meine Schwester, ich liebe sie.«

»Das verstehe ich, das ist auch nur natürlich. Dennoch habe ich das Gefühl, dass du dich damit auch selbst fertigmachst, obwohl das gar nicht nötig ist.« Seine Hand strich sanft über meine Schulter. Aber er kannte nicht die ganze Geschichte. Niemand kannte sie, außer Oma und mir.

»Du hast es ja nicht gesehen ...«, murmelte ich etwas durcheinander. Denn eigentlich war alles noch viel komplizierter.

»Was gesehen?«

»Wie Em aussah. Die kleine Narbe ...«

Ich hielt inne, hatte ich schon zu viel gesagt?

»Wovon sprichst du?«, fragte Sam vorsichtig.

Ich atmete tief durch.

Es gab ein Geheimnis in meiner Familie, von dem niemand etwas wusste. Vor allem Em nicht. Doch das jetzt offenbar an die Oberfläche wollte ... nur wollte ich das auch?

Ich allein hütete es, seit Oma nicht mehr war.

Sam sah mich immer noch forschend an. Aber auch Sorge lag in seinem Blick.

»Du kannst mir vertrauen«, sagte er, und ich wusste, dass es stimmte.

»Ich kann dir vielleicht helfen.« Sein Lächeln war so warm, dass ich nicht anders konnte, als ihm zu vertrauen. Es musste ja einen Grund geben, warum die Vergangenheit ausgerechnet jetzt rauswollte. War er der Grund? Weil ich instinktiv wusste, dass er für mich da sein würde, egal was kam?

Vielleicht sollte ich es tun, das Geheimnis mit ihm teilen, überlegte ich also und schloss die Augen, tauchte ab in eine Erinnerung, die ich am liebsten vergessen wollte. Manchmal gelang mir das sogar, dann war es einfach weg, als hätte es nie existiert. Doch jetzt war das nicht der Fall. Jetzt war es sehr präsent.

»Damals ... als unsere Eltern losgefahren sind, um Freunde zu besuchen ...«

»Als der Unfall passiert ist?«

Ich nickte. »An dem Tag hatten sie Emilie mitgenommen ...« Tief atmete ich ein. »Es war zunächst ein ganz normaler Morgen. Ich erinnere mich noch, wie sie in den Wagen gestiegen sind und Em hinten auf dem Kindersitz angeschnallt haben. Sie hatte zuvor gequengelt, weil ich sie geärgert hatte, und war nur zu beruhigen gewesen, wenn sie bei Mama bleiben durfte. Also hatte unsere Mutter beschlossen, sie einfach mitzunehmen. Ich sehe es noch vor mir. Em hat am Gurt ihres Sitzes gezerrt, und ich hab ihr einen Lolli als Entschuldigung gegeben. Mama und Papa haben sich von mir verabschiedet, mir einen Kuss auf die Wange gedrückt ... ich konnte ja nicht ahnen, es war das letzte Mal, dass ich sie gesehen habe ...« Ich schluckte schwer.

»Wollen wir uns vielleicht setzen?«, schlug Sam vor und dachte sich wohl, dass meine Geschichte nicht gut ausgehen würde. Behutsam führte er mich zu der Couch, auf die ich mich setzte. Er setzte sich neben mich. Ich konnte die Wärme seines Körpers an meinem spüren. Nach einem kurzen Moment fuhr ich fort.

»Oma war bei mir. Sie hat auf mich und das Haus am

Stadtrand aufgepasst, in dem wir damals gelebt haben. Nichts hat darauf hingedeutet, dass an diesem Tag irgendetwas anders war als an den Tagen zuvor. Ich habe ein paar Kinderserien im Fernsehen angeschaut, wie sonst auch. Oma hat ein leckeres Abendbrot mit meiner Lieblingsmarmelade gemacht. Nur sind meine Eltern nicht nach Hause gekommen, es wurde immer später, und ich habe gemerkt, Oma fing an, sich Sorgen zu machen. Sie hat schließlich bei den Freunden angerufen und erfahren, dass meine Eltern längst wieder losgefahren waren. ›Sie sind sicher gleich daheim‹, hat mir Oma versprochen, aber ich habe an ihrem Blick erkannt, dass sie sehr besorgt war. Dann bekamen wir einen Anruf von der Polizei, und alles wurde anders.«

Ich merkte, dass Sam erneut seine Hand auf meine legte. Kurz holte er mich dadurch zurück ins Hier und Jetzt. Ich spürte, wie mir etwas Heißes über die Wange rollte.

»Oma hat versucht, es vor mir zu verbergen, doch ich habe es mitbekommen. Es hatte einen Unfall gegeben, ein betrunkener Fahrer war in den Wagen meiner Eltern gefahren. Sie waren sofort …« Ich brach ab, denn es fühlte sich gerade an, als wäre ich wieder in dem alten Zuhause und als würde ich die Nachricht gerade erfahren.

»Schon gut … ich verstehe«, sagte Sam leise. Sacht legte er den Arm um mich, was mir Halt gab. Ich nickte, straffte die Schultern. Wie oft ich das schon in Gedanken wiedererlebt hatte, jedes Mal war es von Neuem so schrecklich wie an dem Abend, an dem es geschehen war. Und an das, was folgte, konnte ich mich mit einem Mal auch erinnern, diese Gespräche, die ich mit Oma und einer Psychologin hatte führen müssen, die Aufarbeitung des Geschehens. Ich fühlte mich hilflos, weil ich nichts an alldem ändern konnte … aber schlimmer noch war etwas anderes.

»Emilie hat alles gesehen. Sie war auf dem Rücksitz in ihrem Kindersitz angeschnallt. Sie hat den Aufprall … miterlebt, war dabei, als ... unsere Eltern ums Leben gekommen sind ... Aber sie war viel zu klein, drei Jahre, um es zu verstehen. Und heute erinnert sie sich weder an Mama noch an Papa. Es ist für sie, als hätten sie nie existiert. Sie interessiert sich nicht mal für Fotos von ihnen.«

Em hatte sie quasi ausradiert. »Ich kenne diese Leute nicht, Oma und Opa sind unsere Eltern«, hatte sie stets gesagt. In ihrer Welt war das die Wahrheit.

»Em ist also unverletzt geblieben?«

Ich schüttelte den Kopf, weinte nun nur noch mehr.

»Sie hatte eine Wunde an der Wange ... Eine kleine rote Schramme«, fuhr ich fort und öffnete wieder die Augen. »Auch das weiß sie nicht mehr. Und diese Schramme, die man heute noch ganz blass auf ihrer Wange sehen kann, erinnert mich an diesen Abend. Daran, dass ich meine Eltern und beinahe auch meine kleine Schwester verloren habe.« Ich war so aufgewühlt, dass ich mein feuchtes Gesicht an seine Brust drückte. Sam schloss sofort beschützend beide Arme um mich, und ich fühlte mich behütet wie in einem warmen Kokon. Und ich fühlte mich auch weniger allein mit dieser schlimmen Erinnerung. Ich spürte seinen warmen Atem an meiner Wange.

»Und seitdem willst du sie beschützen, weil du die Ältere von euch bist. Weil du sie damals nicht beschützen konntest und dir die Schuld gibst, dass sie mitgefahren ist«, raunte er.

Ich blickte zu ihm hoch, fuhr mir über die Augen und nickte, ja, so war es wohl. Auch wenn ich den Zusammenhang erst jetzt sah, da er ihn in Worte gefasst hatte.

Die Geschehnisse von damals hatten mich sehr geprägt, meine Schwester verletzt zu sehen, zu wissen, dass sie an diesem schrecklichen Tag dabei gewesen war, als der Unfall unsere Familie zerstört hatte.

»Tut mir so leid, Stella, dass du das miterleben musstest.«
»Ich? Wieso denn ich?«

Ich ließ von ihm ab, vermisste aber das Gefühl von Geborgenheit, das seine Arme gespendet hatten, im selben Moment.

Sam lächelte fürsorglich. »Du warst doch auch erst fünf oder sechs. Nicht nur, dass auch du durch diese Trauerphase durchmusstest, du hast dich dann auch noch für Em verantwortlich gefühlt, obwohl du viel zu jung für so eine Aufgabe warst. Und offensichtlich hält dieses Verantwortungsgefühl bis heute an. Ich weiß, dass du Em liebst, aber sie ist erwachsen, sie findet eigene Lösungen. Du kannst nicht immer an ihrer Seite stehen und auf sie aufpassen. Es ist nicht deine Schuld, was geschehen ist.«

»Es geht nicht um mich.«

»Doch, Stella. Auch du bist wichtig«, sagte er ernst. Und obwohl er es nicht aussprach, schien sein Blick zu sagen: »Für mich.«

»Em ist nicht die Einzige, die ihre Eltern an diesem Tag verloren hat. Seitdem warst du immer für sie da, aber nicht für dich selbst.«

Er hatte wohl recht. Ich hatte nur Ems Leid gesehen, mein eigenes weggeschoben, mit Schuldgefühlen gekämpft.

»Und vor allem, sei nicht so hart zu dir. Diese Härte hast du nicht verdienst.«

Sams Worte klangen so weise. Und dass er dieses Verständnis für mich hatte, löste etwas in mir aus. Ein warmes Gefühl in der Brust. Jemand, der einfach nur sagte, dass es nicht meine Schuld war, das tat gut.

»Danke, dass du da bist«, raunte ich und meinte es genauso.

»Natürlich, wir sind doch Freunde«, sagte er, und ich umarmte ihn noch einmal innig, genoss seine beruhigende Wärme. Ich wusste nicht, wann ich mich zuletzt so geborgen bei jemandem gefühlt hatte. Dieser Moment, das merkte ich, war trotz aller Traurigkeit bedeutsam. Sam war mir so vertraut, als würde ich ihn ewig kennen.

Und ganz plötzlich kam mir eine Idee. Vielleicht, weil der Druck weniger geworden war und ich klarer denken konnte. Weil ich nicht mehr das Gefühl hatte, die Lösung aller Probleme finden zu müssen, und es eigentlich genügte, da zu sein und zu helfen, wenn es nötig war.

»Hast du Lust, mir zu helfen?«, fragte ich freiheraus. »Ich glaube ich weiß, wie wir das Ruder rumreißen können.«

»Klar, worum geht es?«

26. Kapitel

Als Em am frühen Nachmittag mit Mandy heimkam, erwarteten Sam und ich sie schon.

Sie blickte überrascht zu Sam.

»Er wollte sein Handy abholen«, erklärte ich und linste zu ihm rüber. Sam zwinkerte mir zu, was Em jedoch nicht entging.

Sie schaute zwischen uns hin und her und lächelte ein wenig. Was geht hier vor?, schien ihr Mienenspiel zu fragen. Zudem sah sie frischer aus. Es schien, als hätte sie sich beruhigt, was vermutlich auch Mandy zu verdanken war, die ihre Arme von hinten um Em schlang.

»Geht's dir besser?«, fragte ich.

Sie nickte.

»Das ist gut. Wir haben nämlich eine kleine Überraschung vorbereitet«, verkündete ich und konnte mir das Grinsen nicht länger verkneifen. Ich war total gespannt, wie Em darauf reagieren würde.

»Eine Überraschung?«

»Komm mit, wir zeigen sie dir«, schlug ich vor.

»Was habt ihr zwei denn ausgeheckt?«, wollte nun auch Mandy wissen.

»Komm am besten auch gleich mit und sieh selbst«, sagte ich und ging mit Sam voran.

Zögerlich folgten uns Em und Mandy nach unten. Zuerst gingen wir über den Löwensteg rüber zur Konditorei, die um diese Uhrzeit ziemlich voll war. Agnes' Törtchen waren eben sehr beliebt, aber es war nicht der einzige Grund, warum an diesem Samstagnachmittag viele Leute das Geschäft aufsuchten.

Als wir reinkamen, standen ein paar Leute vor den beiden Tischen, die wir mit Agnes vor das Fenster geschoben hatten. Wir mussten einen Augenblick warten, bis wir freie Sicht hatten. Dann konnte Em es sehen.

Auf den Tischen standen ein paar unserer Trödelsachen aus dem Keller, eben die Dinge, die wir online hatten anbieten wollen, weil sie einen gewissen Wert zu haben schienen. Eine verzierte Pillendose, eine schmucke Spieluhr, ein altes Saxophon und vielerlei mehr. Davor hatten wir kleine Preisschildchen aufgestellt.

»Was bedeutet das?«, wunderte sich Em, die sich bei Mandy eingehakt hatte.

»Es bedeutet, dass wir unsere Sachen nicht nur online an den Mann bringen können. Agnes unterstützt uns. Wer hier was kauft, bekommt zudem ein Törtchen aufs Haus.«

Ems Augen weiteten sich. Sie bestaunte unsere Waren, bestaunte die Leute, die wiederum unsere Dinge neugierig musterten. Es war, als wäre ein Teil von Omas Trödelladen plötzlich hier.

»Das ist umwerfend.« Die Überraschung stand ihr ins Gesicht geschrieben. Und gerade wurde sie auch Zeugin, wie jemand beherzt nach der Spieluhr griff und sie zu der Theke brachte, wo Agnes stand.

Novas Tante nickte uns sanft lächelnd zu und kassierte dann die Spieluhr ab. Der Käufer bekam das versprochene Törtchen aufs Haus und verließ die Konditorei mit einem zufriedenen Gesichtsausdruck.

»Sam hat mir geholfen, das alles rüberzuschleppen«, erklärte ich. Er war nicht nur eine große Hilfe gewesen, es hatte auch Spaß gemacht, das alles mit ihm zu organisieren. Ohne ihn hätte das nicht so gut und so schnell geklappt.

»Sicher werden wir damit auch nicht reich, aber steter Tropfen höhlt den Stein«, erklärte ich.

»Ich … weiß gar nicht, was ich sagen soll. Ich war … wohl etwas ungeduldig. Und ihr habt total recht, wir kommen voran, nach und nach. Das ist gut so. Viel wichtiger ist, dass wir zusammenhalten.«

»Lektion gelernt«, sagte Mandy erfreut und zwinkerte.

Em und ich umarmten uns.

Danach ließ sie es sich nicht nehmen, auch Agnes an sich zu drücken, die gerade auf uns zukam. Agnes strich sanft über Ems Schulter. Dabei lächelte sie Sam an. So ein lieber Mensch wie er war sofort Teil der Gemeinschaft im Löwensteg geworden.

Ich konnte mich nicht genug bei ihm bedanken für seinen Einsatz.

»Das ist aber noch nicht alles«, meinte ich. »Nicht nur Agnes hilft uns, sondern Gundi auch. Komm mal mit, dann wirst du es sehen.«

Wir verabschiedeten uns von Agnes, die es irgendwie schaffte, jedem noch ein kleines Törtchen zuzustecken, und gingen rüber zur Pension Zum Löwen. Mandy und Em gingen voran, während Sam und ich ihnen folgten.

»Es scheint gut anzukommen«, sagte er sanft, während wir nebeneinander hergingen.

»Ich glaube auch«, erwiderte ich glücklich. Und mein Herz hüpfte, weil es wieder Hoffnung gab.

Im Vorraum der Pension sah es recht ähnlich aus wie in der Konditorei. Überall standen unsere Sachen mit Preisschildchen daran. Auch hier blickten sich die Leute neugierig um. Bernd nickte uns hinter der Theke zu, und Gundi drückte jede von uns beherzt an sich. Sam wurde ebenso von ihr gedrückt.

»Was sagst du, Emilie, gefällt es dir?«, wollte sie gleich wissen.

Em fuhr sich über die Augen. »Danke, das ist wirklich unglaublich, was ihr euch habt einfallen lassen.« Sie schluckte sichtlich.

»Gemeinsam kriegen wir es schon hin, Hildes Traumeinrichtung zu besorgen«, war Gundi überzeugt.

Em nickte gerührt.

»Und ein paar Dinge habe ich sogar schon verkauft«, fügte Gundi stolz hinzu. »Schau mal, Emilie, das sind unsere bisherigen Einnahmen.«

Beherzt führte Gundi meine Schwester und Mandy hinter den Tresen, sodass Sam und ich etwas abseits standen.

»Ich muss mich leider gleich verabschieden«, sagte er mit einem Blick auf sein Handy-Display. »Ich esse heute mit einem unserer Sponsoren der Projekt-Tage zu Abend, um noch einiges zu besprechen.«

Sam wollte schon gehen? Wie schade.

»Da wünsche ich dir ganz viel Glück«, sagte ich ehrlich und verspürte wieder dieses seltsame Kribbeln in der Brust, weil sein warmer Blick meinen auffing.

»Danke. Auch für diesen schönen Nachmittag. Es war toll, Gundi, Agnes und die Gemeinschaft im Löwensteg kennenzulernen.«

Ich war überzeugt, die anderen hatten sich ebenso gefreut, ihn zu treffen. Mir jedenfalls hatte diese Aktion auch viel Freude gemacht. Umso mehr, da ich nun sah, wie begeistert Em reagierte. Das baute mich auf.

»Und mit dir ist alles okay?«, hakte er fürsorglich nach. Seine Hand legte sich sanft auf meinen Oberarm.

»Ja.«

Sein typisches Sam-Lächeln bildete sich auf seinen Lippen. Ich konnte mich in diesem verlieren und hätte es auch getan, hätte ich nicht die hochgewachsene Gestalt im Anzug aus dem Augenwinkel bemerkt. Dort befand sich Gideon Jansen, den wohl auch die Neugierde gepackt hatte. Etwas pikiert sah er sich ein Grammophon an. Er berührte es mit den Fingerspitzen, als wäre es verschmutzt, was natürlich nicht der Fall war. Ich merkte, dass Sam nicht gut auf Gideon zu sprechen war, hatte er mich doch schon neulich angegriffen. Doch bevor er irgendetwas sagen oder tun konnte, stand plötzlich Gundi bei uns.

»Macht euch keine Gedanken wegen dem«, sagte sie. »Der ist nur verbittert.« Sie hatte wohl recht. »Da fällt mir ein, ich habe noch etwas entdeckt, das ich euch zeigen möchte, oder vielmehr war es die flotte Dotti. Kommt mal mit ins Büro.«

»Die flotte Dotti?«, wunderte ich mich.

»Tut mir leid, ich bin schon spät dran«, sagte Sam und deutete mit dem Daumen hinter sich in Richtung Tür. »Eigentlich hätte ich schon längst losgemusst.«

»Es geht ganz schnell«, versprach Gundi. »Und dich, Sam, brauche ich dafür ganz besonders. Du bist immerhin der Astrologe unter uns.«

»Astronom«, verbesserte er sie grinsend. »Siehst du, ich hab's dir gesagt, die Leute verwechseln das ständig«, raunte er mir zu. Ich lachte leise. »Kommst du trotzdem noch mit?«

»Wenn es wichtig ist, natürlich. Die paar Minuten habe ich jetzt auch noch.«

Gemeinsam mit Em und Mandy folgten wir Gundi in ihr Büro hinter dem Tresen.

27. Kapitel

»Macht bitte hinter euch zu, das muss ja nicht jeder sehen«, sagte Gundi und wartete, bis Mandy als Letzte, die hereinkam, die Tür hinter sich zudrückte, dann holte sie etwas aus einer unserer Kisten hervor, die Sam und ich in der Eile hiergelassen hatten. Behutsam, als handelte es sich um einen Schatz, zeigte uns Gundi eine goldglänzende Metallscheibe, die altertümlich wirkte.

»Was ist das?«, wunderte ich mich, als sie es Sam und mir reichte. Wir nahmen es gleichzeitig in die Hand.

Ich erkannte, dass sich auf dem Gerät bewegliche Metallteile befanden, die man hin und her schieben und drehen konnte. Zudem waren die jeweiligen Scheiben reichlich verziert mit Gebilden, die an Planeten denken ließen. Es erinnerte an einen Sternenhimmel. Doch es war dabei sehr künstlerisch und verschnörkelt, als käme es aus einer anderen Zeit.

Ich konnte mich nicht erinnern, dieses Objekt je bei uns im Laden gesehen zu haben. Auch war es mir beim Einräumen der Kisten nicht aufgefallen. Aber das war kaum verwunderlich, bei der Menge an Krempel, die Oma besessen hatte, verlor man schon mal den Überblick.

»Ich bin nicht sicher, was das ist. Dotti hatte es sich in der Kiste gemütlich gemacht, ihr kennt sie ja, sie kann keinem Karton widerstehen. Doch ich habe mich gesorgt, dass sie versehentlich etwas kaputtmachen könnte. Also habe ich sie vorsichtig herausgehoben und dabei dieses Objekt entdeckt. Ich dachte mir gleich, dass es anders ist als eure anderen Sachen. Vielleicht wertvoller?«

»Damit hast du recht, Gundi«, sagte Sam. Sein Blick wanderte zu mir und zurück zu der Scheibe.

»Habe ich das?«, gluckste Gundi erfreut.

Neugierig lugten mir Em und Mandy über die Schulter, musterten den seltsamen Gegenstand ebenso interessiert.

»Es ist allem Anschein nach ein Astrolabium. Eine Art Sternenkarte. Oder anders ausgedrückt, handelt es sich um ein historisches Astronomie-Messgerät, das man zur Orientierung, aber auch zum Ablesen der Uhrzeit verwendet hat«, erklärte Sam.

So etwas in der Art hatte ich schon vermutet, erinnerte mich das Gerät doch an jene, die ich auf einem seiner Poster gesehen hatte. Allerdings war es eben auch sehr kunstvoll gestaltet, was mich hoffen ließ, dass es bedeutsam war.

»Denkst du, die Sternenkarte ist echt und möglicherweise sogar etwas wert?«

»Ich kann das nicht mit völliger Gewissheit sagen, aber wir könnten den Leiter des Instituts für Astronomie und Astrophysik, an dem ich arbeite, fragen. Er ist Fachmann auf diesem Gebiet. Wenn du magst, mache ich uns einen Termin bei ihm.«

»Das wäre super, Sam. Vielen Dank!«

»Aber ist der denn überhaupt an der Hochschule? Es sind doch Semesterferien«, überlegte Em.

»Das gilt nicht für das Forschungsinstitut«, meinte Sam. »Ich mache noch rasch ein Foto vom Astrolabium, danach muss ich leider los. Ich melde mich bei dir, sobald ich mit ihm gesprochen habe.«

Ich nickte, hielt ihm das Objekt so hin, dass er ein Bild mit dem Handy schießen konnte. »Ich melde mich bald«, versprach er noch mal, doch diesmal hatte ich das Gefühl, er sagte es nicht wegen des Astrolabiums, sondern nur zu mir.

Danach verabschiedete sich Sam von allen und machte sich auf den Weg.

»Ich habe es doch geahnt! Es ist etwas Besonderes!« Gundi schlug begeistert die Hände zusammen.

»Da hattest du den richtigen Riecher«, meinte Em. »Und wie nett von Sam, dass er uns allen so lieb geholfen hat.«

Nun schaute sie mich besonders lange an, als wollte sie mir sagen, dass es dafür doch einen Grund geben musste. Ich bemerkte wieder dieses Kribbeln, das für ein warmes Gefühl in der Brust sorgte. War ich am Ende dabei, mich doch ein bisschen in Sam zu verlieben? Irgendwie fehlte er mir jetzt, da er nicht mehr da war. Und vorhin, als ich ihm meine Geschichte erzählt hatte, hatte ich auch das Gefühl gehabt, dass wir uns irgendwie nähergekommen waren. Seine Umarmung glaubte ich selbst jetzt noch zu spüren und sie gleichzeitig zu vermissen.

Aber Sam hatte auch gerade eine schwere Zeit hinter sich. Bestimmt stand ihm der Sinn nach ganz anderen Dingen als einer neuen Beziehung. Mir ging es jedenfalls so. Ich zuckte ob Ems Bemerkung also nur mit den Schultern und wollte mich lieber auf unseren Fund konzentrieren. Denn eigentlich wusste ich gerade selbst nicht, was ich wirklich wollte.

Die Sache mit dem Astrolabium hingegen war auch ein bisschen witzig, überlegte ich. Ich und die Sterne – so fanden wir offenbar doch wieder zueinander. Aber ob sie mir diesmal Glück bringen würden mit dieser Sternenkarte? Ich fuhr mit der Hand vorsichtig über die Rillen in dem Metall. Wie sehr ich es hoffte!

»Komm, Stella, wir packen es ordentlich in Zeitungspapier, damit es nicht kaputtgeht. Und zu Hause verstaut ihr es gut, so kann nichts schiefgehen«, schlug Gundi vor und zog schon aus einer Ecke ein paar alte Zeitungen, die sie auf ihrem Schreibtisch ausbreitete.

»Weißt du, was ich glaube?«, sagte Em, während ich das Astrolabium vorsichtig zwischen den Zeitungen ablegte, damit Gundi es einschlagen konnte.

»Was denn?«, hakte ich nach.

»Dass Oma uns hilft.«

»Wie meinst du das?«

»Na ja, halte mich für verrückt, aber es scheint doch so, als hätte sie diese Scheibe nie verkauft, obwohl sie sehr wertvoll aussieht. Als hätte sie geahnt, dass wir sie irgendwann brauchen würden. Und dann lag sie ganz plötzlich in der Kiste.«

»Da hast du recht, Emilie«, sagte Gundi und reichte mir das eingepackte Objekt. »Hilde hat sich bestimmt etwas dabei gedacht.«

»Ja, vielleicht«, stimmte ich zu. »Wir wissen aber nicht, wie wertvoll dieses Gerät wirklich ist. Setz deine Hoffnungen also nicht zu hoch an, Em.«

Sie nickte. »Ja, du hast recht.«

Am Abend saß ich auf der Dachloggia und blätterte in Omas altem Fotoalbum, sah mir die Bilder von Mama und Papa an und versank in schönen Erinnerungen aus der Zeit vor dem Unfall. Nach dem Gespräch mit Sam schien es mir, als könnte ich die Fotos nun endlich unbefangen betrachten und genießen. Auch dachte ich den heutigen Tag zurück. Alle hatten mitangepackt, und am Ende hatte es sich wirklich gelohnt. Nicht nur, dass wir ein paar Verkäufe bei Agnes und Gundi vorweisen konnten, es gab auch noch den Hoffnungsschimmer Astrolabium. Ja ... die Sterne und ich, dachte ich schmunzelnd.

Gerade leuchteten sie über mir, und meine Gedanken wanderten ganz automatisch wieder zurück zu Sam, seiner Fürsorglichkeit, die ich sogar jetzt noch zu spüren glaubte.

Da ging die Tür auf, und Em trat aus dem Wohnzimmer zu mir vor. »Du bist noch wach?«, wunderte ich mich.

Em setzte sich zu mir. »Ich schon, aber Mandy ist bei unserem Lieblingsfilm eingeschlafen«, meinte sie leise und schloss die Glastür hinter sich. »Du solltest sie sehen, sie liegt total verknotet auf der Couch.«

Ich grinste.

Dann setzte sie sich zu mir.

»Ich wollte noch mal mit dir reden und mich bedanken für diese tolle Idee, unsere Sachen auch hier im Löwensteg anzubieten.«

»Wirklich gerne, Emilie.«

Ihr Blick glitt zum Fotoalbum, und zum ersten Mal seit ich mich erinnern konnte, trat ein Lächeln auf ihre Lippen, als sie ein Bild von Mama und Papa sah.

»Manchmal denke ich, dass es schade ist, sie nicht wirklich gekannt zu haben«, raunte sie und zog das Album zu sich ran, drehte es dann um und blätterte darin.

»Du hast sie ja gekannt«, sagte ich. Sie erinnerte sich nur eben nicht. Was vermutlich auf dasselbe hinauskam. Doch jetzt schien sie zum ersten Mal so richtig interessiert an unseren Eltern.

Sie nickte langsam. »Stimmt schon. Magst du mir ein bisschen was von ihnen erzählen?«

Zu gerne wollte ich das. Nur warum auf einmal? Das machte mich schon neugierig. Em schien das zu merken, ohne, dass ich etwas gesagt hatte, und klärte es auf.

»Nach allem, was geschehen ist, habe ich öfter an sie gedacht«, gab sie zu. »Mehr als sonst jedenfalls. Und irgendwie hat das meine Neugierde geweckt. Ist ja immerhin auch ein Teil meines Lebens. Den will ich nicht länger nur im Schatten wissen.«

Konnte ich gut verstehen.

Ich erhob mich, lief um den Tisch herum und setzte mich neben Em, blätterte mit ihr gemeinsam im Album und erzählte ihr all die Geschichten über Mama und Papa sowie unser Leben im alten Haus, die ich ihr schon lange hatte erzählen wollen, für die sie sich aber zuvor nicht begeistert hatte.

Nun war das anders, und es war schön, die Erinnerungen mit ihr zu teilen. Ein bisschen hatte es mir früher auch davor gegraut, weil ich nicht sicher gewesen war, wie Em reagieren würde auf diese alten Erlebnisse. Aber nach dem Gespräch mit Sam war ich guter Dinge, und meine Schwester genoss es, diese Erzählungen zu hören …

28. Kapitel

In den nächsten Tagen dachte ich viel über Sam und mich nach. Über unser intensives Gespräch über Verluste und Verantwortung sowie die innige Umarmung. Daran, wie es sich angefühlt hatte, von ihm gehalten zu werden. Nämlich gut. Sehr gut sogar. Und was das im Grunde bedeutete. Ich mochte ihn, das sollte ich nicht länger verleugnen. Und ich konnte es nicht erwarten, wieder von ihm zu hören. Auch wenn ich gar nicht genau wusste, wie es dann weitergehen sollte und ob überhaupt.

Doch Sams Rückruf ließ nicht lange auf sich warten, und somit hatte ich gar nicht viel Zeit zum Gedankenkreisen. Bereits Anfang nächster Woche wartete er mit guten Nachrichten auf.

»Hey, Stella. Ich war heute wegen des Astrolabiums bei Professor Olivero, also dem Direktor des Instituts, für das ich arbeite«, erklärte er mir, als ich gerade unseren Weg vor dem Haus kehrte und mir daher das Handy unters Ohr geklemmt hatte. Seine Stimme zu hören löste abermals etwas Unerwartetes in mir aus. Mein Herz schlug ein wenig schneller. Einfach nur, weil er sich gemeldet hatte.

»Oh, das ist ja großartig. Was hat er denn gesagt?«, hakte ich nach und beobachtete, wie Gideon die Gäste auf der anderen Seite der Kreuzung in seinem Dreizack bediente.

»Ich habe ihm das Foto gezeigt. Er war sehr interessiert«, betonte Sam. »Wir können gleich morgen Vormittag zu ihm ins Büro kommen, wenn dir das passt. Ich denke schon, dass er es für echt hält. Also, sofern man das anhand eines Bildes überhaupt beurteilen kann.«

»Das klingt ausgezeichnet. Und du willst mich begleiten? Musst du denn nicht zu deiner Arbeitsgruppe?«

»Ich bekomme das schon unter einen Hut, lange wird es ja nicht dauern, außerdem unterstütze ich dich gerne. Ich weiß doch, dass ihr hofft, die neue Einrichtung über den Verkauf des Astrolabiums finanzieren zu können. Und dafür musst du vorher wissen, ob es echt und noch dazu wertvoll ist. Wenn ich dabei helfen kann, werde ich das natürlich tun.«

»Das ist wirklich lieb, danke, Sam.«

»Kein Ding, ich mache es gerne. Weißt du, dein Trödelladen, der Löwensteg und du, ihr seid mir inzwischen ziemlich ans Herz gewachsen.«

Mein Herz klopfte plötzlich noch etwas schneller, dass mir fast ein wenig schwindelte. Irritiert umschloss ich den Besen mit der Hand fester.

»Noch dran?«, fragte er, weil ich nichts mehr gesagt hatte.

»Ähm … ja klar. Treffen wir uns vor der Technischen Hochschule gegen zehn?«

»Gerne. Bis morgen, Stella. Ich drücke uns die Daumen, dass Olivero das Ding für echt befindet.«

Das hoffte ich auch.

»Ciao, Sam.«

Nachdem ich aufgelegt hatte, hielt das Herzklopfen noch etwas an. Sam war einfach großartig. Auf ihn konnte man wirklich zählen. Aber das war nicht alles, oder? Nicht alles, was gerade in mir wegen ihm vor sich ging. Ich ging gleich ins Haus zurück, um Em die Neuigkeiten zu erzählen. Sie hatte beschlossen, unsere Vorhänge zu waschen, und hangelte gerade auf einer Leiter herum, um diese abzunehmen.

»Komm lieber runter, sonst stürzt du noch, wenn du hörst, was ich dir sagen will.«

Em runzelte die Stirn und folgte meiner Aufforderung.

»Gibt's etwas Neues wegen der Sternenkarte?«

So war es. Und vielleicht, so dachte ich, brachten uns die

Sterne am Ende doch noch Glück, sodass ich meinem Namen endlich alle Ehre machte.

»Ich kann sie morgen dem Leiter von Sams Institut zeigen. Dann erfahren wir, ob sie was wert ist. Aber Sam glaubt schon, sonst hätte dieser Professor kein Interesse, sie genauer zu betrachten.«

Em schlug die Hände zusammen. »Das wäre einfach nur großartig, Stella.«

Ein Blick auf die Uhr verriet, dass es noch gut zweiundzwanzig Stunden waren, ehe ich Sam wiedersehen würde. Und dann? Was dann? Sollte ich ihn fragen, ob er mit mir ausgehen wollte? Wenn er dann Nein sagte? Mich zurückwies? Wie Marius es getan hatte. Ich wusste nicht, ob ich das ein zweites Mal verkraften konnte. Eigentlich wusste ich im Moment gar nicht, was ich tun sollte, nur, dass ich mich darauf freute, Sam wiederzusehen.

Am nächsten Morgen fuhr ich mit dem Bus zur Technischen Hochschule. Ich musste zugeben, ich war nun doch ziemlich aufgeregt, denn vieles hing davon ab, wie wertvoll unser kleiner Trödelfund war. Vielleicht würde er es uns sogar ermöglichen, Omas letzten Wunsch zu erfüllen.

Wie verabredet wartete Sam am Haupteingang auf mich. Die Hände in die Hosen vergraben, lächelte er mich an.

Wieder klopfte mein Herz ein bisschen schneller. Ich ging auf ihn zu, ehrlich froh, dass er mich unterstützte.

»Hier arbeitest du also«, stellte ich mit einem Blick auf den kastenförmigen Bau hinter ihm fest.

Er wandte den Kopf und nickte. »Ja, es ist keine Schönheit, aber ein guter Ort für Forschung und Wissenschaft. Hast du das Astrolabium dabei?«

»Nee, das hab ich doch glatt zu Hause liegen lassen.« Ich lachte und zwinkerte ihm zu, deutete dann auf den Rucksack, den ich über einer Schulter trug. In seiner Nähe war ich in letzter Zeit immer ein bisschen hibbelig. Er ahnte nicht, wie nervös er mich gerade machte.

Er grinste und hob den Daumen. Dann jedoch musterte er mich besorgt. Vielleicht merkte er doch, dass ich total aufgeregt war. Nicht allein wegen des Astrolabiums. »Alles in Ordnung?«

»Ja, ähm … schon … wieso fragst du?«

»Du wirkst … ein bisschen aufgeregt.«

»Oh, das bin ich auch. Es hängt viel von dem Urteil deines Institutsleiters ab.«

»Sei unbesorgt, es wird schon schiefgehen. Ich habe ein gutes Gefühl, weil Olivero so begeistert von dem Foto war«, sagte Sam.

Gemeinsam betraten wir das Fakultätsgebäude für Astronomie und Astrophysik. Viel los war nicht, denn es waren ja Semesterferien. Allerdings entdeckte ich bereits Plakate an den Wänden, die für die Projekt-Tage warben und auch für einen Besuch im mobilen Planetarium. Das versprach, ziemlich aufregend zu werden.

»Sieh mal, den Gang da runter, da ist mein Arbeitsplatz«, sagte er, während wir durch den Flur huschten.

Ich warf einen Blick zur Seite und nahm dabei seinen angenehmen Duft wahr, wodurch sich das gewohnte Kribbeln in meinem Innern ausbreitete. Hätte ich noch einen Zweifel gehabt, was Sam anging, er wäre jetzt spätestens verflogen. Ich wich nervös seinem Blick aus. Vermutlich dachte er nur wieder, es wäre wegen des Gesprächs mit dem Experten.

Aber nach dem Treffen mit Olivero würde ich es Sam sagen. Ihm sagen, dass ich ihn mochte … beschloss ich. Und hoffte zugleich, dass ich den Mut auch wirklich aufbringen würde.

Nachdem wir durch einige weitere Gänge gegangen waren, standen wir schließlich vor einer Tür, hinter der, so verriet es das Schild neben dem Türrahmen, das Büro vom geschäftsführenden Direktor Professor Dr. Olivero lag. Was ziemlich bedeutsam klang und nach viel Expertise. Ich hoffte wirklich, dass er das Astrolabium als historisches Objekt identifizierte. Mit etwas Glück hatte es einen gewissen Wert, und wir könnten es verkaufen, um die Neueinrichtung und somit die Rettung von Omas Laden zu realisieren.

Nervös knetete ich meine Hände. Es musste einfach ein gutes Ende nehmen!

Sam griff mich plötzlich sacht bei den Schultern. »Kein Grund, nervös zu sein, okay?«, sagte er sanft. »Ich bin ja auch noch da.«

»Ich weiß«, erwiderte ich und bemerkte ganz nebenbei, dass es sich gut anfühlte, seine Hände auf meinen Schultern zu spüren. Ich wusste, ich konnte mich auf ihn verlassen.

»Bereit?«

Ich nickte.

Sam lächelte, ließ von mir ab und klopfte an, dann öffnete er die Tür einen Spalt. »Professor? Die Dame mit dem Astrolabium ist hier.«

»Kommen Sie herein!«, hörte ich eine relativ junge Stimme antworten.

Sam drückte nun die Tür auf und winkte mich mit sich.

Ich betrat ein schlichtes, recht langes Büro, das von zwei seitlichen Regalen mit dicken Ordnern und noch dickeren Büchern dominiert wurde. Hinter dem Schreibtisch vor dem Fenster saß ein Mann mittleren Alters, der eine Brille auf seiner etwas zu großen Nase balancierte. Lachfalten umrahmten die dunklen Augen, die ein bisschen zu klein für sein Gesicht erschienen. Ich war irgendwie gleich lockerer, weil der Direktor des Instituts nicht wie ein verstaubter Bürokrat herüberkam.

Er erhob sich, reichte mir die Hand. »Frau Krämer, nehme ich an?«

Ich nickte.

»Herr Rennhart hat mir schon von Ihrem erstaunlichen Fund erzählt, den Sie in einem … was war das noch gleich? Einem Trödelladen gemacht haben?« Der Professor sah hilfesuchend zu Sam, der nickte. »In einem Trödelladen«, sagte Professor Olivero nun überzeugter. »Was man nicht alles in diesen kleinen Lädchen findet. Schon erstaunlich.«

»Der Gegenstand wurde vor Jahrzehnten an meine Großmutter verkauft, die Eigentümerin des besagten Ladens war. Wir haben ihn zufällig beim Aufräumen gefunden«, erklärte ich und fischte nach einer Box in meinem Rucksack, in die ich das Astrolabium gelegt hatte. Ich zog die Box hervor und reichte sie dem Professor, der sie wie einen wertvollen Schatz entgegennahm. Ich meinte sogar zu sehen, wie er dabei die Luft anhielt. Unser Foto musste ihn demnach mächtig beeindruckt haben. Ich konnte nur hoffen, dass das reale Objekt gleichziehen konnte.

Vorsichtig stellte er die Box auf dem Schreibtisch ab, klappte den Deckel hoch, faltete das Zeitungspapier auseinander und riss dann die Augen auf.

»Damit habe ich nicht gerechnet«, sagte er andächtig. »Herr Rennhart hat mir ja das Foto von dem Gerät bereits gezeigt, doch in natura sieht es noch viel beeindruckender aus. Es ist ein wahres Kunstwerk. Sehen Sie nur, die wundervollen Details, diese feinen Verzierungen … hach.«

Ich musste zugeben, nach der Reaktion hoffte ich darauf, dass das Ding verdammt wertvoll war.

Er nahm es heraus, betrachtete es von allen Seiten und murmelte etwas wie »faszinierend« und »erstaunlich«.

Sam warf mir einen gewinnenden Seitenblick zu. Offenbar ging ihm gerade dasselbe durch den Kopf.

»Denken Sie, es ist echt?«, fragte ich hoffnungsvoll.

Der Professor rückte mehrfach seine Brille zurecht und nickte langsam, drehte die Sternenscheibe immer wieder hin und her. »Es macht den Eindruck, ja. Es müsste natürlich genauer untersucht und eine Materialanalyse gemacht werden. So auf Anhieb würde ich aber sagen, ja, das ist ein bedeutender Fund, Frau Krämer ...« Nun wandte er sich mir direkt zu, schaute mich über seine Brillengläser hinweg aufmerksam an. »Ich würde es sehr gerne ein paar Kollegen zeigen. Hätten Sie etwas dagegen?«

»Oh ... ist das denn nötig?« Ich war nicht darauf eingestellt, dass das Astrolabium hierblieb, hatte mir daher auch im Vorfeld keine Gedanken dazu gemacht, ob das sinnvoll war. So etwas offensichtlich Wertvolles wollte ich natürlich ungern aus den Händen geben.

Emilie wäre bestimmt auch nicht begeistert. Aber wenn wir nur so mehr über unser Astrolabium erfahren konnten, dann wäre es wohl vernünftig.

»Sie müssen sich keine Sorgen machen, ich quittiere Ihnen natürlich die Übergabe«, versicherte mir Professor Olivero. »Es ist nur so, dass mehrere Experten natürlich eine bessere Einschätzung abgeben können. Wir wollen ja ganz sichergehen, nicht wahr? Und wir haben einen Kollegen im Haus, der sich auf historische Astronomie-Geräte versteht.«

»Das verstehe ich ... ich würde das dennoch gerne mit meiner Schwester besprechen, wenn das ginge?«

»Natürlich, Frau ... ähm ... Frau Krämer.« Er wandte sich wieder der goldenen Sternenkarte zu, streichelte sie andächtig mit den Fingerspitzen.

Sam strich mir aufmunternd über die Schulter, während ich mein Handy hervorholte. »Einen Moment bitte«, sagte ich und verzog mich in eine Sitzecke, die am anderen Ende des Büros stand.

»Hi, Em, ich bin es«, meldete ich mich, nachdem Emilie rangegangen war. Sie wartete bereits gespannt auf Ergebnisse, und ich erklärte ihr den Stand der Dinge. »Denkst du, wir sollten es hierlassen?«, fragte ich also.

»Wenn ich alles richtig verstanden haben, können wir nur

so den Wert der Sternenkarte erfahren, oder? Außerdem sind diese Leute Fachleute.«

Da war etwas dran.

»In Ordnung, dann sage ich Professor Olivero zu?«

»Ich wäre dafür.«

»Gut, bis später, Em«, meinte ich und legte auf.

Ich nickte Olivero zu, der ein vorbereitetes Dokument aus seinen Unterlagen hervorzog und ein paar Bereiche darin ausfüllte, als hätte er im Vorfeld damit gerechnet, dass ich zustimmen würde.

»So ... das hätten wir. Dann haben Sie etwas in der Hand«, versicherte er mir und unterschrieb das Dokument. Danach reichte er es mir und widmete sich wieder mit einem Leuchten in den Augen dem Astrolabium, als könnte er gar nicht glauben, es in der Hand zu halten.

Ich hingegen musterte die Quittung, auf der er ziemlich ausführlich den Gegenstand beschrieben und die Übergabe zur weiteren Erforschung und Einschätzung dokumentiert hatte.

»Sie hören bald von mir, Frau Krämer, das verspreche ich Ihnen. Geben Sie mir ein bis zwei Wochen Zeit, um genügend Kollegen zu konsultieren.«

»Natürlich. Danke, Professor Olivero«, sagte ich, faltete das Dokument zusammen und ließ es in meinem Rucksack verschwinden. »Können Sie mir vielleicht trotzdem schon jetzt eine grobe Einschätzung geben?«, bat ich.

Olivero blickte mit einem abwesenden Blick von der Sternenscheibe auf, als wäre er gerade in anderen Sphären unterwegs gewesen. »Das ist wirklich schwer ohne Materialanalyse, die uns eine Einschätzung vom Alter des Geräts erlaubt. Ich will es dennoch versuchen. Aber nageln Sie mich bitte nicht darauf fest. Es ist nur eine Ersteinschätzung.«

Das verstand ich natürlich. Olivero nannte darauf einen Rahmen, in dem sich der Wert des Astrolabiums wahrscheinlich bewegte, je nachdem, aus welcher Epoche es tatsächlich stammte. Ich konnte mir ausrechnen, dass wir mit einer Summe an der oberen Grenze unsere Probleme komfortabel würden beheben können. Doch selbst wenn sich der Wert eher am unteren Rand bewegte, würde uns das auf jeden Fall weiterhelfen. Es sei denn, wie Olivero betonte, es käme am Ende heraus, dass es sich bei dem Objekt nur um eine Art Replik handelte, die täuschend echt aussah. Um dies eben auszuschließen, war die Materialanalyse vonnöten.

Na, hoffentlich war das nicht der Fall!

Ich bedankte mich bei Olivero, der aber schon wieder mit seinem Kennerblick die Scheibe musterte.

»Dann sind wir hier fertig?«, hakte Sam nach.

Olivero nickte, und wir verließen das Büro, blieben im Gang dahinter stehen. Ich merkte erst jetzt, dass meine Knie inzwischen weich wie Butter waren, und die Anspannung fiel von mir ab. Es war um so viel gegangen, und nun gab es diesen Hoffnungsschimmer am Horizont. Das war mehr, als ich zu hoffen gewagt hatte.

Im selben Moment überkam es mich. Denn das hatte wirklich gut geklappt. Und vielleicht, ja nur vielleicht, brachte uns diese Sternenscheibe Glück?

»O Mann, Sam, danke, danke, dass du uns das ermöglicht hast!« Ich war so aufgeregt und glücklich, dass ich ihn im Überschwang umarmte. Auch wenn das endgültige Ergebnis noch gar nicht feststand, so fiel doch ein riesiger Felsbrocken von meinen Schultern.

»Ich habe doch gar nichts gemacht«, gab er lachend zurück und erwiderte die Umarmung, was sich schön anfühlte.

»Doch, hast du«, beharrte ich und bemerkte zugleich, dass er mich plötzlich anders ansah. Seine dunklen Augen lachten mich nicht einfach nur an, wie sie es sonst immer taten, sie hatten einen samtenen Ausdruck angenommen, der mir auf eine gute Weise unter die Haut ging.

Frag ihn, rief mir eine innere Stimme zu. Doch vielleicht interpretiere ich die Zeichen wieder nur falsch wie bei Marius?

»Sam ...«, entwich es mir dennoch.

»Stella«, raunte er plötzlich gleichzeitig und unterbrach mich.

Wir mussten beide schmunzeln.

»Du zuerst«, sagte ich aufgeregt.

»Okay, also ich ...« Seine Stimme vibrierte ein bisschen, als wäre er nervös. Ich war es auch, denn diese Stimmung, die plötzlich zwischen uns entstanden war, schickte Glücksgefühle durch meinen ganzen Körper.

»Sag mal ... würdest du vielleicht ...«

Wollte er mich etwa genau dasselbe fragen wie ich ihn, schoss es mir durch den Kopf?

»... also nur wenn du möchtest ...«

»Ja, was denn?«, hakte ich nach, und meine Stimme klang ein bisschen heiser.

Sam straffte die Schultern, als fasste er all seinen Mut zusammen. »... mit mir ausgehen? Heute Abend?«

Etwas in mir hatte darauf gehofft, dass er genau das fragte. Und nun hatte er es tatsächlich getan. Ernst sah er mich an, auch ein bisschen forschend. Er war genauso nervös wie ich, ging es mir durch den Kopf. Und ich konnte mir kaum etwas Schöneres vorstellen, als mit ihm auf ein Date zu gehen. Denn das hatte ich doch gewollt. Mit Sam ausgehen.

»Was sagst du?«, fragte er, weil ich noch gar nicht geantwortet hatte. Obwohl ich in Gedanken bereits »Ja!« rief.

Ich nickte, erst langsam, dann stärker. »Ja«, brachte ich endlich hervor. Das wollte ich nur zu gerne!

Sam strahlte mich an.

»Ich wollte ... dich genau dasselbe fragen«, gestand ich, worauf er große Augen machte.

»Wirklich?«

Ich nickte.

Sein Blick fixierte unwillkürlich meine Lippen, und ich musterte seine, die schön geschwungen und trotzdem männlich waren. Einen wundervollen Moment lang sahen wir uns nur an.

»Das finde ich schön«, raunte er dann, es ging mir genauso. Und in dem Moment wollte ich sogar noch mehr, wären da nicht plötzlich ein paar von Sams Kollegen durch den Flur an uns vorbeigelaufen. Sie unterbrachen den innigen Augenblick.

Sam und ich wichen ein Stück auseinander, dennoch spürte ich dieses Band ...

»Ich hole dich ab, um acht?«, schlug Sam vor.

»Ja«, erwiderte ich und strahlte.

Das tat ich auch noch, als ich heimkehrte und Em mir auf den Zahn fühlte, wie das Treffen mit Olivero gewesen war. Das meiste wusste sie ja durch das Telefonat. Und sie merkte schnell, dass noch etwas anderes vorgefallen war.

»Du schaust so umwerfend glücklich aus, Stella. Was ist denn los?«

»Ich ... gehe mit Sam aus. Heute«, quiekte ich.

Em schlug die Hände vor den Mund. »Ich habe es doch gewusst, dass es zwischen euch knistert! Die ganze Zeit.«

Das hatte sie tatsächlich, noch vor mir. Außerdem war ich so aufgeregt wie damals bei meinem ersten Date, was nur heißen konnte, dass ich ihn wirklich mochte. Denn Sam war jemand Besonderes. Das stand ohne Zweifel fest.

29. Kapitel

Um Punkt acht klingelte es an der Haustür. Ich stürmte in meiner schicken Bluse und mit den hohen Absätzen die Treppe runter, um Sam zu öffnen. Dabei klopfte mein Herz wie verrückt. Als er dann vor mir stand, war ich wie erstarrt. Er trug einen leichten Mantel, darunter ein weißes Hemd. Auch seine Haare waren gestylt. Doch am schönsten waren seine glänzenden Augen und der liebevolle Blick, mit dem er mich bedachte.

»Hey, Stella ...«, sagte er zärtlich.

Er sah so gut aus ...

»Hi, Sam«, erwiderte ich, und mein Herz wollte offenbar einen Sprintweltrekord aufstellen. Unwillkürlich zupfte ich vor lauter Nervosität an meiner Bluse herum, richtete die Ärmel und konnte doch nicht aufhören, ihm in die Augen zu sehen.

»Du siehst wunderschön aus«, sagte er und bot mir seinen Arm an. Ich nahm ihn an, er führte mich zu seinem Wagen und hielt mir die Beifahrertür auf. Ich hätte wirklich nicht gedacht, dass ich jemals wieder in den Alfa Romeo steigen würde, der mich damals nach Lübeck gebracht hatte. Oder dass Sam und ich uns je näherkommen würden. Aber nun fühlte es sich perfekt an. Alles.

Ich hörte es leise vom Fenster aus kichern und warf einen Blick hinter mich zu unserem Haus, wo ich gerade noch Em und Mandy am Fenster abtauchen sehen konnte. Schon klar, diese verrückten Hühner ... mussten natürlich alles wissen.

Sam hatte sie wohl auch bemerkt, denn er grinste von einem Ohr bis zum anderen. Schließlich stieg auch er ein, und wir fuhren in Richtung Altstadt, über die Burgtorbrücke in den historischen Stadtkern, der umgeben war von Wasserläufen und den Überresten von Wallanlagen. Am Kohlmarkt parkte er. Wir stiegen aus und gelangten von dort direkt zu einer kleinen Pizzeria, die Sam für uns ausgesucht hatte.

Wir setzten uns in das schnuckelige Bistro, bestellten Wein und als Vorspeise Bruschetta, als Hauptspeise die extragroße Pizza, die frisch im Steinofen gebacken wurde und die wir uns teilen wollten.

»Danke nochmals, dass du das mit dem Professor in die Wege geleitet hast«, sagte ich und nahm einen Schluck aus meinem Glas. »Wir hoffen sehr, dass uns das mit dem Laden weiterhilft.«

»Das Gute ist, wenn Olivero meint, dass das ein authentisches Objekt ist, sind die Chancen hoch, dass es wirklich so ist. Und je älter und seltener es ist, desto höher ist auch sein Wert.«

Ich nickte und dachte darüber nach, wie schön der Klang von Sams Stimme war, als der Kellner uns die Pizza auf einer riesigen Platte brachte, die kaum Platz auf unserem Tisch hatte.

»Ach herrje«, meinte ich und lachte. Die würden wir selbst zu zweit niemals schaffen.

Sam fing bereits an, das gute Stück in zwei Hälften zu teilen. »Ganz schön widerspenstig«, sagte er grinsend und säbelte mit dem Messer los. Ich beschloss, ihm zu helfen, und während wir gegen den knusprigen Teig ankämpften, berührten sich unsere Ellenbogen immer wieder, bis wir uns ansahen und unwillkürlich lachen mussten. Der Boden knackte appetitlich, als Sam ihn durchschnitt.

»Nun musst du aber probieren, ich bin gespannt, was du sagst.«

Ich nickte, nahm einen Bissen und glaubte mich im Himmel. Nicht nur der Geruch der Pizza war von einer anderen

Welt. »Die beste Steinofenpizza, die ich je gegessen habe«, versicherte ich.

Schon witzig, dass er hier in Lübeck Orte kannte, an denen ich als gebürtige Lübeckerin noch nie gewesen war. Diese Pizza war eine wunderbare Entdeckung.

Sam lächelte von einem Ohr zum anderen. »Das wollte ich hören.« Dann fügte er noch ein »Macht mir echt Spaß mit dir« hinzu.

Ich schüttelte lachend den Kopf.

»Nein, ehrlich. Ich war in letzter Zeit neben der Spur, wegen der Sache mit Bine. Aber wenn ich mit dir unterwegs bin, ist alles … einfach nur schön. Leicht und locker.«

Ging mir auch so.

Ich steckte mir ein Stück in den Mund und bemerkte, dass er mich plötzlich angrinste. »Hm?«

»Du hast da was.« Er deutete auf meinen Mund.

»Oh, wie peinlich.« Rasch griff ich nach einer Serviette, um es wegzuwischen, doch Sam schüttelte amüsiert den Kopf.

»Immer noch da?«, wunderte ich mich und versuchte es ein zweites Mal.

»Lass mich mal«, meinte er und griff nach seiner Serviette. »Darf ich?«

Ich nickte, und er wischte ganz sanft über meinen Mundwinkel. Seine Hand an meiner Wange fühlte sich unbeschreiblich an. Ich schloss die Augen, genoss die sanfte Berührung seiner Fingerspitzen auf meiner Haut und blinzelte nur kurz, als er plötzlich näher rückte.

»Stella …«, murmelte er.

»Ja?«, hauchte ich. Alles in mir sehnte sich nach einem Kuss. Ich öffnete leicht die Lippen, er tat es auch, und ich hoffte, dass er mich nicht zu lange warten ließ, weil mein Herz gänzlich verrücktspielte. Und dann spürte ich seine Lippen auf meinen. Sacht lehnte ich den Kopf zurück und bekam nicht genug von seinem zärtlichen Kuss und dem sinnlichmännlichen Geschmack auf meiner Zunge. Dabei streichelte er sanft meine Wange, hielt mich vorsichtig fest und schenkte mir einen weiteren langen Kuss, der mich auf Wolken schweben ließ.

Für einen winzigen Moment hielt ich das alles nur für einen Traum. Aber dafür fühlte es sich zu gut, zu echt an.

»Jetzt ist es weg«, meinte er zwinkernd und stupste verspielt mit der Fingerspitze an meinen Mundwinkel.

Ich grinste unwillkürlich und fühlte mich so wohl in meiner Haut wie schon lange nicht mehr.

Ich hätte es nicht für möglich gehalten, doch wir aßen die Pizza tatsächlich komplett auf.

Als wir das Bistro verließen und uns vor seinem Wagen wiederfanden, trat er noch mal auf mich zu, sah mich leidenschaftlich an.

»Stella ... ich kann dich jetzt nach Hause bringen, wenn du willst. Wir könnten aber auch ...« Seine Hand legte sich erneut auf meine Wange. »... zu mir fahren«, schlug er vor und zwinkerte. »Um ehrlich zu sein, fand ich das eben so schön, ich würde gerne weiter deine Nähe genießen.«

Ging mir auch so.

Ich stellte mich auf die Zehenspitzen, um ihm die Antwort in Form eines Kusses zu geben.

30. Kapitel

Am nächsten Morgen wachte ich in Sams Wohnung auf. Es war noch dunkel draußen. Gestern Abend hatten wir uns geküsst, als gäbe es kein Morgen mehr. Fast hätte ich vergessen, Em eine Textnachricht zu schicken, damit sie wusste, wo ich war.

Nun kuschelte ich mich an ihn, genoss seinen sinnlichen Geruch und war einfach nur glücklich. Vor Wochen noch hätte ich nicht geglaubt, je wieder so unbeschwert sein zu können. Aber hier war ich.

Sam blinzelte mich schlaftrunken an. »Moin«, murmelte er und drehte sich auf die Seite, sodass wir Gesicht an Gesicht lagen.

»Moin«, wiederholte ich und strich ihm eine Strähne aus dem Gesicht.

»Ich glaub ... ich habe seit einer Ewigkeit nicht mehr so gut geschlafen«, murmelte er.

Dann waren wir schon zu zweit.

Ich schmiegte mich an ihn und döste noch ein bisschen ein. Als ich das nächste Mal die Augen aufschlug, strahlte die Morgensonne durch das Fenster. Sam lag nicht mehr neben mir, aber kam gerade aus seiner Küche mit einem Tablett, auf dem etwas dampfte. Er stellte es auf dem Bett ab, darauf standen zwei Tassen Kaffee und frischer Toast mit Butter und Käse.

»Mehr hab ich nicht da, war ja bis vor kurzem eine Single-Bude.«

Ich grinste. »Kaffee ist doch das Beste überhaupt.« Ich schnappte mir eine Tasse und trank einen Schluck. Dann griff ich noch beherzt nach einem Toast und biss hinein. Der beste Toast, den ich jemals gegessen hatte, weil es auch der beste Morgen überhaupt war!

Sam legte sich wieder neben mich und musterte mich.

»Hab ich wieder etwas am Mund?«, hakte ich nach und spürte, wie meine Wangen ein bisschen glühten.

Er schüttelte den Kopf. »Ich betrachte dich nur, weil ich nicht glauben kann, dass so eine tolle Frau sich für mich interessiert.«

»Jetzt hör aber auf, ich werde schon ganz rot.« Tatsächlich spürte ich, wie es auf meinen Wangen brannte.

»Ist doch so«, beharrte er und richtete sich halb auf, um mich zu küssen. Ich genoss den sanften Moment, in dem sich untere Lippen berührten und dann wieder zart auseinanderglitten. »Außerdem schmeckst du wundervoll.«

»Du auch«, meinte ich zwinkernd.

»Am liebsten würde ich den ganzen Tag im Bett bleiben. Leider muss ich zum Institut, die Projekt-Tage organisieren sich nicht von allein. «

»Oh, na klar. Ich wünsche dir viel Glück für den Durchlauf heute.«

Er nickte und lächelte zaghaft.

»Bist du nervös?«

»Noch nicht, es ist ja noch ein bisschen hin. Außerdem bin ich es gewöhnt, Vorträge zu halten. Aber bei unserer digitalen Reise durchs Sonnensystem stehe ich zum ersten Mal als Moderator vor dem Publikum. Dabei muss ich aufs Timing achten, damit die visuellen Effekte und Einspieler zu dem passen, was ich erkläre. Ich hoffe, ich vergesse meinen Text nicht.« Ein leises Lachen drang aus seiner Kehle.

»Ich kann dich ja abfragen, wenn du willst?« Schließlich wollte ich ihn unterstützen.

Er grinste, tastete nach ein paar losen Blättern auf dem

Nachtschränkchen und reichte sie mir. »Wenn's dich nicht langweilt? Ein paar Minuten habe ich noch.«

»Natürlich nicht.« Ich rollte gespielt mit den Augen.

Dann fing er an, seinen Text zu erzählen. »Willkommen zur Reise durch unser Sonnensystem ...«

Ich musste ihn nur ganz selten korrigieren und auch nur bei Kleinigkeiten. Ich war beeindruckt, wie sich jemand so viel Text merken konnte!

»Also Sorgen musst du dir nicht machen, Sam. Du wirst deine Premiere ganz sicher meistern.«

Er beugte sich erneut zu mir vor und küsste mich. »Wenn du als mein Glücksbringer im Publikum sitzt, habe ich überhaupt keine Zweifel, dass alles glattläuft.«

Es war so schön, was er zu mir sagte. Durch ihn fühlte ich mich besonders, was ich schon lange nicht mehr empfunden hatte.

Ich nahm sein Gesicht in beide Hände und lehnte meine Stirn an seine. »Du stellst mein Leben ganz schön auf den Kopf, weißt du das, Sam?«, flüsterte ich.

»Tu ich das?«

Ich nickte. Ich dachte ernsthaft darüber nach, meinem Impuls, nach Lübeck zurückzuziehen, nachzugeben, mein Studium hier zu beenden und bei ihm zu sein. Schon die ganze Zeit hatte ich mit dem Gedanken gespielt, mich aber nicht zu einer Entscheidung durchringen können. Nun war das anders. Denn ich konnte mir das wirklich vorstellen. Wegen ihm, dem Löwensteg, der Ostsee. Und natürlich wegen Em. Ich gehörte hierher, wurde es mir zusehends klarer.

Als ich heimkam, war Mandy bereits im Büro. Em erwartete mich jedoch und strahlte mich voller Neugierde an. Ein bisschen fühlte ich mich, als wäre gerade ein Spotlight auf mich gerichtet. So musste Sam sich bei seiner Premiere fühlen.

»Also, es geht um den Typen, den wir auf der Seebrücke

gesehen haben, ist das richtig? Hallo? Was ist los? Warum schweigst du plötzlich, Em?«, erkannte ich Novas Stimme aus dem Smartphone, das auf dem Tisch lag.

Ich hob eine Braue. »Was ist das denn für eine Konferenz?«

»Erzähl uns alles!«, forderte Leo, deren Stimme ebenfalls aus dem Handy drang. Offensichtlich lag ich mit meiner scherzhaft gemeinten Annahme richtig, es war tatsächlich eine Konferenzschaltung.

»Sie ist zurück«, erklärte Em unterdessen.

Ich setzte mich – kopfschüttelnd und schmunzelnd zugleich – auf die Couch. »Das ist nicht euer Ernst, oder? Ihr tauscht euch nicht gerade wirklich über mein Liebesleben aus?«

»Selbstverständlich haben wir das«, sagte Leo. »Nun ja, und da wir nun mal nicht persönlich vor Ort sein können, geht's über diesen Weg. Wir sind nämlich an deinem Leben interessiert. Aber wir sind nicht einfach nur neugierig, wir lieben dich und haben uns schon die ganze Zeit Sorgen um dich gemacht«, erklärte Leo in ernsterem Ton.

»Wieso denn Sorgen?«

»Na ja, weil du nach deiner Trennung von Marius anders geworden bist, weniger fröhlich, mehr auf Arbeit konzentriert, in dich gekehrt …«, erklärte Em.

»Etwas weniger spontan«, fügte Leo hinzu.

»Eben nicht die alte Stella«, sagte Nova.

Ich nickte langsam, sah Ems erwartungsvollen Blick, und schließlich grinste ich. »Wir sind ein Paar«, verkündete ich dann.

Em sprang auf und umarmte mich, während Novas und Leos Jubeln durch den Handy-Lautsprecher drang. »Ich wusste es. Ich freue mich so für euch«, sagte Em.

»Und wie wollt ihr das lösen wegen Berlin und Lübeck? Dann ziehst du am Ende hierher zurück?«, hakte Leo in ihrer hibbeligen Art nach. Wie immer war sie schon mit den Gedanken voraus.

»Na ja, mal sehen, wie sich alles entwickelt. Es ist ja doch recht frisch.« Aber der Gedanke war da und gefiel mir zusehends. Meine beruflichen Planungen konnte ich auch in Lübeck realisieren.

»Gratuliere!«, drang Novas aufgeregte Stimme durchs Smartphone. »Aber leider muss ich jetzt aufhören. Meine Chefin ist cool, aber stundenlang am Telefon hängen ist trotzdem nicht drin.«

»Ciao, Nova, schön, dass du hier warst«, verabschiedete Em sie.

»Ich muss auch los, habe noch einen Termin zur Schwangerschaftsvorsorge.«

»Viel Glück, Leo«, wünschten Em und ich gleichzeitig.

»Würdest du das denn wirklich in Erwägung ziehen?«, fragte Em, nachdem sie ihr Handy weggesteckt hatte.

»Was denn?«

»Wieder herzuziehen, in den Löwensteg.« Ich sah ihr an, wie sehr ihr die Vorstellung gefiel, aber ich wusste noch keine klare Antwort darauf, nur, dass ich Berlin nicht vermisste … Kein Stück.

31. Kapitel

Anderthalb Wochen später gab ich Sam am Abend vor seiner Premiere als Moderator eine Nackenmassage, während er auf seiner Couch lag, sein Skript vor sich ausgebreitet. Ich merkte, dass er sehr angespannt war. Doch ich war überzeugt, dass er es großartig hinbekommen würde. Er liebte die Sterne und hatte sich akribisch auf den Abend vorbereitet, was sollte also schiefgehen?

In Gedanken erlebte ich unsere gemeinsamen letzten Tage noch einmal. Ich hatte oft bei ihm übernachtet und mich in seinen Armen so wohlgefühlt wie sonst nirgends. Zwar hatte er viel Zeit in seine Projekte stecken müssen, aber auch ich war gut beschäftigt gewesen, hatte mich gemeinsam mit Emilie weiter um die Online-Verkäufe und jene bei Gundi und Agnes gekümmert. Noch immer waren wir ein gutes Stück von unserer angepeilten Summe entfernt, die wir zur Erneuerung des Ladens brauchten, aber unsere große Hoffnung lag auf dem Astrolabium. Trotz allem war immer genug Zeit für Zweisamkeit für Sam und mich geblieben. Wir hatten jede gemeinsame Sekunde ausgekostet.

Nun ging er immer wieder seinen Text durch, dann stand er auf und lief dabei durch das Wohnzimmer, machte ein paar Gesten und schüttelte dann über sich selbst den Kopf.

»Ich muss es lockerer erzählen«, überlegte er.

Nun schüttelte ich den Kopf. »Du machst dir wirklich zu viele Gedanken, du machst das großartig«, sagte ich und zog ihn runter auf die ausgeklappte Couch, um ihm einen Kuss auf die Lippen zu hauchen.

Er seufzte glücklich. Langsam schlang ich die Arme um ihn, merkte, wie die Anspannung von ihm abfiel.

»Leo meint, dass man am Abend vor einem Auftritt ruhig körperlich aktiv sein kann, um Stress abzubauen«, erklärte ich und zwinkerte. Wer, wenn nicht sie, wusste das besser? »Das sorgt für Endorphine und viel Energie, die einem Schwung geben.«

»So?«

»Sie ist Profi, eine ausgebildete Musicaldarstellerin. Ich bin sicher, sie weiß, wovon sie redet«, fügte ich hinzu.

Sam lachte leise und zog die Decke über uns. »Dann sollten wir der Sache wohl eine Chance geben.«

Ich spürte seine Küsse auf meinen Lippen, meinem Kinn, langsam glitten sie tiefer über meinen Hals und noch tiefer hinab, sodass sie mir den Atem raubten …

Am nächsten Morgen frühstückten wir gemeinsam, er musste danach allerdings früh zum Institut für weitere Vorbereitungen, und ich kehrte in den Löwensteg zurück. Auf meinem Weg kam es mir vor, als berührten meine Füße nicht den Boden, ich schwebte über Wolken. Und das blieb auch für den Rest des Tages so.

Zum Abend hin machten Em, Mandy und ich uns schick, fuhren dann gemeinsam mit dem Bus in Richtung Technische Hochschule.

Ich fing nun allerdings auch an, nervös zu werden, weil ich mit Sam mitfieberte, und drückte zum gefühlt hundertsten Mal an diesem Tag beide Daumen, damit auch wirklich alles bei seinem Auftritt gut ging.

Als wir über den Parkplatz liefen, konnten wir bereits die Halbkugel vor dem Fraunhofer-Institut sehen, das in der Nähe der Technischen Hochschule lag. Sam hatte gesagt, dass dort mehr Platz für den Aufbau der Anlage gewesen war. Was bei der Größe wohl zutreffend sein musste. Ich war jedenfalls ziemlich erstaunt, wie groß das mobile Planetarium war.

»Sieht ja ziemlich schmuck aus«, meinte Mandy ebenso beeindruckt.

Als wir dort ankamen, gab es bereits eine kleine Schlange vor der schmalen Öffnung, durch die man die Halbkugel betreten konnte. Es wirkte ziemlich futuristisch, sowohl von außen als auch von innen, wie ich feststellte, nachdem wir eingelassen worden waren.

An die dreißig Leute fanden in der Halbkugel Platz. Sam hatte uns drei Stühle in der ersten Reihe frei gehalten.

Fasziniert schaute ich hoch zu der Projektionsfläche, die sich ringsherum befand. Wie bei einem 360-Grad-Kino.

Die anderen Zuschauer waren Studierende oder interessierte Besucher und Besucherinnen. Es wurde schnell voll.

»Das wird super!«, sagte Em zu mir und drückte meine Hand.

Schließlich ertönte ätherisch anmutende Musik, das Licht ging aus, und Sterne wurden an die Leinwand projiziert, was wunderschön aussah.

Von irgendwoher erklang eine vertraute Stimme über die Lautsprecher. Mein Herz hüpfte vor Glück. Wie samten sie klang, ich liebte sein Timbre.

»Guten Abend, ich bin Samuel Rennhart und begleite Sie auf Ihrer Reise durch unser Sonnensystem.«

Ich entdeckte ihn am Pult, wie aus dem Nichts war er dort aufgetaucht. Was Lichteffekte ausmachen konnten. Und wie gut er aussah in dem schicken Hemd. Zudem trug er ein Headset-Mikrofon.

Die Musik wurde etwas leiser, die Sterne um uns herum umso heller, sie bewegten sich. Ich war sofort gefangen von den Effekten.

Über unseren Köpfen bildeten sich Projektionen an der Decke ab. Ein mehrarmiger Wirbel aus Sternen kreiste dort, und Sam erklärte, dass dies unsere Galaxie, die Milchstraße, sei, in der sich Milliarden Planetensysteme befanden. Eines davon war unseres.

Und in ebendieses beamte uns Sam hinein, mit unserer Sonne im Zentrum. Acht Planeten umkreisten sie.

Wir besuchten jeden einzelnen davon auf unserer Reise, landeten erst auf dem Merkur, zogen dann weiter zur Venus, dem heißesten Planeten unseres Systems, dann zur Erde und zum Mars. Es war toll gemacht. Ich wusste ja, dass es nur computeranimierte Gestirne waren, doch sie wirkten so echt wie der Nachthimmel an der See. Die Reise ging weiter, zum Jupiter, Saturn, Uranus und Neptun, dem kältesten unserer Planeten. Das Leuchten nahm mich gefangen, mein Herz hüpfte, und ich sah zu ihm und er zu mir, sein Lächeln verzauberte mich, wie schon so oft. Ich war unendlich stolz auf ihn, wie souverän er moderierte.

Ich konnte spüren, wie er, trotz aller Nervosität, liebte, was er machte. Dadurch fesselte er mich und die anderen Zuschauer nur noch mehr.

Sam berichtete voller Leidenschaft von den verschiedenen Entstehungstheorien unseres Universums, zum Beispiel davon, wie alles zuerst erbsengroß und komprimiert gewesen war und sich dann nach dem Big Bang immer mehr ausgeweitet hatte. Sterne waren geboren worden und Milliarden Jahre später explodiert, aus ihren Überresten hatten sich neue Sterne und schließlich auch Planeten gebildet. Weitere Milliarden Jahre später war Leben auf der Erde entstanden, doch die Atome, aus denen unsere Körper bestanden, stammten aus den Weiten des Alls, von ebenjenen Sternen, mit denen alles begonnen hatte. Wir alle waren somit aus Sternenstaub geschaffen.

Die Show ging fast eine halbe Stunde. Immer wieder streute er Witze ein, um das Erlebnis aufzulockern. Er machte das richtig gut, wie ein Entertainer. Ich war ehrlich beeindruckt, es machte unglaublich viel Spaß, ihm zuzuhören. Und die Sterne über uns sorgten für Gänsehaut pur. Vielleicht, so überlegte ich, hatten sie mir letztlich doch Glück gebracht, denn immerhin hatte ich Sam gefunden.

Nicht nur ich war enttäuscht, als er sich schließlich verabschiedete. Die Leute spendeten frenetischen Beifall. Em und Mandy jubelten sogar.

Sam bedankte und verbeugte sich, sah noch einmal zärtlich in meine Richtung und verschwand schließlich durch einen Seitenausgang.

»Das war umwerfend«, meinte Emilie, und ich konnte ihr nur recht geben.

Die Leute erhoben sich, verließen das Planetarium nach und nach, wir warteten noch, bis es leer wurde, hofften, dass wir Sam gleich persönlich würden sagen können, wie großartig sein Auftritt gewesen war. Da bemerkte ich Olivero, der neben dem vorderen Ausgang stand. Als er mich wiedererkannte, winkte er mich zu sich.

Em bekam das mit und griff nach meiner Hand. »Ist das *unser* Professor? Bestimmt weiß er schon was«, sagte sie aufgeregt.

Ich nickte. Das konnte gut sein.

Ich erhob mich und ging zu ihm rüber.

»Frau ... Krämer, nicht wahr?«

»Ja, genau. Haben Sie Neuigkeiten für mich?«, vermutete ich.

»In der Tat ... ich wollte mich schon längst bei Ihnen gemeldet haben. Aber Sie wissen ja, wie das ist.«

Na ja, er hatte wohl viel um die Ohren, leitete er doch auch diese Planeten-Tage.

»Ich würde gerne die Ergebnisse der Untersuchung mit Ihnen besprechen, am besten kommen Sie gleich mit in mein Büro.«

Ich blickte hinter mich, sah, dass Sam wieder da war. Er stand bei Mandy und Em, die ihn beglückwünschten.

»Ich bin gleich bei Ihnen, Professor«, sagte ich, denn zuvor musste ich Sam einfach sagen, wie wundervoll er gewesen und wie stolz ich auf ihn war.

Ich eilte zu ihm und fiel ihm um den Hals. »Das war so großartig, wirklich«, lobte ich ihn. Nicht nur, dass er mit seinem Wissen geglänzt hatte, er hatte es auch so unterhaltsam präsentiert, dass es wirklich Spaß gemacht hatte.

Er strahlte mich an. »Ich war selbst überrascht. Als ich erst vorne stand, war die Nervosität wie weggeblasen.« Er küsste sacht meine Lippen.

»Das sollten wir unbedingt feiern«, sagte ich.

»Oh, das haben meine Mitstreitenden und ich auch vor. Die Jungs von der Technik wollen uns auf ein Bier einladen. Ihr könnt gerne alle mitkommen.« Er drückte meine Hand.

»Klingt gut. Aber vorher muss ich noch was mit Olivero besprechen, er hat wohl die Ergebnisse. Willst du vielleicht mitkommen?«

»Kommst du, Sam?«, rief ein Mitarbeiter hinter dem Soundterminal fast gleichzeitig. »Wir wollen gleich los.«

Sam zuckte entschuldigend mit den Schultern. »Die wollen schnell ihr Bier.«

»Kein Problem.« Das verstand ich doch, nach so einem Erfolg!

Er küsste mich noch einmal. »Ihr kommt dann nach?«

»Sicher. Ihr könnt eigentlich direkt mitgehen, wenn ihr mögt. Ich bin gleich bei euch«, sagte ich zu Em und Mandy.

Damit waren alle einverstanden.

32. Kapitel

Ich folgte Olivero nach draußen, zurück zur Technischen Hochschule und von dort in sein Büro, wo meine Box auf seinem Schreibtisch wartete. Er reichte sie mir.

»Unsere Fachleute denken, dass es sich um ein echtes Astrolabium handelt. Sie datieren die Entstehung auf Mitte bis Ende des 18. Jahrhunderts zurück.«

So wie Oma das auch vermutet hatte.

Ich konnte es nicht fassen und schaute gleich rein in die Box. Die Sternenscheibe schimmerte mir entgegen. So alt war sie also tatsächlich, unglaublich.

»Haben Sie eine Ahnung, wo Ihre Großmutter das Gerät herhat? Oder derjenige, der es ihr verkauft hat?«

Ich schüttelte den Kopf. »Wenn ich das wüsste. Ich kann Ihnen leider nicht weiterhelfen, wie ich fürchte.«

»So ist es ja häufig, nicht wahr?«, fuhr Olivero fort. »Die Technische Hochschule würde Ihnen gerne ein Kaufangebot für das Astrolabium machen.«

»Tatsächlich?« Damit hatte ich nicht gerechnet.

Er reichte mir ein Dokument. »Dies ist die Summe, die wir nach eingängiger Besprechung im Kollegium bereit wären, für die Anschaffung zu zahlen. Wir haben einige historische astronomische Gerätschaften in unserem Archiv, um sie manchmal den Studenten vorzuführen. Ihr Astrolabium wäre dann das älteste in unserem Besitz.«

Mir fielen fast die Augen aus dem Kopf, als ich die Summe sah. Das war doch sogar mehr, als er mir zuerst gesagt hatte! Rasch rechnete ich im Kopf und stellte fest, dass wir damit den Großteil der Renovierungskosten bequem würden decken können. Hinzu kamen ja noch unsere Gewinne durch die On-line-Verkäufe und jene bei Gundi und Agnes. Oh, wenn Emilie das erst hörte!

Olivero lächelte gewinnend. »Hier noch unser Untersuchungsergebnis in schriftlicher Form, damit Sie etwas in der Hand haben.«

»Ich danke Ihnen sehr, Professor! Meine Schwester und ich werden das aber noch in Ruhe besprechen.«

Diese bedeutsame Entscheidung wollte ich nicht ohne sie fällen.

»Selbstverständlich.«

Ich ließ die Box mit dem Astrolabium in meinem Rucksack verschwinden.

»Sie hören dann bald von mir«, wollte ich mich verabschieden, aber Olivero hob die Hand. »Eine Sache wäre da noch.«

»Ach ja?«

»Es geht um Herrn Rennhart.«

»Was ist denn mit Sam?«, wunderte ich mich.

»Normalerweise ist es nicht meine Art, mich in die Entscheidungen meiner Mitarbeiter einzumischen. Doch in diesem Fall hoffe ich auf Ihre Mitwirkung.«

»Worum geht es denn nur?«

»Herr Rennhart hat sich für eine Stelle in Lappland beworben. Dort gibt es ein Observatorium mit einem KAIRA-Messinstrument, das es uns ermöglicht, das erdnahe All zu untersuchen. Dort zu arbeiten ist für jeden eine wunderbare Möglichkeit, und Herr Rennhart hat alles darangesetzt, um diese Stelle zu erhalten. Im Sommer sollte es bereits losgehen.«

Sam hatte gar nicht erwähnt, dass er nach Lappland wollte.

»Nun hat er diese Stelle zugesprochen bekommen, aber überraschend abgelehnt. Wörtlich sagte er, dass seine Prioritäten nun in Lübeck liegen würden und er aus privaten Gründen hierbleiben möchte.« Er schaute mich über seine Brillengläser hinweg an, als wollte er sagen, dass ich dieser private Grund war.

»Ich ... äh ... was erwarten Sie nun von mir?«, hakte ich irritiert nach. Dachte er, ich hätte Sam das ausgeredet? Ich hatte ja nicht mal von Lappland gewusst.

Olivero lief um seinen Schreibtisch herum und stützte sich mit beiden Händen auf diesem ab. »Verstehen Sie mich nicht falsch, Frau Krämer, ich bin der Letzte, der der Liebe im Weg stehen möchte. Ich bekomme ja mit, dass Sie beide sich nahestehen. Doch wir reden hier von einer enormen Chance, die ein fähiger Mitarbeiter verstreichen lassen möchte. Sam hat sich richtig in diese Sache reingekniet. Nun wirft er alles weg. Ich möchte Sie bitten, ihm noch einmal ins Gewissen zu reden. Eine unbefristete Stelle im Geophysikalischen Observatorium Sodankylä wird ihm für seine Zukunft Tür und Tor öffnen. Er darf sie sich nicht entgehen lassen.«

Unbefristet? Das hieße auch, dass er langfristig, womöglich für immer nach Finnland zog? Ich spürte ein unangenehmes Ziehen in der Kehle.

»Sie wollen, dass ich ihn überzeuge, doch nach Lappland zu gehen?«

Olivero nickte. »Ich weiß, dass es einiges verlangt ist. Und ich bin mir sicher, dass Sie auch nur das Beste für Ihren Freund wollen. Er wäre als direkter Vertreter unseres Instituts dort.«

»Natürlich ... aber wissen Sie, ich denke, Sam kann seine eigenen Entscheidungen treffen«, sagte ich. Das ging Olivero doch nichts an.

»Frau Krämer ... seien Sie nicht böse ... ich verstehe ja, was das für Sie bedeuten würde. Sie wären voneinander getrennt. Doch wenn er diese Chance nicht wahrnimmt, wer weiß, ob er das nicht eines Tages bereut?«

Nachdenklich warf ich mir den Rucksack über die Schulter. Natürlich wollte ich nicht, dass Sam irgendetwas bereute, schon gar nicht wegen mir. Aber ich wollte ihn genauso wenig verlieren. An Fernbeziehungen glaubte ich nicht, hatte ich noch nie. Erst recht nicht, wenn sie auf lange Dauer bestehen sollten.

»Ich werde so oder so mit ihm darüber reden, Professor«, sagte ich, denn das hatte ich auch vor. Ich musste wissen, warum er die Stelle abgelehnt hatte und was das für ihn konkret bedeutete. Und natürlich auch für uns.

»Tun Sie das, Frau Krämer.«

»Auf Wiedersehen, Herr Professor«, sagte ich und verließ das Büro. Hatte Olivero recht, fragte ich mich, als ich durch den Flur nach draußen ging. Wieso sprach er denn nicht selbst mit Sam? Hatte er das womöglich sogar schon? Ich würde es wohl erfahren.

Ein Blick aufs Handy verriet, wo die anderen waren. Ich beschloss, erst mal zu ihnen zu stoßen.

33. Kapitel

Als ich in der Campus Bar, die tatsächlich so hieß, eintraf, waren Sam und seine Leute bereits am Feiern. Em und Mandy hatten sich ihnen angeschlossen. Es herrschte eine super Stimmung, die mich das Gespräch mit Olivero über Lappland schnell aufschieben ließ. Hier konnte man ohnehin nicht in Ruhe reden. Noch dazu hatte sich Sam diese Feier wirklich verdient.

Als er mich sah, kam er auf mich zu, legte die Arme um meine Taille und küsste mich zur Begrüßung. »Ich hab dich vermisst«, raunte er.

»Ich dich auch.«

Unsere Münder berührten sich einen wundervollen Moment lang zärtlich.

»Willst du was trinken?«, fragte er und führte mich zu dem Tisch, an dem alle saßen.

»Gerne. Aber nur eine Cola.«

»Kommt sofort«, sagte Sam.

Ich nahm neben Emilie Platz.

»Und? Was hat Olivero gesagt?«, wollte sie aufgeregt wissen.

»Wegen Lappland?«, wunderte ich mich.

»Wegen der Sternenkarte?«

Oh, natürlich. »Sie ist wirklich einiges wert. Und die Hochschule will sie kaufen.«

»O mein Gott!« Em schlug die Hände vor dem Gesicht zusammen.

»Lass uns das morgen klären«, bat ich.

»Ja, klar«, lenkte sie ein, grinste aber doch wie ein Honigkuchenpferd. Rasch beugte sie sich zu Mandy vor, um ihr alles zu erzählen.

»Ich geh mich eben frisch machen«, sagte ich und gab Em meinen Rucksack, in dem sich unser Schatz befand, damit sie gut darauf aufpasste.

Ich ging in Richtung Besuchertoilette, als zwei junge Frauen an mir vorbeigingen und ich die eine klar sagen hörte: »Ich kann nicht verstehen, warum Sam auf diese Chance verzichtet.«

»Ich auch nicht. Jeder von uns würde alles für diese Stelle tun.«

Sie schoben sich an mir vorbei, und ein mulmiges Gefühl breitete sich in meinem Bauch aus. Hinderte ich Sam womöglich an einer großen Chance für seine Karriere? Vielleicht sogar an einer Art Leidenschaft? Ich hatte ja während der Planeten-Show gesehen, wie sehr er die Sterne liebte. Und in Lappland konnte er dieser Liebe vielleicht noch besser nachgehen als hier?

Und woher wussten diese Frauen überhaupt davon? War womöglich bereits jemand als Ersatz für Sam ins Auge gefasst worden?

Ich beeilte mich, zur Toilette zu kommen, ließ kühles Wasser aus dem Hahn über meine Handgelenke laufen und versuchte mich zu ordnen. Mein Spiegelbild sah nicht allzu erfreut aus, schien mir sogar eher einen tadelnden Blick zuzuwerfen.

Ich erinnerte mich, dass einer der Gründe, warum sich Marius von mir getrennt hatte, eben der Alltag und das Fehlen vom Abenteuer gewesen waren. Erst durch seinen Motorradunfall hatte er erkannt, was ihm wirklich gefehlt hatte. Und daraus hatte er die Konsequenzen gezogen.

Wenn Sam nun hierblieb, würde er vielleicht wie Marius werden? Verbittert? Der Chance nachtrauernd, die ihm durch die Lappen gegangen war? Und ich wäre schuld?

Ich wusste in diesem Moment nicht, was ich tun sollte. Doch ich brauchte Zeit, um über alles nachzudenken, und hier konnte ich das nicht.

Ich verließ die Bar, schrieb Em eine Nachricht, dass es mir nicht gut ging, und fuhr heim. Da ich mir denken konnte, dass Sam bestimmt Fragen stellte, bat ich sie, ihm zu sagen, dass ich mich direkt schlafen legen wollte. Ich wollte ihm die Feier zu seiner Premiere auf keinen Fall verderben. Er sollte es heute richtig krachen lassen. Ich hätte mich vielleicht zusammennehmen und bleiben können, doch er hätte sicher gemerkt, dass ich missgestimmt war. Daher war es besser so.

Zu Hause angekommen, setzte ich mich vor dem Trödelladen auf die Bank, die mir einen Blick auf die Rosenkreuzung und den Löwensteg erlaubte. Es war so friedlich hier. Die Geschäfte geschlossen, die Lokale noch geöffnet. Fast vergaß ich meine Sorgen, während ich den Songs lauschte, die aus Gundis Pension drangen. Doch sie kehrten rasch zurück, als mein Handy bimmelte.

Ein Blick aufs Display verriet, dass es Sam war, der sich vermutlich nicht mit Ems Erklärung zufriedengab und wissen wollte, was mit mir los war. Ich drückte seinen Anruf weg und fuhr mir über die Stirn. Lappland abzulehnen wäre ein großer Fehler. Das erkannte ich allmählich. Aber was bedeutete das für uns?

Ich hatte mich in ihn verliebt. Erst vorhin im Planetarium war mir klar geworden, wie sehr. Aber vielleicht musste ich gerade deshalb nachgeben. Ich war niemand, der an Fernbeziehungen glaubte. Wenn ich mit jemandem zusammen war, wollte ich bei ihm sein, seine Nähe spüren, seine Küsse. Nur nette Anrufe und E-Mails genügten mir nicht. Aber vielleicht sollte ich es versuchen?

Ich atmete tief ein und wusste nicht, was ich tun sollte.

Keine Ahnung, wie lange ich auf der Bank vor dem Trödelladen gesessen hatte, doch irgendwann hielt ein Alfa Romeo vor mir auf der Straße, und Sam stieg aus, eilte auf mich zu.

»Stella, was ist denn nur los! Wieso gehst du nicht ran, wenn ich dich anrufe?«

»Mir geht's nicht so gut«, sagte ich und hoffte, dass er keine weiteren Fragen stellen würde. Ich wollte ihm doch diesen tollen Abend nicht verderben. Wieso war er nur hergekommen, anstatt mit seinen Freunden zu feiern?

Weil er sich um mich sorgte, so wie ich mich gerade um ihn und diese verpasste Chance sorgte.

»Dir geht's nicht so gut?« Er legte den Kopf schief.

»Geh einfach zurück feiern, ja?«, bat ich ihn.

»Das kommt aber nicht infrage. Zumindest nicht, bis ich weiß, was mit dir los ist, Stella. Du bist mir unendlich wichtig und …« Er griff nach meiner Hand, doch ich entzog sie ihm und bereute es in der nächsten Sekunde.

»Was ist nur los?«, forderte er abermals zu erfahren und sah mich dabei durchdringend an.

Ich atmete tief ein, wusste, dass er nicht lockerlassen würde.

»Olivero hat mir von Lappland erzählt«, fing ich an und merkte, wie meine Stimme bereits brach. »Und ich weiß nicht, was ich tun soll … ich kann doch nicht zulassen, dass du dir diese Chance entgehen lässt. Aber eine Fernbeziehung will ich nicht, das funktioniert nicht, das weiß ich … und die einzige Möglichkeit, damit du …«, redete ich ein wenig konfus drauflos, denn ich war mir selbst noch nicht ganz klar, was ich eigentlich wollte oder was das Beste war.

»Moment mal, willst du mir gerade sagen, dass wir uns trennen sollten, damit ich nach Lappland fahren kann?«

Ich nickte. Es klang wirklich ein bisschen durcheinander.

Entschlossen griff er abermals nach meiner Hand, diesmal ließ ich es zu. »Ich will bei dir sein, Stella.«

Mein Herz klopfte unwillkürlich vor Glück. »Aber …«

»Kein Aber. Was Olivero erzählt, ist einfach nicht wahr.«

»Wie meinst du das?«

Er seufzte, streichelte mit dem Daumen meinen Handrücken. »Es stimmt, dass ich mich für diese Stelle beworben hatte, weil ich es als berufliche Chance gesehen habe. Allerdings hat sich hier vieles in meinem Leben geändert. Ich möchte mich auf uns konzentrieren. Das ist mir viel wichtiger. Aber auch wenn du ein sehr bedeutsamer Grund für mich bist, bist du trotzdem nicht der einzige, warum ich mich so entschieden habe.«

»Ich verstehe nicht …«

»Ich habe das Angebot bekommen, bei der Wiedereröffnung der Lübecker Sternenwarte mitzuarbeiten. Du weißt ja, dass sie letztes Jahr im Dezember geschlossen hat und im Januar abgerissen wurde. Ich soll direkt an der Planung einer Neueröffnung in ein paar Jahren mitwirken. Um ehrlich zu sein, finde ich das ziemlich aufregend und mindestens eine genauso gute Chance wie Lappland.«

Hatte ich mich verhört? Er hatte noch eine andere interessante Stelle in Aussicht? Sodass er gar nicht wegmusste?

Sam lache leise. »Keine Ahnung, warum Olivero diesen Aufstand macht. Er ist ein guter Instituts-Direktor, aber auch enorm ehrgeizig. Sicher wäre es ein gewisses Erfolgsgefühl für ihn, wenn einer seiner Mitarbeitenden nach Lappland gehen würde.« Er grinste breit. »Tja, nun muss er damit leben, dass ich hierbleibe und andere Aufgaben übernehme.« Er zwinkerte.

Allmählich sickerte zu mir durch, was Sam gesagt hatte. Er würde hierbleiben, es gab gar kein Dilemma, gar keine Optionen, zwischen denen er sich entscheiden musste, weil er längst einen ganz anderen Weg gewählt hatte. Einen, der ihm sogar noch besser gefiel. Und ich war Teil davon.

»Alles wieder gut?«, fragte er behutsam.

Ich wischte mir ein Tränchen aus dem Augenwinkel.

»Sag mir nicht, dass du mit mir Schluss gemacht hättest, nur damit ich meine Chance wahrnehme …«

»Äh … na ja, findest du das dumm?«

Er lachte. »Nein, eigentlich sogar recht süß. Vielleicht hätte ich an deiner Stelle genauso gehandelt. Ganz bestimmt sogar, denn ich hätte sicher auch gewollt, dass du keine Chance vertust. Aber wie du nun siehst, tue ich das gar nicht. Und noch dazu gibt es Dinge, die mir wichtiger sind als eine Stelle in Lappland.«

Ich war so glücklich, dass ich ihm in die Arme fiel. »Du bleibst hier«, hörte ich mich selbst sagen. Aus Gundis Pension drang *Talking to the Moon* von Bruno Mars, und ich fand, es hätte in diesem Moment kein besseres Lied gegeben, um ihn zu untermalen.

Ich schloss die Augen, schmiegte mich an ihn und genoss die Wärme seines Körpers und seiner Umarmung. Eine Weile saßen wir einfach nur so da, als wäre die Welt für uns stehen geblieben.

Sanft streichelte er meine Schulter, lehnte seinen Kopf an meinen. Ich hätte ewig hier sitzen können, erleichtert und glücklich, aber dann fiel mir etwas ein.

»Deine Party … Sam …«

»Die ist nicht so wichtig. Die anderen haben auch ohne mich ihren Spaß.«

»Aber du hast sie dir verdient«, beharrte ich. Nach so einem tollen Auftritt!

»Was soll ich dort, wenn du nicht da bist.«

Ich hauchte ihm einen Kuss auf die Lippen. Dass er das sagte, berührte mich sehr.

»Ich komme einfach noch mal mit«, entschied ich. Es war sein Abend.

»Wirklich?«

Ich nickte. Ich wollte mit ihm und den anderen seinen Erfolg feiern.

Sam griff nach meiner Hand. »Ich fände das toll«, gab er zu. Dann beugte er sich noch einmal zu mir vor, um mich zärtlich zu küssen.

34. Kapitel

Das Warten hatte ein Ende. Die Sanierungsarbeiten im Laden hatten begonnen. Männer in Schutzkleidung und mit Masken gingen ein und aus, versprühten Anti-Schimmelmittel und kümmerten sich darum, den Putz und die darunter befindliche Wand zu reinigen, teilweise abzutragen und zu erneuern. Außerdem sollten wie besprochen Dämmungen angebracht werden. Man hatte recht schnell das Gefühl, über einer Baustelle zu wohnen. Genau genommen taten wir das ja auch.

In der Zeit kümmerten sich Mandy und Em um das Verschicken weiterer Waren aus unseren Versteigerungen, die sie zuvor im Online-Auktionshaus angeboten hatten. Wir entschieden uns außerdem, das Astrolabium an die Technische Hochschule zu verkaufen. Mit dem Erlös konnten wir die Kosten für die geplante neue Einrichtung decken.

Doch zuvor musste der Schimmel restlos entfernt sein.

Nach gut einer Woche bat uns Herr Jürgens in den Verkaufsraum, damit wir uns seine Arbeit ansehen konnten. Was sollte ich sagen, es sah umwerfend aus. Beinahe steril, weil der neue Putz so weiß war, dass er regelrecht im Licht der Abendsonne leuchtete.

Kurz darauf begannen wir mit den Renovierungsarbeiten. Em und ich besorgten Farben und Rollpinsel aus dem Baumarkt, um die Wände zu streichen. Die Wahl der Farbe war nicht schwer, hatten wir doch zum Glück Omas Notizen und konnten so diejenige wählen, die sie sich ausgesucht hatte.

Da auch der Boden neu gemacht werden sollte, Oma hatte sich da ein helles Parkett gewünscht, störte es nicht, wenn wir ab und an kleckerten.

Im Laufe der Woche erhielten wir Hilfe von Sam, Mandy und Bernd, dem Mann von Gundi. So waren die Wände des Ladens sehr schnell in einem Pfirsichton gestrichen. Für das leibliche Wohl wurde ebenso gesorgt, denn Gundi und Agnes ließen es sich nicht nehmen, uns mit leckeren Brötchen und Törtchen zu verwöhnen. Und mit jedem Tag, der verging, nahm das neue Gesicht des Ladens mehr und mehr Gestalt an.

Zum Wochenende wurde das Parkett geliefert. Bernd hatte sich bereiterklärt, den alten Boden für uns rauszureißen und den neuen zu verlegen. Hierzu hatte er Tobias von der Krabbenstube überredet, ihm zu helfen, da dieser solche Arbeiten schon öfter gemacht hatte.

»Der Laden entwickelt sich prächtig, die neuen Regale sind schon bestellt, und wir haben auch die Theke bekommen, die Oma sich gewünscht hat. Ich glaube, sie hätte es geliebt«, sagte Em am Abend, als wir unser Werk betrachteten, und wirkte so glücklich, dass es auch auf mich überging. Aber eigentlich glaubte ich, dass Oma nicht nur den Anblick der neuen Einrichtung geliebt hätte, sondern auch, wie alle zusammenarbeiteten, um das Geschäft auf Vordermann zu bringen. Mir ging es jedenfalls so.

Es dauerte noch weitere anderthalb Wochen, ehe die neuen Regale aufgebaut waren und mit einem kleinen Abstand an den Wänden standen, um neuen Schimmel zu verhindern.

Sie waren hell und hatten moderne Lichter, die die Waren ansprechend beleuchteten. Omas Vision vom neuen Laden war in sich stimmig. Ihn nun endlich fertig vor uns zu sehen war ein gutes Gefühl. Der kleine schäbige Trödelladen war nun ein echter Hingucker geworden. Ich wünschte, sie hätte ihn noch sehen können. Es fehlten nur noch die Waren, die wir aus dem Container holen mussten. Aber auch das erledigten wir gemeinsam mit unseren Helfern und Helferinnen, so-

dass Em und ich uns alsbald Gedanken über die Neueröffnung machen konnten. Diese planten wir schließlich in zwei
Wochen. Es sollte ein großes Fest geben. Mit allem, was dazugehörte, Musik, Speis und Trank. Im Vorfeld wollten wir die
Werbetrommel rühren, denn nun standen wir vor der letzten
Bewährungsprobe. Hier kam mein Fachwissen aus dem Studium zum Einsatz. Ich zog alle Marketing-Register, damit genügend Leute auf die Neueröffnung aufmerksam wurden.

Es würde sich dann entscheiden, ob der Laden Bestand haben konnte oder nicht, ob die neue Einrichtung etwas verän-
derte, uns neue und regelmäßige Kundschaft bescherte. Denn
falls nicht … daran wollte ich gar nicht denken. Es war die
letzte Chance, die der Trödelladen noch hatte …

35. Kapitel

Einen Tag vor der Neueröffnung herrschte Chaos in unserer kleinen Wohngemeinschaft über dem Trödelladen. Sowohl Mandy als auch Sam hatten sich für heute freigenommen, um Em und mir beizustehen, was auch nötig war, wir hatten uns nämlich in zwei ausgemachte Nervenbündel verwandelt. Immer wieder kam in mir die Frage auf, was wir tun sollten, falls der letzte Versuch der Ladenrettung schiefging. Wenn wir das Geschäft nicht wiederbeleben konnten, die ganze Mühe umsonst gewesen war?

Um ein bisschen runterzukommen, unternahmen Sam und ich einen kleinen Spaziergang am Strand, während sich Mandy um Em kümmern wollte. Und das war die beste Idee gewesen, denn am Meer ging es mir immer gut.

Die sanften Wellen der Ostsee rollten ans Ufer, während Sam und ich dort Arm in Arm entlanggingen. Inzwischen fühlte es sich so vertraut an, dass er bei mir war, als wären wir seit einer Ewigkeit ein Paar. Er war mein Fels in der Brandung.

Sanft blies mir der Seewind entgegen, strich über meine vor Aufregung glühenden Wangen. Schließlich landeten wir an meiner Seebrücke, ließen uns dort nieder und die Beine über dem Meer baumeln.

»Es wird schon schiefgehen«, munterte mich Sam auf. »Du bist Marketing-Expertin«, erinnerte er mich. Und ich konnte nur hoffen, dass meine Werbemaßnahmen Früchte tragen würden.

Seufzend sah ich zu ihm hoch, in seine schönen Augen. »Ich hoffe es ...«

»Ihr habt inzwischen so viel Werbung gemacht, die Leute wissen, dass es Hildes Trödelladen gibt, und sie werden bestimmt auch kommen«, versicherte er mir.

Sein Wort in Gottes Ohr. Reichten Flyer und Anzeigen in der Tageszeitung heutzutage aus? Gut, ich hatte sie nach neuesten Erkenntnissen gestaltet, um größtmögliche Aufmerksamkeit zu erregen. Wir hatten auch ein paar Social-Media-Seiten eröffnet, dort den Laden vorgestellt, Fotos gemacht, wie es heute eigentlich Usus war, und diese entsprechend regelmäßig betreut. Die Leute immer wieder mit neuen Infos gefüttert. Aber genau das konnte ja auch das Problem sein. So machten es letztlich alle.

Wir mussten in Erinnerung bleiben, irgendwie auffallen, wenn wir nicht untergehen wollten. Ich hatte jedenfalls das Gefühl, dass ich noch mehr hätte tun müssen.

»Du bist viel zu selbstkritisch, Stella, du hast einen guten Job gemacht«, meinte Sam und hauchte einen Kuss auf meinen Kopf, griff nach meiner Hand und hielt sie fest.

Er hatte recht. Es war so viel Arbeit, so viel Energie in dieses Unterfangen geflossen, mehr war wohl nicht möglich gewesen. Und nun mussten wir mit dem leben, was uns das Schicksal offerierte.

Immerhin hatte ich Sam, überlegte ich. Und Em und Mandy, die meine Familie waren. Selbst wenn nun doch etwas schiefging, wir würden zusammenhalten und gemeinsam einen Ausweg finden. Der Gedanke gab mir Kraft.

Ich lehnte mich an ihn, schloss die Augen und spürte meinen Herzschlag, der wie immer etwas schneller war, wenn ich in Sams Nähe war.

Als Sam und ich irgendwann heimkehrten, waren Mandy und Em bereits dabei, den Laden für morgen zu dekorieren. Wir konnten durch die riesigen Schaufenster sehen, wie sie Luftballons aufbliesen und an der Decke befestigten. Ich krempelte mir die Ärmel hoch und wollte ihnen helfen. Rasch traten Sam und ich durch die Seitentür. Als uns die beiden bemerkten, wirkten sie ungewöhnlich aufgekratzt. Ich glaubte im ersten Moment, es wäre noch immer das Lampenfieber wegen morgen, aber ich sollte mich irren. Meine Schwester legte ein paar Papierschlangen zur Seite, hielt mir eine Zeitung vor die Nase und strahlte dabei von einem Ohr bis zum anderen.

»Was ist das?«, wunderte ich mich.

»Lies doch!«

»Schatzsuche im Trödelladen?«, las ich die Schlagzeile vor. Was war das denn?

Ich nahm ihr die Zeitung ab und staunte nicht schlecht, als ich auch ein Schwarz-Weiß-Foto von Professor Olivero mit unserem Astrolabium in der Hand entdeckte.

»Der Direktor des Instituts für Astronomie und Astrophysik erklärt, woher der außergewöhnliche Fund stammt. Das Astrolabium, das laut Experten über zweihundert Jahre alt sein soll, wurde in einem Trödelladen in Travemünde gefunden. ›Unglaublich, was sich für Schätze in diesen altmodischen Geschäften verstecken können‹, sagt der Professor ...«

Perplex hielt ich einen Moment inne. Es war ziemlich unerwartet, dass eine Zeitung über uns und die Sternenkarte berichtete. Nach und nach dämmerte mir, dass das die perfekte Werbung für uns war. Kaum einen besseren Zeitpunkt hätte es dafür geben können.

»Er hat es also getan«, sagte Sam, der mir über die Schulter geschaut hatte.

»Du wusstest davon?«, hakte ich nach.

»Olivero hat was angedeutet. Er meinte, es täte ihm leid, dass er sich in unsere Angelegenheiten gemischt und dadurch für Unruhe gesorgt hat, und wollte deswegen die Neueröffnung des Trödelladens unterstützen. Ich hab eure Pläne mal nebenbei erwähnt gehabt und nicht erwartet, dass er sich das überhaupt merkt. Aber offenbar hat er seine Beziehungen zur Presse genutzt.«

»Lies bitte weiter«, forderte mich Em auf.

Am besten war tatsächlich der letzte Absatz, in dem die Journalistin ihre Leserinnen und Leser ganz direkt dazu aufforderte, morgen bei uns vorbeizuschauen. »Vielleicht finden Sie in dem kleinen Trödelladen im Löwensteg ja auch einen Schatz wie Professor Olivero?«

Ich lächelte und hoffte, dass viele dieser Aufforderung nachkommen würden …

Vielleicht war es nach solch einem Artikel und all den anderen Werbemaßnahmen kein Wunder, dass der Andrang in unserem Laden am nächsten Tag groß war. Aber für uns vom Trödelladen war es doch wie ein Zauber, hatten wir doch nicht damit gerechnet, dass so viele Menschen kommen würden, um mit uns zu feiern.

Gestern noch hatten wir das Geschäft fertig geschmückt. Danach waren wir alle früh zu Bett gegangen, aber wirklich gut geschlafen hatte niemand von uns.

Spätestens jetzt waren aber Em, Mandy, Sam und ich so wach, wie man es bei einer Neueröffnung nur sein konnte, denn ein solch aufregender Moment schickte natürlich reichlich Adrenalin durch den Körper.

Yvonna von der Krabbenstube hatte zu diesem Anlass einige Platten mit Krabbenbrötchen und anderen Snacks gesponsert. Auch Tante Agnes von der Konditorei hatte uns zwei Tabletts mit süßen Mini-Törtchen zubereitet.

An der Decke hingen unsere Luftschlangen und Luftballons, und Feierlaune lag in der Luft.

Der ganze Löwensteg kam zu Besuch. Sogar Nova reiste extra aus Bremen und Leo aus Hamburg an. »Spitze habt ihr das hingekriegt«, lobte Nova uns, nachdem sie einen Rundgang durch das völlig neu und modern gestaltete Geschäft beendet hatte. Längst sah es nicht mehr so verbaut aus wie zuvor. Auch boten wir nicht alle Waren im Verkaufsraum an, sondern nur so viel, wie eben in die Regale passte. Der Rest lagerte im Keller.

»Alles nach Oma Hildes Plan«, erinnerte Leo.

»O ja, die Handschrift von Oma Hilde ist nicht zu übersehen. Ein bisschen, als wäre sie heute hierher zurückgekehrt und würde mit uns feiern. Verkauft ihr nun trotzdem weiter übers Internet?«, fragte Nova.

»Klar, das läuft nach wie vor ganz gut«, bestätigte Em.

»Aber wir hoffen natürlich auch, dass der Laden viel Kundschaft anzieht«, ergänzte ich. Und nach dem Artikel über Olivero und den Schatz des Trödelladens hoffte ich sehr, dass uns das gelang.

»Das wird er bestimmt, so toll, wie ihr den hinbekommen habt«, meinte Nova. »Er wirkt so modern und kundenfreundlich, richtig atmosphärisch.«

Oma hätte sich darüber gefreut. Genauso, wie es sie erfreut hätte, all die verschiedenen Leute zu beobachten, wie sie in den Regalen und auf den Grabbeltischen kleine Wertgegenstände fanden, die einzigartig und etwas Besonderes waren.

Selbst Gideon schaute vorbei und rang sich ein anerkennendes Nicken ab. »Nicht übel«, hörte ich ihn sagen, was schon einem riesigen Lob gleichkam. Schließlich war er bisher immer der größte Kritiker des Trödelladens gewesen. Doch es schien, als hätte er nun Frieden mit dem alten Haus geschlossen.

»Aber sag, Stella, wie ist das denn nun? Das Sommersemester beginnt bald, musst du da nicht zurück nach Berlin?«, fragte Nova.

Das war in der Tat eine gute Frage.

»Ich habe beschlossen, wieder in den Löwensteg zurückzuziehen«, erklärte ich ihr und wusste, dass es das Richtige für mich war. Nicht nur, dass ich bei Sam sein und Emilie mit dem Laden helfen konnte, ich hatte auch erkannt, dass die Ostsee mein Zuhause war. Mein Umzug stellte meine Berufspläne nicht schlechter. Auch hier konnte ich meinen Master machen und später ins Öko-Marketing gehen. Ich würde Em die Leitung des Ladens überlassen, sie kannte sich in der Hinsicht auch viel besser aus als ich, und ihr helfen, wenn Not am Mann war. Der Wechsel von der Uni Berlin zur Uni Lübeck war bereits in die Wege geleitet. Das hatte ich im Laufe der letzten Woche in Angriff genommen. Auch mein altes WG-Zimmer hatte inzwischen dank Jørgunn einen neuen Mieter gefunden, der jedoch noch nicht eingezogen war, denn zuvor musste ich meine Sachen abholen. Das war für das nächste Wochenende geplant. Es gab also viel zu tun. Doch jetzt wollte ich einfach nur den Augenblick genießen.

Es kamen noch unzählige Besucher, darunter Touristen, die wohl über unsere frisch gedruckten Flyer oder den Artikel hergefunden hatten. Und viele nahmen auch etwas von unserem Trödel mit. Der Laden war so voll wie zu seinen besten Zeiten. Das blieb auch so bis zum Abend. Als wir irgendwann die Pforten dichtmachten, fühlten wir vier uns erschlagen, aber auch unendlich erleichtert, dass die Neueröffnung ein voller Erfolg gewesen war.

Ob das den Laden rettete? Das würde sich erst mit der Zeit zeigen. Doch ein guter Anfang war gemacht. Und als eine Woche später der Kundenandrang immer noch nicht abriss, waren wir guter Dinge, dass es so bleiben und er sich neu im Löwensteg etablieren würde.

Am Freitagabend, bevor Sam und ich meine Sachen aus Berlin holen wollten, saßen wir auf der Bank vor dem Haus. Es war schon spät, Em und Mandy waren noch ausgegangen. Ein Tag mit vielen Verkäufen und noch mehr Besucherinnen und Besuchern lag hinter uns. Nun gönnten wir uns einen Moment der Erholung.

Sanft strich der Wind über meine Wange, während ich mich an Sams Schulter lehnte.

»Hättest du gedacht, dass alles so kommen würde?«, fragte ich.

Er lächelte mich zärtlich an. »Ich nicht. Aber womöglich stand es die ganze Zeit in den Sternen?« Er zwinkerte.

Lachend schüttelte ich den Kopf. »Sagt der Astronom?«

Er zuckte mit den Schultern. »Es gibt manchmal Dinge, die auch mit der Wissenschaft nicht zu erklären sind. In jedem Fall scheint es doch so, als hättest du dich mit den Sternen versöhnt, oder?«

War da etwas dran? Dann hatte Sam wohl wirklich ein gutes Wort bei ihnen für mich eingelegt.

Ich blickte hoch, sah das Frühlingsdreieck, das er mir gezeigt hatte, über unseren Köpfen und war mir sicher, dass ich es nicht besser hätte treffen können.

Sam und ich im Mondschein, die Sterne über uns, unsere klopfenden Herzen und diese süße Erkenntnis, dass sich alles zum Guten wandte.

Er beugte sich zu mir vor, strich mit der Hand über meine Wange und küsste mich zärtlich.

»Ich liebe dich«, flüsterte er mir ins Ohr.

Ich lächelte ihn an, blickte in seine lachenden Augen und spürte, wie mein Herz sich vor Glück überschlug.

»Ich dich auch«, sagte ich und küsste ihn sanft, in dem Wissen, dass hier im Löwensteg mein Zuhause war.

ENDE

In dieser Straße schlagen Herzen höher

Kerstin Garde
DIE KLEINE
STRANDBOUTIQUE IM
SANDDORNWEG
Roman

336 Seiten
ISBN 978-3-404-18528-3

Um in der Schneiderei ihrer Oma auszuhelfen, reist Louisa von Berlin an die Ostsee. Doch dem Geschäft im Sanddornweg droht die Pleite. Das möchte Louisa um jeden Preis verhindern. Und sie hat auch schon bald eine rettende Idee: Aus der alten Schneiderei soll eine moderne kleine Strandboutique werden. Voller Begeisterung stürzen sich Louisa und ihre Oma in den Umbau – tatkräftig unterstützt von den Bewohnern des Sanddornwegs. Und als wäre das nicht Aufregung genug, bringt auch noch der sympathische Henrik Louisas Herz zum Hüpfen.

Ein warmherziger Küsten-Roman, der zum Träumen, Wohlfühlen und Verlieben einlädt.

Lübbe

Nordseeküste, Wattenmeer und ganz viel Herzklopfen

Barbara Erlenkamp
STRANDKORBSOMMER
Ein Sommer-Liebesroman
auf Langeoog

304 Seiten
ISBN 978-3-404-18974-8

Eigentlich wollte Katja die Sommerferien mit ihrem Freund Benedikt verbringen. Stattdessen findet sie sich plötzlich allein auf Langeoog wieder, wo sie für eine alte Freundin in Not den Strandkorbverleih übernimmt. Zwischen Dünen und Meer trifft sie dabei auf den sympathischen Robbenschützer Martin. Gemeinsam genießen sie die Sommertage auf der Insel. Doch dann taucht Benedikt auf, und Katja steht plötzlich nicht nur zwischen zwei Männern – sondern auch zwischen zwei völlig verschiedenen Lebensentwürfen. Designer-Loft in Köln oder Meeresrauschen auf Langeoog? Wofür wird sie sich entscheiden?

Lübbe

Ein wunderschöner Wohlfühl-Liebesroman mit ganz viel Münchner Charme!

Emilia Thomas
DAS KLEINE BUCHCAFÉ
AN DER ISAR

254 Seiten
ISBN 978-3-7413-0333-3

Marlene liebt Bücher. Darum hat sie auch Literaturwissenschaft studiert und nun endlich ihren Doktortitel in der Tasche. Nur einen richtigen Job findet sie damit nicht. Doch von irgendwas muss Marlene die Miete bezahlen. Notgedrungen nimmt sie daher eine Aushilfsstelle in einem Buchcafé an.

Der kleine Laden liegt idyllisch an der Isar, ist aber ziemlich in die Jahre gekommen. Nicht gerade ein Traumjob, aber schon nach kurzer Zeit blüht Marlene in ihrer Arbeit regelrecht auf, denn sie kann mit ihren Ideen dem Buchcafé ein neues buntes Leben einhauchen. Bis eines Tages Johannes das Café betritt und ihr Leben gehörig durcheinander wirbelt ...

Lübbe

Gemütliche Cottage-Atmosphäre und unvergessliche Charaktere

Emma Davies
RÜCKKEHR ZUM
KLEINEN COTTAGE
AUF DEM HÜGEL
Ein bezaubernder
Feel-Good-Roman
Aus dem Englischen
von Michael Krug
352 Seiten
ISBN 978-3-404-18909-0

Kunstschmiedin Megan kehrt in ihr Heimatdorf zurück, um an einem Handwerkswettbewerb teilzunehmen. Als Gewinn winkt ein Job, der ihre Zukunft im Dorf für immer sichern könnte. Und ihre Beziehung zu Liam, die aufgrund der großen Distanz sehr gelitten hat. Doch dann taucht ein konkurrierender Entwurf auf, der mit Megans Zeichnungen fast identisch ist. Sie ist am Boden zerstört. Jemand muss ihre Entwürfe gestohlen und weitergegeben haben. Aber wer? Etwa die gleiche Person, die auch böswillige Gerüchte über Liam verbreitet? Megan legt trotz allem ihr ganzes Herzblut in den Wettbewerb. Aber ist der Sieg überhaupt noch wichtig, wenn die Wahrheit über Liam ans Licht kommt?

Lübbe